N'APPARTIENT PLUS
À LA BIBLIOTHÈQUE
MUNICIPALE DE GATINEAU

Littérature d'Amérique

Collection dirigée par
Normand de Bellefeuille
et Isabelle Longpré

Du même auteur

The Rake's Progress, Carnet de bord, Exploration et développement chez Ex Machina, publié dans le programme de la production par le Théâtre Royal de la Monnaie – De Munt, Bruxelles, versions française et flamande, 2007, réédition en 2009. Traduction anglaise, The Royal Opera House, Londres, 2008.

Ex Machina, chantiers d'écriture scénique, avec Patrick Caux, Les Éditions du Septentrion et L'Instant Scène, Québec, 2007.

« Le soir, tous les parcs sont noirs », nouvelle parue dans *Le Langage de la nuit*, Musée de la civilisation de Québec et XYZ éditeur, Montréal, 1995.

CQFD, roman, VLB éditeur, Montréal, 1994.

Opéra, récit, éditions du Noroît, Montréal, 1994.

« Journal d'un autre », fiction, *Nouvelle Barre du Jour (n° 186)*, Outremont, 1986.

Québec, une ville, (en collaboration), grand reportage sur la ville de Québec, Sillery, Les Éditions de l'Empreinte, nouvelle édition,1994.

Quand la mort
s'invite à la première

Catalogage avant publication de Bibliothèque et Archives Canada

Gilbert, Bernard
Quand la mort s'invite à la première
(Littérature d'Amérique)
ISBN 978-2-7644-0748-6
I. Titre. II. Collection: Collection Littérature d'Amérique.
PS8563.I465Q36 2010   C843'.54   C2010-940421-1
PS9563.I465Q36 2010

 Conseil des Arts du Canada   **Canada Council for the Arts**

Nous reconnaissons l'aide financière du gouvernement du Canada par l'entremise du Programme d'aide au développement de l'industrie de l'édition (PADIÉ) pour nos activités d'édition.

Gouvernement du Québec – Programme de crédit d'impôt pour l'édition de livres – Gestion SODEC.

Les Éditions Québec Amérique bénéficient du programme de subvention globale du Conseil des Arts du Canada. Elles tiennent également à remercier la SODEC pour son appui financier.

Québec Amérique
329, rue de la Commune Ouest, 3ᵉ étage
Montréal (Québec) Canada H2Y 2E1
Téléphone: 514 499-3000, télécopieur: 514 499-3010

Dépôt légal: 1ᵉʳ trimestre 2010
Bibliothèque nationale du Québec
Bibliothèque nationale du Canada

Mise en pages: Andréa Joseph [pagxpress@videotron.ca]
Révision linguistique: Luc Baranger et Chantale Landry
Direction artistique: Isabelle Lépine
Adaptation de la grille graphique: Renaud Leclerc Latulippe
Note: Des extraits des pages 40, 41, 122 et 152 de la pièce *Zone* de Marcel Dubé figurent dans ce roman.
DUBÉ, Marcel, *Zone*, 1968, Leméac Éditeur.

Tous droits de traduction, de reproduction et d'adaptation réservés

©2010 **Éditions Québec Amérique inc.**
www.quebec-amerique.com

Imprimé au Canada

BIBLIOTHÈQUE MUNICIPALE DE GATINEAU

Bernard Gilbert

Quand la mort s'invite à la première

roman

QUÉBEC AMÉRIQUE

BIBLIOTHÈQUE MUNICIPALE DE GATINEAU

Pour Esther,

En souvenir des artistes et des intellectuels qui ont subi le règne étouffoir de Maurice Duplessis.

Ciboulette	– Tu lis?
Moineau	– Oui.
Silence	
Ciboulette	– Qu'est-ce que tu lis?
Moineau	– Une aventure. J'achève.
Silence	
Ciboulette	– Ça finit bien?
Moineau	– Non, ça se gâte. « Les méchants », comme ils disent, se font punir par les « bons ».

Marcel Dubé, *Zone.*

La foule a une soif ardente et toutes les sources où elle peut s'abreuver sont empoisonnées. [...] Le grand devoir, l'unique, est d'ordonner spontanément un monde neuf où les passions les plus généreuses puissent se développer nombreuses, COLLECTIVES.

Paul-Émile Borduas, *Projections libérantes.*

I
Coup de théâtre

Mardi 28 septembre 1954

Le cadavre repose sur scène, ventre contre terre, dans une pose étrange attestant du décès. Tourné vers la coulisse côté jardin, le visage montre un rictus tordu, avec de grands yeux qui fixent une forme inconnue du néant. Même Sartre, un des auteurs favoris du mort, n'a pas disserté sur la nature d'un tel vide. De la bouche entrouverte coule un liquide épais, sanguinolent. Le public ne voit pas cet inquiétant dégueulis. En tombant, le tronc s'est placé dans un angle impossible par rapport aux jambes et à la tête. Le médecin porté volontaire parmi l'assistance va en témoigner bientôt : tant qu'il était en vie et que la masse musculaire tonifiait ce corps, un humain n'aurait pu garder cette pose.

Le trio de comédiens qui entoure le mort est pétrifié. La chute de leur collègue, parfaitement inattendue, s'est produite depuis au moins trente secondes. Ahurie, Hermine Hérésie ressent la conviction intime d'avoir senti passer la mort. Elle est la seule à voir le filet de bave. Gendron et St-Laurent, qui jouent deux policiers, tentent en balbutiant leurs répliques de poursuivre la pièce. Peine perdue : Edmond Granteuil gît au pied du bureau du chef de police, son personnage ; il ne mènera pas à terme l'interrogatoire de Ciboulette.

À cour et jardin, dans les coulisses, le reste de l'équipe frise la panique. « Que se passe-t-il ? Lève-toi Edmond !... » répète sans cesse pour lui-même Paul Tarbin, le régisseur. Il frétille sur place en se tenant le ventre, comme s'il était pris d'une crampe violente. « Allez... Debout... Il faut continuer... continuer... », articule-t-il en grimaçant. Malgré ses imprécations, lui et les autres se font lentement à l'idée. Si le chef ne se lève pas bientôt pour poursuivre le deuxième acte, il faudra interrompre la représentation.

Dans la salle, devinant qu'il est de moins en moins vraisemblable que ce long silence fasse partie de la pièce, l'assemblage hétéroclite de spectateurs se trouve devant une photo grandeur nature d'une étonnante précision. Comédiens, lumière, le tableau est parfaitement stable. Chacun des éléments, immobile, compose une métaphore saisissante de la peur. Le climat a basculé d'un coup. Est-ce dans la mise en scène ? Les quelques membres de l'assistance qui connaissent la pièce ne savent plus de quel revirement ils sont les témoins surpris. Au premier chef, Marcel Dubé, l'auteur, a très bien saisi que l'on n'était plus dans sa pièce. Joubet, le metteur en scène, qui fait normalement les cent pas près des sorties arrière en se rongeant la moitié des ongles, est aussi figé que le mort.

— Que se passe-t-il ? L'entend-on murmurer en écho à l'angoisse du régisseur. Ce mot déclenche plusieurs autres murmures, qui du parterre gagnent bientôt le balcon. Des applaudissements timides – réflexes de certains spectateurs croyant que l'acte est terminé – ajoutent à la confusion, qui va grandissante jusqu'à ce que le tableau disparaisse derrière le rideau de scène, que le chef de plateau a finalement descendu. Cinq secondes plus tard, la confusion éclate en fortissimo avec le cri strident de la jeune première, dans la cervelle de qui la vérité vient de trouver son chemin, inéluctable : Edmond Granteuil a perdu conscience sur scène pendant la première à Québec de *Zone*, le drame de Marcel Dubé.

Après un temps qui semble interminable au public, Jacques Larimont, qui joue le personnage de Tarzan, apparaît à l'avant-scène. Coiffé d'une casquette noire, vêtu d'un blouson et d'un pantalon de toile kaki, chaussé de bottes militaires, le jeune homme porte comme un gant son rôle de chef de bande. Il n'arbore cependant plus cet air baveux qui caractérise son personnage. Tarzan s'est dégonflé... D'abord immobile, exprimant par son attitude et la pâleur de son visage un total inconfort, il lève bientôt les bras pour demander le silence. Ça jacasse ferme dans les rangées de spectateurs, chacun y allant de ses suppositions.

— Pardon, s'il vous plaît, mesdames et messieurs... Un peu d'attention... S'il vous plaît...

Ce n'est pas le pouvoir de conviction du jeune homme qui impose le silence, mais sa mine déconfite. Dans cette situation bouleversante, Larimont n'est plus un comédien à l'aise sur scène. Adieu le contrebandier révolutionnaire voué à la mort : voici un humain nu, dépouillé de tout artifice théâtral. Son désarroi éveille la curiosité du public, qui se tait.

— Mesdames et messieurs, chers amis, pris d'un soudain malaise, Edmond Granteuil ne peut pour l'instant poursuivre la représentation... Nous vous proposons de faire entracte, une quinzaine de minutes, avant de reprendre... Notre ami Edmond devrait alors avoir retrouvé son aplomb... S'il y avait un médecin dans la salle, nous apprécierions qu'il se présente de ce côté-ci à l'entrée des coulisses... Merci de votre compréhension...

Le messager retourne vers la coulisse, pressé. Avant même qu'il n'ait disparu, le bavardage reprend de plus belle parmi l'assistance. Pendant que les uns vont dans le hall se dégourdir les jambes, les autres émettent hypothèse sur hypothèse afin d'expliquer le malaise du comédien vedette. Vingt minutes plus tard, chacun est rivé à son siège et attend que le rideau se lève. Le suspense n'est plus dans la pièce de Dubé mais dans ce drame incroyable qui se déroule sous leurs yeux. Des signes d'impatience percent çà et là, de plus en plus nombreux. Des dizaines de spectateurs, n'y croyant plus, ont quitté le théâtre. Hermine Hérésie se présente finalement sur scène. Tous comprennent à voir sa mine défaite que le rideau restera baissé.

Plus vieille de quelques années que Larimont, Hermine Hérésie est mieux pourvue que son collègue des avantages de la nature. Hermine est de la même grandeur que l'autre. Le costume à la garçonne qu'elle porte dans *Zone* masque cependant une féminité qu'elle sait, en d'autres circonstances, très bien mettre en valeur. Le fichu rouge que porte Ciboulette est resté en coulisse. Sa chevelure longue et soyeuse entoure une tête ovale qu'illuminent de petits yeux gris. La bouche est ronde, généreuse, sensuelle. Le nez affirmé, un peu croche, ajoute un charme particulier à son visage. Le nom de famille, Hérésie, est un pseudonyme dont elle n'expliqua jamais la provenance. Une de ses coquetteries… Personne ne connaît son véritable patronyme. Bien que bouleversée, elle s'exprime sur un ton simple et sincère. Sa prestance, son charme naturel l'ont imposée sur les scènes locales dès sa sortie de l'école du père Legault.

— Chers invités et amis, gens de la presse… J'ai peur que la première de ce soir prenne une tournure tout à fait exceptionnelle, je dirais même tragique… Et je ne sais pas quoi vous dire pour les représentations des jours à venir…

Elle éclate alors en sanglots et achève sa brève allocution dans le hoquètement de ses pleurs.

— Edmond… Edmond… est mort… Nous ne savons comment… mais… mais il est mort… Dieu ait son âme… Nous vous demandons de quitter la salle et le Théâtre municipal dans le calme…. S'il vous plaît… Merci de votre compréhension… Bonne fin de soirée…

N'eût été du chef de plateau compatissant qui entrouvre le rideau et vient la chercher sur scène, la comédienne se serait effondrée à son tour devant le public.

Après quelques secondes d'un silence nerveux, provoqué par cette sortie pour le moins spectaculaire et terrifiante, ne tenant aucun compte de la consigne émise de rester calme, le tumulte éclate dans l'enceinte. Par rapport à l'annonce de Larimont, le brouhaha atteint la puissance dix. Cette explosion est plus à même de brûler la charge émotive qui étouffe le public que le silence abasourdi. Nous sommes soir de première, ne l'oublions pas, et soirée inaugurale de la nouvelle saison. Peu nombreuse à l'époque, la communauté artistique au grand complet est dans la salle, dont plusieurs amis et connaissances des comédiens et, par conséquent, du mort. Les notables de la capitale sont aussi présents en quantité, surpassant en nombre les représentants de la presse écrite, de la radio et de la télévision naissante. Sous le choc, plusieurs s'abandonnent à des épanchements motivés par l'incrédulité, la surprise, l'horreur et la tristesse. Ceux qui gardent le silence entendent des gens haleter, murmurer, pleurer, hurler, s'indigner, se consoler mutuellement; le tout dans un concert d'effets vocaux dissonants en mode mineur. La majorité sort rapidement, voulant quitter au plus vite l'atmosphère lourde de la salle. Un cadavre repose tout de même là, sur scène, juste derrière le rideau. La nature humaine cherche à s'en éloigner comme d'un pestiféré.

L'ambiance de crise passe vers le foyer et le hall du Théâtre municipal, où des centaines de personnes demeureront fort tard, ce soir-là, en attente de nouvelles sur la tragédie et pour vivre, solidaires, le deuil qui vient de frapper la production. Dans la salle, une poignée de spectateurs restent assis, littéralement figés par la nouvelle. Les journalistes postés tels des vautours près de l'entrée des coulisses, côté cour, assaillent de questions les proches des comédiens ainsi que les amis du théâtre, qui passent près d'eux pour rejoindre les leurs. Prédateurs envoyés par les médias de masse naissants, les journalistes supputent les causes du décès. En attente d'informations fraîches, que peuvent-ils faire de mieux?

II
Ambiance dans les coulisses

L'ambiance derrière le rideau compose un cocktail d'incompréhension et de fébrilité. Au climat trouble d'une première avortée s'ajoute l'effroi du drame.

Si la direction du théâtre, relayée bientôt par la police, n'avait pas retenu les journalistes hors des coulisses, ceux-ci auraient découvert un assemblage de scènes hétéroclites. Dans un coin, côté jardin, vers l'escalier, Hermine Hérésie pleure, ou plutôt hoquette des pleurs, pendant que Jacques Larimont tente de la consoler avec sa maladresse habituelle. Plus loin, trois techniciens en attente d'un ordre du régisseur grillent cigarette sur cigarette en jouant aux gérants d'estrade sur les causes du décès de l'acteur vedette. L'attitude qu'ils ont adoptée est celle requise par le métier en cas de crise : rester calme, ne jamais donner l'impression d'être dépassé par les événements. Même ce soir ils y réussissent plutôt bien… Assis sur un tabouret, Paul Tarbin, le régisseur en question, n'a l'intention de donner d'ordres à personne. Dos courbé, tête appuyée sur la paume de sa main gauche, main elle-même portée par le bras accoudé sur une cuisse, il incarne le penseur que Rodin aurait sculpté dans la chair vive. D'où il est, son regard scrute la scène entre les pendrillons. Il semble hypnotisé par ce qu'il voit ou, plutôt, ce qu'il ne voit plus : de la vie dans le corps inanimé de Granteuil. Complétant le topo de ce côté du plateau, deux policiers rondelets, portraits en uniforme de Dupont et Dupond, sont plantés immobiles au centre du dégagement. Impressionnés par les éléments de décor, tables d'accessoires, poulies et autres agrès de théâtre, ils jouent avec le sérieux voulu leur propre rôle d'agents bas de gamme.

Côté cour, les quatre saynètes plutôt intimes que l'on vient de décrire laissent place à un ballet alambiqué où une quinzaine de comédiens et gens de la production tiennent la vedette. Une dizaine de proches se sont faufilés jusqu'à eux, ajoutant à la complexité du tableau. Encore là, si des journalistes s'y trouvaient, ils seraient témoins d'un caquetage intensif bourré d'émotion. Mais alors que tous y vont de leur commentaire, état d'âme, cri de désespoir, personne n'écoute. Un grand avantage de ce soliloque multiple est de libérer les consciences du choc émotif qui vient de les assommer. Un exutoire, en somme... L'impromptue chorégraphie confirme l'impression d'un véritable capharnaüm. Chacun va et vient sans but de l'un à l'autre, fourmis ivres prises dans la frénésie habituelle du travail, mais sans tâche aucune à réaliser. Amalgame de danse, de gestes, de mouvement et de théâtre, tous circulent comme autant de poules sans tête dans le voisinage inconfortable de la mort. Malgré le chaos, l'effet en est saisissant. Sauf que personne ne bénéficie de la distance requise pour en apprécier le pouvoir révélateur.

Certains s'appliquent à réconforter leurs voisins par des paroles apaisantes, des éloges du disparu, des appels au calme ou des démonstrations de rationalité. D'autres butinent, s'arrêtant devant un groupe avant de rebondir vers le suivant. La nervosité est palpable, comme un voile épais et traumatisant, comme un ectoplasme émanant du cadavre qui se répand insidieusement, emportant la conscience de tous, profitant de la peur pour induire à chaque minute une dose supplémentaire de confusion. Au centre de cette valse hallucinante, un trio de policiers semble totalement démuni. Du même acabit que leurs collègues enracinés côté jardin, ils cherchent sans succès une façon efficace de calmer l'ambiance. Pris de tournis, ils hésitent entre se séparer pour dispenser çà et là des propos rassurants ou sortir leurs sifflets pour imposer le silence. Leur supérieur n'a cependant pas demandé qu'ils interviennent. « Restez là, surveillez s'il y a lieu d'éventuels comportements louches… Surtout, vous empêchez les journalistes d'envahir l'arrière-scène. Je veux pas voir un représentant de cette race maudite de ce côté-ci du rideau… », a-t-il proclamé avant de disparaître dix minutes plus tôt. Aucun journaliste ne s'est pointé le nez. Aux yeux du trio policier, qui n'a rien à faire d'autre qu'observer, le comportement de cette bande d'artistes remporte la palme incontestée du danger émanant de l'inconnu. Raison pour laquelle ils ont de plus en plus la tentation d'intervenir et caressent en secret l'espoir que leur supérieur revienne. Lui saura quoi faire… Mais lui, l'inspecteur Marmet, a d'autres chats à fouetter.

L'homme en question est sur scène, parmi le petit groupe entourant le médecin qui a répondu à l'appel de Jacques Larimont et ausculte Edmond Granteuil. Marmet déambule, arborant un air soucieux de circonstance. Sans le voir, les trois personnes qui observent le médecin sentent sa présence. Jeannette Mance, l'habilleuse du théâtre, reconnue tacitement comme la mère de la communauté théâtrale de Québec, se tient entre les deux directeurs du Théâtre municipal, Courville et Jasmin. Dans le style spectral, ces trois visages livides auraient livré chaude lutte au suaire de Turin. Ses projecteurs éclairent en douche le décor de la salle d'interrogatoire où était assise Ciboulette au moment de l'interruption. Contresens absolu, on a ajouté une grosse lampe de travail sur pied, qui jette une lumière crue sur le médecin, sur le cadavre et sur le quatuor autour. L'effet obtenu est à la limite du grotesque. Les ombres projetées par la lampe de travail sur le décor, surtout, démesurent la scène. Comme s'il y avait deux séries d'ombre…

Jeannette Mance, ne sachant pas vraiment quoi faire, observe Marmet. Ils doivent avoir à peu près le même âge. Grand et mince, le policier porte bien sa jeune cinquantaine. Malgré le drame, elle le trouve instantanément de son goût. Ses cheveux sont gris et courts, tout à fait normal dans la police à l'époque. Des sourcils touffus et ébouriffés, des yeux sombres, un nez fort et une large bouche impressionnent. Le menton rond, curieusement, adoucit le tout. Le complet noir, sur chemise blanche et cravate foncée, lui va comme un gant.

Dépassé comme tous par l'événement, ce que montre son front perlé de transpiration, le médecin a d'abord placé le cadavre sur le dos. Il s'affaire depuis plusieurs minutes sur lui, auscultant le visage – yeux, nez, bouche – jusqu'à l'abdomen et vice-versa. Il examine aussi les bras, les jambes ainsi que la vomissure régurgitée. Un silence étrange règne sur ce morbide attroupement, que ne trouble guère la pagaille émise de la coulisse côté cour. On dirait qu'une bulle autour du mort étouffe tout bruit environnant. Après avoir terminé son examen, le médecin se lève et se racle la gorge pour quérir l'attention de Marmet. Ce dernier s'approche d'un pas lent et décidé, le pas de celui qui n'attend plus que confirmation de ce qu'il a déjà deviné.

— Le médecin légiste devra confirmer mon diagnostic, mais j'ai bien peur que la mort de notre ami ne soit pas accidentelle.

L'inspecteur lève une des touffes qui lui fait office de sourcil.

— Poison? questionne-t-il, créant la surprise autour de lui.

— Oui… D'après moi, monsieur Granteuil a été empoisonné… Sa mort a été très violente. Il ne s'agit pas d'un empoisonnement alimentaire habituel.

Devant le regard interrogateur de l'inspecteur, de loin son meilleur public pendant que les autres s'effondrent davantage devant l'énormité de la nouvelle, le médecin poursuit.

— Il ne s'est pas étouffé avec l'arête d'un poisson ni n'est mort d'une allergie… Le traumatisme a été violent, brutal et très rapide… Je ne saurais dire quoi, mais je répète que, d'après moi, il a été victime d'une substance très forte.

— Comme ça? D'un coup? Le poison l'aurait tué net?

— Vous étiez dans la salle, monsieur l'inspecteur?

— Non… J'étais chez moi.

— On ne vous a pas dérangé pour rien, reprend le docteur… Pour répondre à votre question, je n'ai remarqué aucun comportement inquiétant avant qu'il ne tombe en bas de sa chaise… Il jouait son personnage… Quelques hésitations dans son texte juste avant de chuter. Il a porté une main à sa bouche. Voyez, explique-t-il en montrant la main droite du comédien, il a régurgité dans sa main.

Marmet regarde la main de Granteuil, note la texture visqueuse, rougeâtre dans la paume, avant de porter son regard sur l'habilleuse et les directeurs : «Vous avez remarqué quelque chose?»

— Comme monsieur le médecin, j'ai trouvé qu'il était hésitant, se risque Courville, celui des directeurs qui a l'air le moins émotif. C'était pire juste avant de s'effondrer. Le deuxième acte durait depuis une quinzaine de minutes. C'était pendant l'interrogatoire de Ciboulette… Son personnage, le chef de police, ne s'était pas encore levé de derrière le bureau…

— Le rythme de la scène n'était pas très bon, coupe l'autre directeur, Jasmin, d'une voix éteinte. J'étais derrière avec Joubet. On se demandait sérieusement ce qui n'allait pas…

— Joubet?

— Le metteur en scène…

— Empoisonné… Empoisonné… Le policier répéta le mot encore avant de s'adresser aux directeurs. « Pouvez-vous discrètement fermer à clé les portes du théâtre, s'il vous plait? Le plus vite possible… Toutes les portes… »

Associés de longue date, les deux directeurs se regardent. Chacun, intérieurement terrorisé par le drame, attend que l'autre ouvre la bouche. Courville tourne finalement les yeux vers Marmet et répond par l'affirmative, confirmant la parole par le geste en exhibant un énorme trousseau de clés du petit sac qu'il porte au bras.

— Nous y allons, dit-il avec le plus grand sérieux. Viens Fred… Fais le tour par l'arrière. Je vais fermer l'avant avec la gérante.

— Bien, plaça l'inspecteur… Vous, madame Mance, vous restez ici. Je vais envoyer un de mes hommes vous tenir compagnie… La présence du mort ne vous effraie pas?

— Ça va aller, répond la brave dame en adressant à Granteuil un regard assuré.

— Je vais avec vous, monsieur Courville, reprend le policier. Tant que les issues ne sont pas toutes verrouillées, ne dites rien à personne. Il faut perdre le moins de monde possible. Mes hommes vont surveiller chacune des sorties.

Il dévisage ensuite pesamment les quatre personnes avec lui sur scène avant de plonger les yeux sur Granteuil.

— L'assassin… j'ai bien peur que c'est de cela qu'il faut parler… pourrait être encore dans le théâtre.

Dix minutes plus tard, toutes les portes sont verrouillées. Un contingent de policiers fraîchement arrivé fait le guet. Une centaine de spectateurs – en attente d'explications sur ce qui a bien pu se produire – sont demeurés coincés à l'intérieur à cause de leur propre curiosité. Certains se plaignent ouvertement d'un tel traitement, attitude guère surprenante pour les gens de la haute société, fort bien représentée ce soir-là au Théâtre municipal. Marmet n'en a cure : l'élite a la vilaine habitude de croire que rien ne peut jamais lui être reproché… Il demande à ses hommes de rassembler la foule dans la salle. Il monte alors sur scène et explique en gros ce qui s'est produit. La mort violente de Granteuil, les doutes du médecin sur la cause du décès… Il les avertit surtout qu'il entend garder tout son monde sur place, dans le théâtre, au moins le temps de remplir pour chacun une fiche d'identification.

— La logique me commande d'agir de cette façon, même si cela vous cause un certain désagrément… Nous ferons aussi vite que possible.

Il achève son sinistre boniment quand retentit un cri strident côté jardin. Hermine Hérésie, restée en coulisse pendant le mot du policier, s'est approchée lentement du rideau pour mieux entendre son propos. Son regard vient de tomber sur un nouveau corps étendu par terre, celui du régisseur Paul Tarbin.

— Pas de doutes, dit le médecin après avoir ausculté le second cadavre, les causes de ce décès sont identiques… Empoisonnement par ingestion d'une substance très toxique. Le légiste aura deux spécimens pour confirmer le diagnostic…

— Oui… rétorque Marmet songeur et préoccupé. « J'espère que ce n'est pas le début d'une épidémie… », ironise-t-il sans s'adresser à personne en particulier. Il se frotte la joue, signe distinctif de sa nervosité, avant de se tourner vers un policier posté à l'entrée de la coulisse.

— Gagnon, faites le nécessaire pour que ce cadavre rejoigne le premier au labo de la morgue… Et que ça saute…

III
Vomitoire

Sur ordre des policiers, les spectateurs font la file. Celle-ci prend naissance dans le vomitoire pair, traverse le bar – qui profite des circonstances pour faire d'excellentes affaires – jusqu'à l'escalier monumental qu'elle descend jusqu'au hall d'entrée. Là, de chaque côté des grandes portes qui mènent à la rue, les spectateurs s'arrêtent à tour de rôle à une des deux tables où un inspecteur et un agent remplissent les fiches d'identification. Longeant la queue vers ses subalternes, l'inspecteur Marmet y reconnaît assez de visages pour savoir que, le lendemain, il passera plusieurs heures à répondre aux récriminations que recevra Jobidon, le chef de police en personne, que tous ces honnêtes gens s'empresseront d'appeler pour se plaindre. Il est d'ailleurs étonné de ne pas voir son patron, qui lui a téléphoné après l'annonce d'Hermine Hérésie pour exiger qu'il se rende au théâtre de toute urgence. Jobidon et son épouse qui ont d'ailleurs senti le vent et choisi de s'éclipser avant la fermeture des portes. La rumeur sourde qui émane des spectateurs révèle que plusieurs ont déjà entamé leurs litanies. Politiciens municipaux, provinciaux et fédéraux; notables de professions libérales; gros entrepreneurs et commerçants de qualité; francophones et anglophones; cette coterie n'a pas l'habitude de subir sans rouspéter les aléas de la justice. Parmi eux, Marmet devine aussi plusieurs jeunes et moins jeunes, à l'allure excentrique ou au contraire peu soucieux de leur personne. À toutes les époques, bien que la communauté artistique ait besoin des notables pour survivre, les premiers font de gros efforts pour se distinguer des seconds. Deux versants d'une même élite… Selon les directeurs du théâtre, le public des premières compose toujours ce genre de salade. S'ajoutent finalement les journalistes, que l'inspecteur a parqués dans un coin de la salle sous bonne surveillance. Il se les garde pour le dessert. Continuant d'observer le faciès des gens alignés, il remarque que les artistes semblent infiniment moins soucieux d'être là que la grande majorité des notables. Peut-être que les premiers n'ont rien à cacher, alors que les autres… Il range cette observation dans un tiroir secret de sa mémoire marqué en rouge d'un énorme : *Interdit d'oublier*. En général, ça fonctionne… Si besoin est, l'indice ainsi refoulé reviendra à la surface en temps opportun.

— Eh… Marmet…

L'inspecteur se doutait bien qu'un passager de la file indienne finirait par le reconnaître. Inconsciemment, il s'attendait tout de même à un minimum de politesse. Malgré le ton désagréable, il s'arrête et tourne la tête vers un quidam d'à peu près trente-cinq ans. Pas très grand, l'homme fait un peu d'embonpoint, signe distinctif chez ses semblables de confort et d'ambition. Affublé d'un complet-veston gris clair sur chemise blanche et nœud papillon bleu, Marmet lui accole d'emblée l'étiquette Union nationale. Les cheveux noir coupés en brosse rejoignent une barbe de même couleur taillée à la perfection. Ce réseau capillaire entoure un regard fuyant, attitude qui voudrait distraire ses interlocuteurs d'une peau rabotée par les ruines d'une féroce acné juvénile. Les préjugés du policier donnent l'assaut : l'homme éveille une profonde méfiance.

— Je m'excuse de vous déranger, mais vous croyez qu'on va en avoir pour longtemps ?

Marmet ne sait toujours pas qui ce type peut bien être.

— Je ne saurais dire, répond-il vague à souhait, ça dépendra de la vitesse à laquelle vos prédécesseurs répondront aux questions de mes collègues…

— Ah oui ! dit l'homme, sceptique, l'air de demander à l'inspecteur s'il rit de lui.

Pendant ce temps, un souvenir fait lentement surface à la conscience du policier.

— Oui… Et j'espère que ça ne sera pas plus long pour vous que pour les autres…

Le trentenaire accuse le ton sévère de Marmet, dont le cerveau clique enfin : son interlocuteur est Bastide Ganglion, député zélé du parti au pouvoir. Il a vu sa photo à plusieurs reprises dans la presse. Bastide Ganglion… Difficile d'oublier un tel patronyme… Et le Ganglion a, collé à lui, un type du même acabit : Gontran Bouchard, employé fidèle du parti au pouvoir. Aussi chauve et glabre qu'ambitieux, ce dernier a par ailleurs le même format que son collègue. Seul le motif du nœud papillon diffère. Telle une grotesque touche multicolore. Marmet connaît celui-là de l'année précédente, lorsqu'il a tenté de faire forger un faux dossier criminel à un libéral qui le dérangeait. Marmet s'était assuré incognito que l'entreprise avorte.

Le duo a l'air foncièrement désagréable et malhonnête. La glande va poser une nouvelle question mais l'inspecteur le prend de vitesse.

— Je ne suis pas certain que ce soit une bonne idée de m'interrompre pendant mon travail, reprend le policier à six pouces de l'autre, surtout si vous souhaitez que votre petit arrêt chez mon collègue ne soit pas allongé inconsidérément.

Stoppé net, le blanc-bec prend son trou. Marmet lui tourne le dos et continue vers les portes centrales en se demandant à quelle occasion il a remarqué le visage du député. Il n'a pas fait dix pas que l'image émerge à son tour. En campagne électorale, le politicien avait été soupçonné de tremper dans des affaires louches contre le mouvement syndical. Marmet avait lu ça. Où? Il trouverait bien si cela s'avérait utile. Ganglion et Bouchard faisaient bel et bien la paire…

— Inspecteur?… entend-il en reconnaissant cette fois un collaborateur.

— Groleau, je t'écoute, répond Marmet en s'éloignant de la file vers un coin isolé du foyer.

— Des nouvelles du labo… Pour le légiste de service, les symptômes sur Granteuil semblent très nets. Il va les ausculter demain, mais au premier coup d'œil, il penche pour un empoisonnement…

— Volontaire ou involontaire? rétorque Marmet à son subordonné.

— Il ne sait pas.

Marmet soutient le regard de son homme de confiance, attendant qu'il poursuive.

— Je n'ai rien de plus pour le moment, achève Groleau à l'endroit de son supérieur.

Marmet tourne la tête et fixe longuement la file de spectateurs. Il a l'intuition étrange que là, devant lui, dans cette file, quelqu'un sait… Qui? Ce n'est pas deux ou trois questions posées pour la forme qui l'aideront ce soir. Il faudra peut-être revoir des dizaines d'entre eux, instaurer des filatures; le tout avec d'infinies précautions compte tenu du calibre de la clientèle…

— Pas un mot. Ni aux collègues ni à personne… Tu m'entends ?

Le subalterne opine du chef.

— Tu retournes au labo et donnes la même consigne au légiste et à ses assistants. Je veux pas que cette histoire sorte. Compris ? J'ai besoin de quelques jours avant que la presse mette la main sur l'affaire. Demande au légiste de ne parler à personne d'autre hors de son service avant qu'il me remette son rapport en main propre.

— Cinq sur cinq, chef…

Observant Groleau qui s'éloigne, Marmet sait qu'il peut lui faire confiance. Son adjoint respire la probité. Ceux du labo ? Moins sûr. Mais ça ne donne rien d'insister. Il espère gagner une journée ou deux avant que la nouvelle fuie dans la presse ou à la radio. Car c'est bien connu : les employés de la morgue monnaient les informations sur les décès violents avec les journalistes. Ce que l'inspecteur souhaite, en fait, c'est avoir la paix pendant une semaine pour enquêter à sa guise… Vaut toujours mieux contrôler le jeu. Surtout au début, surtout quand, comme il devine, des gens de la haute sont peut-être mouillés dans l'affaire. Juste d'imaginer le genre de gros titres à la une des journaux des jours à venir le fait frissonner… Pareil pour cette question, qu'il se pose pour la centième fois : « Qu'est-ce qui a bien pu se passer au Théâtre municipal ce soir ? » L'avantage de formuler aussi souvent la question est que, de fois en fois, il trouve des éléments de réponse. Rien de bien probant encore, de minuscules fragments, mais peu importe. Il doit trouver rapidement une piste car si les citoyens et contribuables sont en droit d'attendre une réponse claire à la nouvelle qui fera la une des journaux du matin, c'est bien de lui.

Marmet a repris son chemin vers les portes principales. Pour être sûr que personne ne l'intercepte, il se laisse hypnotiser par le terrazzo. Arrivant en haut de l'escalier, la file se scinde en deux. Soumis à la loi de la gravité, chaque affluent descend vers une des deux tables situées en bas des marches. Le policier regarde un instant le flux des humains, jaugeant le nombre de personnes à interroger. Ça roule rondement ; une demi-heure maximum et ce sera terminé. L'escalier descendu, il va se poster derrière une des tables, en retrait de ses hommes, avant d'allumer une cigarette. Tout le monde fume et l'air climatisé est chose rare. Résultat : le hall est enfumé et pue l'odeur âcre du tabac. Les spectateurs déambulent un à un devant les policiers dans une sorte de voile d'où émane un parfum de mystère… On est cependant loin du harem exotique. Chacun décline nom, prénom, profession avant d'indiquer par qui il a été invité à cette première, s'il connaît une des deux victimes, un ou plusieurs membres de la production, s'il a remarqué, vu, entendu quelque chose d'anormal pendant la soirée. Marmet observe et laisse aller son intuition qui, par une sorte d'automatisme, place les personnes interrogées dans une de trois catégories : *Sans intérêt, Interdit d'oublier* et *Susceptible d'être mêlé à l'affaire.* Il est évidemment trop tôt pour tirer quelque conclusion que ce soit mais il aime bien ce petit jeu qui consiste à deviner qui mérite l'intérêt de la police. Que ce soit à leur façon de répondre, à leur posture, à la qualité de leurs vêtements, à l'empressement qu'ils mettent ou non à sortir du théâtre après avoir reçu leur congé, ou encore par un détail tout à fait anodin pour quiconque autre que l'inspecteur, celui-ci cherche à tirer des lignes. Il ne pense pas finir la soirée avec une prise majeure, ni même avec de sérieux poissons, mais le lancement de son enquête procédera en partie des impressions pêchées par cet exercice dans son aquarium mental.

La grande majorité des personnes, troublées, émues, impressionnées par les événements de la soirée, répondent simplement, en toute transparence, convaincues de n'avoir rien à se reprocher. D'autres, surtout des jeunes, tentent d'épater la galerie. Narguer la police peut rapporter des points auprès de copains impressionnables ou d'une nouvelle conquête. Marmet épingle ainsi dans son catalogue deux jeunes de bonne famille : deux avocats, les frères Laurier, neveux de Wilfrid, libéraux bien connus pour leurs critiques fréquentes du gouvernement sur la place publique. Personnellement, Marmet aime bien que l'on casse du sucre sur le dos de Duplessis. Tant que cela respecte les limites de la convenance, parce qu'au-delà ses supérieurs lui demandent d'intervenir. Ce soir-là, les deux garçons parlent beaucoup et fort. Ils se font remarquer, mais peuvent encore être considérés comme un amusement. S'il n'est pas surprenant que les deux emmerdeurs assistent à une telle première, Marmet les classe tout de même dans la catégorie *Interdit d'oublier*. Son regard passe à l'autre table alors qu'approche Ganglion, le désagréable député. Sans entendre un mot de ce que l'homme répond aux questions posées, juste à son maintien, à son regard nerveux, Marmet sait qu'il tient là son premier suspect. Un député… pense-t-il dépité… Accompagné d'un employé de l'Union nationale réputé pour son ambition et son absence de scrupules. Pour se compliquer l'existence, il ne pouvait trouver mieux. En fin de course, hormis les deux frères et les deux suppôts du pouvoir, le policier retient aussi le nom de quatre notables qui paraissent plus nerveux que la moyenne.

Il est passé minuit quand le dernier spectateur franchit les portes du Théâtre municipal. Après ses dernières consignes aux inspecteurs et agents sur ce qu'il attend dès le lendemain des fiches colligées, Marmet rejoint les directeurs du théâtre. D'un commun accord, ils font mener les journalistes dans le bar. Lorsque tous y sont rassemblés, Courville, d'une voix nerveuse, annonce que cette rencontre a pour but de faire le point sur les terribles événements. Les journalistes ne laissent pas l'administrateur continuer. De fortes têtes ulcérées de l'obligation qu'on leur a faite de ne pas quitter la salle de spectacle s'en prennent à l'inspecteur. Les représentants de la presse tolèrent mal d'avoir été retenus contre leur gré par la police. Surtout ceux des journaux du matin, qui ont raté l'heure de tombée. Chaloult, de *L'Événement-Journal,* mène la charge avec Mathieu de CHRC. Marmet n'est pas surpris de leur réaction. Son allergie aux journalistes est telle qu'il commence généralement par les tenir le plus loin possible de l'action. S'il le juge utile, il ne se gêne pas pour utiliser la contrainte à leur endroit. La presse le connaît et conteste ouvertement son attitude. Cela dit, plusieurs apprécient la présence de l'inspecteur car, quand l'état-major lui confie une enquête, il y a de la bonne copie en vue. La bourrasque dure un moment avant que Courville reprenne la parole.

— L'inspecteur Marmet vous parlera dans deux minutes. Pour notre part, nous considérons que la meilleure chose à faire, pour le moment, est de compatir avec les proches d'Edmond et de Paul ainsi qu'avec leurs collègues de travail… Nous offrons toute notre sympathie à leurs familles… Ce qui nous arrive ce soir n'est écrit dans aucun spectacle… C'est effroyable… On se croirait pris dans une sorte de *Fantôme de l'opéra,* comme si Gaston Leroux était descendu à Québec. Vous comprendrez que l'équipe de production est atterrée. Deux collègues et amis meurent coup sur coup dans de telles circonstances, un soir de première, avec tous ces invités… Enfin… La seule chose que nous voulons ajouter pour le moment concerne la suite du spectacle… Nous rencontrerons à nouveau la presse demain, disons à midi, ici même, pour annoncer ce qu'il adviendra… L'équipe n'a pas voulu annuler la série de représentations prévues… Nous en avons discuté ensemble, tout à l'heure, sans trouver de solution… Nous nous revoyons demain matin et comptons bien prendre une décision…

— Monsieur Courville, interrompt un journaliste, y aura-t-il une représentation demain soir?

— Je ne vois pas comment il pourrait y en avoir une… Il faut trouver un nouvel acteur. Il faudra répéter au moins deux jours avec lui… Nous avons besoin de temps pour réfléchir à tout ça, s'il vous plaît…

— Que pense Marcel Dubé des événements?

— Il est sous le choc, comme nous tous. Il appréciait la prestation d'Edmond. Et toute la production, d'ailleurs… Il a rencontré la distribution, les proches, puis est rentré à son hôtel.

Courville, une force de la nature au tempérament pragmatique, voit bien la nuit de travail qui ne fait que commencer. À ses côtés, Jasmin, grand et mince, plus sensible, flirte dangereusement avec l'évanouissement. Il s'éponge nerveusement le front couvert de sueur avec un mouchoir. On est loin du décorum et de la gloriole qui habillent leurs rencontres habituelles avec la presse. Voyant que la meute des fauves s'apprête à fondre sur le pauvre Jasmin, Marmet se place devant le directeur et impose le silence.

— Du calme, messieurs… Du calme… S'il vous plaît, laissez messieurs Courville et Jasmin. Vous comprendrez qu'ils vivent une soirée très éprouvante… Vous les reverrez de toute façon demain… Nous terminerons avec quelques remarques sur le décès de messieurs Granteuil et Tarbin… En ce qui me concerne, j'estime avec mes collègues que nous avons affaire à des événements, certes déplorables, tragiques pour la communauté artistique, mais qui ne montrent aucun indice de nature criminelle… Les témoignages recueillis, les premiers avis du médecin présent ce soir, qui a ausculté les morts… pointent vers des intoxications. Alimentaires? Peut-être… Le fait est que ces deux messieurs auraient mangé ensemble cet après-midi… Pour couvrir toute éventualité, j'ai quand même demandé que le médecin légiste pratique des autopsies… Il devrait me transmettre ses rapports après-demain, suite aux vérifications d'usage… Si la police est intervenue ce soir avec un déploiement de forces aussi considérable, c'est que notre standard téléphonique a été tout à coup inondé d'appels, après l'interruption du spectacle, vers 9 h 45… Mon supérieur m'a téléphoné après que madame Hérésie eut annoncé au public la mort de monsieur Granteuil… Monsieur Jobidon assistait à la première et m'a demandé d'intervenir afin de ne prendre aucun risque si jamais il s'avérait que nous avions affaire à un acte criminel… Je le répète et j'insiste, cependant, nous n'avons aucun indice de cette nature pour l'instant.

Le bruit de gens qui approchent coupe court aux propos de Marmet. En fait, une seule personne gueule alors que d'autres tentent de la faire taire… Le type entre, solidement tenu par deux gaillards en uniforme. Le trio est suivi de deux autres uniformes. Les policiers encadrent un jeune homme fort vigoureux. Lorsqu'il aperçoit Marmet, les deux directeurs et les journalistes le dévisageant avec surprise, il se tait instantanément. Moment choisi pour qu'un premier photographe, suivi des autres, fassent exploser une série de flashs à sa figure.

— Inspecteur, l'interpelle un des gaillards. Nous avons trouvé cet homme dans les coulisses. Il furetait un peu partout. Il prétend être journaliste.

Marmet se plante devant le type, fin vingtaine, qui arbore l'air déluré un peu baveux typique des jeunes journalistes. La chevelure châtain mâtinée de roux, en broussaille, encadre deux yeux verts qui fixent l'inspecteur sans gêne aucune. Marmet se fait la réflexion que du sang irlandais coule sûrement dans ces veines-là. Le gratte-papier est vêtu d'un vieil imper, sous lequel on devine un veston probablement du même âge. Pantalons et chaussures sont à l'avenant.

— Nom, prénom, profession.

— Fauvert, Bertold, journaliste.

IV
Conférence de presse

Mercredi 29 septembre

Le Théâtre municipal n'a pas accueilli tant de monde pour une conférence de presse depuis trente ans. En fait, depuis le jour de son inauguration. Le salon des artistes est bondé. Près de l'arche ouvrant sur le corridor, l'inspecteur Marmet scrute soigneusement quiconque met un pied dans les lieux. Près des directeurs – venus de l'arrière avec Courville et Jasmin –, l'équipe de production de *Zone*, l'attraction du jour, du mois, sinon de l'année, forme un ensemble catastrophé. Visiblement, personne du groupe – les interprètes, Joubet le metteur en scène, plus l'assistant régisseur et les deux techniciens – n'a fermé l'œil depuis la veille. Des litres de larmes ont coulé sur ces visages. Une douzaine de personnes défaites, sous le choc, perdues dans l'horreur et l'incompréhension composent avec les directeurs un tableau d'une tristesse contagieuse. Autour d'eux, les proches des disparus et le personnel du théâtre sont au bord des larmes. Face aux gens directement touchés par le drame il y a la meute des journalistes et les représentants de tous ordres : mairie, diocèse, gouvernement provincial. La bande des voyeurs venue s'abreuver des malheurs des autres.

Deux policiers contrôlent l'entrée du théâtre, rue Saint-Joseph, alors que Marmet et Groleau, son adjoint, sont plantés chacun de son côté de l'accès au salon.

Les deux directeurs, à la tête du Théâtre municipal depuis une dizaine d'années, font tout en leur pouvoir pour donner l'impression qu'ils maîtrisent la situation. N'étant pas d'aussi bons acteurs que Granteuil, ils y réussissent à moitié. Courville, plus solide, annonce sans tourner autour du pot que la production est suspendue pour au moins une semaine. L'équipe a tenu mordicus à ce que Granteuil soit remplacé. Ils croient qu'une semaine suffira pour trouver quelqu'un et répéter. Les émotions auront le temps de s'apaiser un peu. *Zone* reprendra donc l'affiche, à moins d'avis contraire, le mardi suivant. Hermine Hérésie renchérit au nom de tous ses collègues. Cette initiative est fort applaudie par les gens présents, qui y voient un signe de courage et de solidarité. Tombe ensuite une pluie de questions auxquelles les directeurs et Marmet ont convenu de répondre le moins possible, ce qu'ils font tant bien que mal.

Les directeurs terminent par une apologie bien sentie des disparus. Jasmin d'abord : « Edmond était… et loin de moi ici l'idée de rabaisser ses camarades… était pour moi le meilleur acteur de la ville. Sûrement un des meilleurs du Canada français… Tous se rappellent ses prestations dans Molière, Marivaux, Claudel, qu'il a joué ces dernières années… Et que dire de son Ti-Coq ?… Je vous le dis : c'était le meilleur. Sa disparition cause un vide énorme pour l'art à Québec et dans la province… L'intensité de la voix, celle du regard, sa compréhension des textes… Tout cela au service du jeu, de l'acteur… Sans oublier sa générosité envers les jeunes… Combler son absence constituera un défi pour tous… Après un séjour de trois ans dans la métropole, où il apprend les rudiments de son art chez les Compagnons de Saint-Laurent, comme tant d'autres comédiens de notre époque, Edmond Granteuil revient à Québec et se révèle dans *L'Avare* en 48. Rappelez-vous sa verve, cette espèce de monstruosité qui l'habitait… Pensons aussi à son Cyrano… Il était littéralement transformé par son petit masque de nez… Gabin sur grand écran n'aurait pas fait mieux… Et je ne peux m'empêcher de revenir sur son Ti-Coq, car il a fait de ce personnage un membre émérite du grand panthéon du théâtre français… Sa disparition oblige ses collègues, tous ceux qui restent, ici, au Théâtre municipal, à se dépasser pour atteindre le modèle qu'il a créé pour notre bonheur… » Jasmin garde ensuite le silence pendant plusieurs secondes avant de saluer le comédien, ce à quoi tous, incluant les voyeurs, répondent en saluant à la ronde. Courville reprend : « Paul était plus discret… Mais aussi très efficace. Il faut lui rendre cet hommage. Sous son règne, la qualité des productions présentées dans ce théâtre s'est améliorée sans cesse… Cela ne veut pas dire que nous étions toujours d'accord. Au contraire… », allusion qui provoque chez l'équipe technique les seuls sourires de la matinée. « Il sera très difficile à remplacer… Je jure que longtemps sa mémoire sera honorée en ces lieux… Salut, Paul ! »

Pour Marmet, la suspension des représentations tombe pile. Pour que son enquête débute sous les meilleurs auspices, il préfère de beaucoup que l'accès au théâtre soit strictement contrôlé. Cela aurait frôlé l'impossible si des centaines de personnes s'y étaient pressées chaque soir. Idem pour la circulation dans le théâtre, que ses hommes pourront mieux surveiller. Ces restrictions doivent tenir au moins jusqu'à ce qu'une fouille en règle de tout l'édifice soit terminée. Une équipe est d'ailleurs à l'œuvre depuis le matin même. Dès la fin de la conférence, laissant sur place quatre collègues pour protéger les éprouvés de l'insistance des journalistes, il s'excuse auprès des directeurs et quitte le théâtre. En mettant le pied sur le trottoir, il pense au jeune homme appréhendé la veille, qui attend en cellule. « Fauvert », échappe-t-il à mi-voix, ce à quoi Groleau, qui marche à ses côtés, répond par un « Pardon ? » interloqué.

V
Solo méditatif

Une heure plus tard, assis à son bureau, tête calée entre les mains, Marmet contemple le va-et-vient des molécules de graisse à la surface de son café comme s'il allait percer le secret du mouvement brownien. Ce phénomène énergétique est connu depuis le XIXᵉ siècle, mais la science n'a pas tiré au clair le fonctionnement des neurones de l'inspecteur tentant d'ordonner les informations recueillies sur les deux décès de la veille. Ayant très peu dormi, sa cervelle cahote à faible régime sur les chemins de la déduction logique. À peu près toutes les dix minutes, son adjoint Groleau entrouvre la porte et passe la tête dans le bureau. Sa tête ronde, plutôt sympathique, est impatiente de transmettre le message pressant de Jobidon, le chef de police, qui réclame d'urgence une visite de son inspecteur. Marmet n'en a cure: sans lever les yeux, il articule un grommellement brutal qui fait battre l'adjoint en retraite avant même qu'il puisse émettre la convocation du chef.

Marmet pense que l'enquête sur la tragédie du Théâtre municipal profitera de l'irruption dans le décor du journaliste Fauvert. Bien qu'il ne sache pas encore quoi, le policier est convaincu que le jeune homme en sait pas mal sur les circonstances de cette soirée. Il devient un important témoin et, qui sait, un potentiel suspect. Pour s'assurer qu'il ne prodiguera pas ses connaissances n'importe où à n'importe qui, Marmet n'a pas hésité à le coffrer de manière préventive sous prétexte qu'il a désobéi aux ordres de la police. Marmet compte bien tirer profit de cette apparition impromptue.

La question qui le chicote pour l'instant ne concerne cependant pas Fauvert. Chaque fois qu'il doit s'attaquer à un meurtre, il passe par un profond moment de découragement. Quand une enquête pour homicide tombe sur son bureau, Marmet ne peut s'empêcher de penser d'abord aux implications morales d'un tel crime. C'est plus fort que lui… Qui, quel type d'individu peut bien en vouloir suffisamment à quelqu'un d'autre pour lui enlever la vie ? Qu'est-ce qui ne tourne pas rond, chez les humains ? Pourquoi détruire la vie, faire disparaître son prochain, annihiler son semblable ? Excluant l'irresponsabilité ou la folie, peut-être, qui prennent généralement la forme d'une perte de conscience – temporaire ou permanente –, jamais Marmet n'a trouvé une réponse satisfaisante à cette interrogation. Il y a nombre de motifs, de causes, et quand les assassins eux-mêmes ne les révèlent pas, avocats et juges en inventent des meilleurs. Aucun de ces motifs n'a toutefois trouvé grâce aux yeux de l'inspecteur. Jamais… L'espèce humaine est la seule qui s'entretue pour de si futiles motifs que la vengeance, la jalousie, le pouvoir, l'argent, l'amour, quand ce n'est pas carrément de violence aveugle… Parce que quelqu'un veut quelque chose ou en est dépossédé… Parce qu'il ou elle ne veut plus de l'autre… Pour soumettre l'autre. Pour le forcer au silence.

Avec Granteuil et Tarbin, la question du suicide ne peut d'évidence pas être exclue. De fait, c'est la première hypothèse qu'envisage l'inspecteur. Deux pistes devraient ici être explorées : celle du double suicide, décidé d'un commun accord, ou celle du meurtre suivi d'un suicide. Cette question le trouble pour d'autres raisons, qui relèvent encore de la morale. Que se passe-t-il dans la tête d'un individu qui décide, en toute connaissance de cause, de mettre fin à ses jours ? Vouloir mourir est une chose. Plusieurs personnes pensent, à un moment ou l'autre de leurs vies, dans des circonstances difficiles, que la mort constitue une solution acceptable... À ce stade du désespoir, la grande majorité réagit cependant de manière à sortir de son enfer. Qu'arrive-t-il chez ceux qui décident de passer à l'acte ? Franchir le pas, poser le geste ultime ; cette sorte de courage dépasse Marmet. S'agit-il, d'ailleurs, de courage ? Manifestement, il n'est pas candidat au suicide.

Les questions philosophiques alternent avec des interrogations plus concrètes. Marmet glisse ainsi de la réflexion conceptuelle aux considérations sur le mobile et, en amont, sur la personnalité qui a pu orchestrer un tel scénario de mort s'il exclut la thèse du suicide. Un cerveau tordu a nécessairement manigancé cette opération. Et qui plus est, dans ce cas-ci, pourquoi le faire devant public ? Ce n'est quand même pas banal : deux morts par empoisonnement dans un théâtre, un soir de première, face à une forte dose du gratin mondain... Et quelle pièce est à l'affiche ? *Zone*, drame policier sur un groupe de jeunes s'adonnant à la contrebande... Pas de doute, à moins d'un amoncellement miraculeux de hasards, le cerveau tordu en question avait de la suite dans les idées. Quel était le motif ? À lui de le trouver.

VI
L'envers du décor

Fauvert est assis sur une chaise de bois droite, basse, sans fioritures. Ses coudes reposent sur une table de même style placée au centre de la pièce. Tel Marmet dans son bureau, ses yeux bouffis d'insomnie, hypnotisés, fixent le verre devant lui. L'eau reflète la lumière provenant de deux ampoules suspendues dans des assiettes inversées de métal sans âme faisant office de plafonniers. Marmet fait les cent pas le long du mur opposé. Il se tourne rarement vers le journaliste. Groleau est assis à une des extrémités de la table et note le monologue en caractères de sténo.

Les premières minutes, le jeune homme a résisté, fait le fanfaron. Il a refusé de répondre tout en éructant deux ou trois grands principes bien affirmés. Les policiers se sont regardés avec un soupir. Sans crier gare, Groleau a pris le journaliste à deux mains par le collet, l'a soulevé sans hésitation de sa chaise, lui a gueulé fort dans les oreilles, tout en le brassant assez brutalement, ce qui a su lui délier la langue après moins de dix minutes. Marmet avait jaugé son homme : volontaire, intelligent, engagé, mais pas très bagarreur…

— La première réunion à laquelle j'ai participé a eu lieu à la mi-août. Je m'en rappelle comme si c'était hier… Tarbin, le régisseur, m'avait donné rendez-vous au Café Saint-Joseph, tout près du théâtre, à huit heures précises. Il avait insisté sur la ponctualité… Je me suis dirigé vers lui en entrant dans le café. Il s'est levé, m'a salué puis présenté à Granteuil plus à trois autres : le comédien Larimont et deux types que je ne connaissais pas.

— Leurs noms ?

— Claude-Pierre Gauvreau et Hyacinthe Cocteau… Chacun m'a serré la main en me fixant droit dans les yeux. Je sentais bien qu'ils me jaugeaient… Ils étaient assis à la table du fond. Je me suis spontanément fait la réflexion que ce choix était volontaire, puisqu'il s'agissait du coin le plus éloigné de la vitrine du café. Loin de la rue, loin des regards indiscrets… Je suis arrivé au moment où le garçon servait les boissons… Pendant qu'ils buvaient leur café il ne s'est à peu près rien dit… Des phrases sur la température, des propos banals, sans intérêt, qui suscitaient à peine une réponse… Larimont, le plus jeune, parlait plus que les autres… Il avait l'air plus nerveux que ses camarades… Quand Granteuil a eu vidé sa tasse, il s'est levé. C'était le signal du départ. D'un seul geste, ses copains se sont engagés derrière lui vers la sortie du café. On aurait dit une mise en scène… Je les ai suivis… Tarbin m'attendait sur le trottoir. Il s'est adressé à moi sans détour. « À partir de maintenant, si tu nous suis, tu t'engages sur une voie irréversible. Penses-y bien… Si tu rebrousses chemin, tu oublies jusqu'à ton dernier souffle que tu t'es assis avec nous à cette table… C'est maintenant ou jamais… » J'étais impressionné, c'est sûr. Et j'avais peur… J'ai senti un coup de sueur me couvrir le dos. Mais il n'était pas question que je change d'idée. « J'y vais, j'ai répondu, sûr que j'y vais. » Tarbin m'a gratifié d'un sourire entendu… J'étais admis dans le groupe, à moi maintenant de faire mes preuves.

Fauvert se tait. Groleau, de ses deux index, achève de sténographier la dernière phrase. Marmet n'interrompt pas la pause du journaliste; laisse porter le silence. Il pressent que le jeune homme en a encore beaucoup à dire, qu'il va parler spontanément pendant encore un bon moment. Il posera les dizaines de questions qui lui trottent dans la tête au moment opportun, quand l'autre sera fatigué… Ou quand il aura peur… Le suc des dépositions coule moins vite, après un certain temps, mais il est souvent de meilleure qualité.

— J'avais d'abord rencontré Granteuil et Tarbin une semaine plus tôt… Chaque année avant la rentrée, la direction du théâtre organisait des rencontres du comédien avec la presse pour parler des rôles qui lui étaient promis dans la nouvelle saison. C'était la vedette du théâtre. Le rédacteur en chef m'envoyait le voir année après année. Je voulais aussi voir Tarbin pour discuter avec un artisan du théâtre. Les lecteurs aiment bien quand on leur parle des coulisses… Contrairement aux années précédentes, cependant, la saison théâtrale n'était qu'un prétexte, car je commençais à deviner ce dans quoi Granteuil et quelques autres pataugeaient. Je voulais en avoir le cœur net… Après l'entrevue, disons… « officielle »… on a badiné un moment avant que je fasse glisser la conversation sur les mouvements d'opposition au gouvernement… Puis sur le CRI, le Cercle Rebelle Intellectuel. J'ai demandé si les deux hommes de théâtre appréciaient ou non ses agissements. Ils ont répondu obligeamment à mes interrogations, montrant une sympathie prévisible pour des gens de la communauté artistique. Peu de surprises… Sur la foi d'informations glanées ici et là, j'ai ensuite questionné précisément sur leur participation au mouvement. Le duo a d'abord démenti son implication dans les actions revendiquées depuis l'an dernier… Mon insistance a fini par les agacer… Et avant qu'ils se braquent contre moi, quand j'ai senti qu'ils ne diraient plus rien, comme s'ils se rappelaient tout à coup que j'étais un journaliste, autant dire un ennemi, que j'ai annoncé vouloir joindre le mouvement… Le ton a changé…

— Vous êtes membre du CRI ? marmonna l'inspecteur en regardant Groleau.

— Oui, répondit Fauvert non sans une certaine fierté dans la voix.

— Continuez…

— Je les ai revus deux heures plus tard chez Tarbin. Après plusieurs questions de leur part, ils voulaient vérifier mon intérêt réel, j'ai finalement été invité à rencontrer le groupe. C'était au Café Saint-Joseph… En sortant du café, nous nous sommes rendus sur la rue Notre-Dame-des-Anges. Le quatuor formé de Granteuil, Larimont, Gauvreau et Cocteau avait pris un peu d'avance. Ils nous attendaient, Tarbin et moi, derrière le théâtre. Granteuil m'a scruté les yeux, puis son regard s'est porté sur Tarbin, qui lui a servi un sourire semblable à celui qu'il venait de me faire. Granteuil m'a regardé à nouveau. «Bienvenue… Bienvenue dans notre secret…» Sur ces mots, après avoir vérifié qu'il n'y avait personne sur la rue, il a donné une poussée vigoureuse sur une des briques du mur du théâtre. Une porte dérobée s'est ouverte. Elle donnait accès à un petit palier sur lequel aboutissait deux courtes volées de marche. On a pris celle qui montait jusqu'à l'entrepôt des décors.

Marmet était ravi. La déposition du journaliste avait atteint un stade supérieur.

— Nous nous sommes glissés derrière Granteuil dans la grande pièce sombre. Tarbin, entré en dernier, a refermé la porte. À cette heure, pendant les vacances estivales, le théâtre était fermé. La probabilité de rencontrer quelqu'un était infinitésimale… L'endroit était assurément une excellente cachette… Éclairé par une lampe de poche, le groupe s'est dirigé vers une table de coupe située près du costumier sur laquelle plusieurs pièces de vêtement, des ciseaux de tailleur et autres outils de couture traînaient… Ils m'ont expliqué que la costumière travaillait sur les costumes de *Zone*… Pendant que Tarbin allait ouvrir une lumière descendant du plafond jusqu'à moins de deux pieds de la surface de la table et qu'un autre tassait la guenille, Granteuil avait ouvert sa mallette et disposé des documents. Nous étions rassemblés autour de lui… Avant de s'adresser à tous, il m'a demandé pour cette première réunion d'être tout oreilles, mais de me la fermer. Il répondrait à mes questions en temps et lieu… C'est alors qu'il annonça avoir obtenu la veille la dernière confirmation attendue. Le coup allait se faire; c'était pour très bientôt… La réaction a été immédiate, sur tous les visages, réaction spontanée de joie, un enthousiasme assez délirant, je dois dire, malgré la réserve prudente liée qui était de mise… C'est simple: on aurait dit une équipe de hockey venant d'accéder à la finale dont tous les joueurs soignaient une extinction de voix… Tarbin a sorti six bières de son sac… Et quand Granteuil a repris la parole pour trinquer j'ai su quel était le prochain coup du Cercle Rebelle Intellectuel.

— Vous appartenez au CRI…, répète Marmet d'un ton presque admiratif. Groleau interrompt sa frappe forcenée. Fauvert, n'ayant pas perçu l'intonation d'une question, ne sait s'il doit répondre. Le silence se prolonge. Avant que la gêne ne prenne le dessus, Groleau repart le bal en achevant de sténographier la phrase laissée en suspens.

— Continuez, dit finalement l'inspecteur. J'ai l'intuition que vous avez plusieurs choses passionnantes à nous raconter.

— Vous avez raison, poursuit le jeune homme. Ce n'est pas mon habitude de dénoncer les copains ou de médire de gens que j'aime, mais après deux assassinats, je suis incapable de me taire… C'est trop…

— Assassinats ! s'exclame faussement extatique le policier. Vous employez les grands mots…

Ils se regardent pour une rare fois depuis le début de l'interrogatoire.

— Vous croyez que deux personnes meurent ainsi, de manière fulgurante, après une simple intoxication alimentaire ? Voyons, inspecteur… Vous me prenez pour un imbécile ?

— Je ne vous prends pas pour un imbécile. Mais vous n'êtes pas ici pour tenter des explications… Racontez ce que vous savez. Ça suffira pour le moment…

Fauvert ramène son regard sur le verre d'eau. Comme il semble vouloir s'enfermer dans sa contemplation, Marmet relance le jeu.

— Les trésors polonais, ça vous dit quelque chose ?

Fauvert relève la tête.

VII
De la visite rare au musée

Lundi 6 septembre

Le matin de la fête du Travail, le chef de police Jobidon avait tiré Marmet du lit à sept heures trente pour le sommer d'urgence au Musée provincial sur les Plaines d'Abraham. Jobidon avait accueilli son homme une demi-heure plus tard, sous une pluie froide, devant l'édifice de style néo-classique. Le chef de police portait son éternel chapeau Stetson gris, une écharpe de soie blanche, un imper beige ouvert sur un complet foncé parcouru de fines rayures et souliers vernis. La qualité des morceaux témoignait de sa fonction et de son appartenance à la bonne société. Après l'avoir salué, Jobidon avait promptement mené son inspecteur vers l'arrière, où deux limousines étaient garées. Se dirigeant vers une large porte réservée aux marchandises, le chef de police avait montré à son subalterne des signes d'effraction. La serrure avait littéralement été arrachée de la porte et gisait désarticulée sur le sol tout près. À l'intérieur, après avoir croisé deux gardiens particulièrement nerveux, les deux hommes avaient descendu l'escalier de service vers la voûte, là où le musée conservait les œuvres de sa collection. Amateur d'art, Marmet fréquentait régulièrement l'institution, mais il n'avait jamais mis les pieds dans cette réserve de vastes dimensions, où il découvrit du regard des dizaines de statues et de sculptures, plusieurs toiles et, le long des murs, de profondes tablettes où reposaient alignés des centaines d'objets de culte en or et en argent. Il aurait passé des heures à explorer cette caverne d'Ali Baba. Provenant d'un coin éloigné de la voûte, où Jobidon le menait d'un pas rapide sans égard pour sa curiosité esthétique, il percevait l'écho d'une conversation animée. L'apparition d'un quatuor étonnant lui fit oublier l'impressionnante collection. En conciliabule, il reconnut Bégin, le ministre provincial de la Justice, accompagné du chef de cabinet du premier ministre Duplessis, du secrétaire de l'archevêché et du directeur du musée. Les hommes se turent en voyant apparaître les représentants des forces de l'ordre.

— Messieurs, annonça Jobidon, voici l'inspecteur Marmet. Je vous le disais tout à l'heure, c'est le meilleur homme que la police de Québec peut affecter à ce dossier.

Les mines fermées du ministre et du représentant du clergé n'exprimaient pas le même avis.

— Nous parlions justement de votre homme, Jobidon, avait rétorqué le ministre sans se soucier de la présence de l'inspecteur. Nous voulons bien que Marmet dirige l'enquête, mais nous le surveillerons de près.

Marmet allait répliquer quand Jobidon lui fit signe de se taire.

— Monsieur le ministre, je prends note de vos remarques. L'inspecteur a toujours été d'une intégrité sans faille. Sa loyauté envers la police est à toute épreuve… Il y a eu crime, quand même. Et je vous le répète, pour résoudre discrètement des crimes, c'est mon meilleur homme. Je ne crois pas qu'il soit question ici d'opinions politiques… Vous voulez que l'enquête soit discrète, non ?

Le ministre, le chef de cabinet et le secrétaire de l'archevêché firent oui de la tête en chœur.

— Il a toute ma confiance… Je le répète : nous avons pris bonne note de vos remarques…

Le ministre avait mis un terme à la conversation en demandant au chef de police qu'il lui téléphone personnellement chaque semaine pour faire rapport sur la progression de l'enquête. Il avait ajouté que, jusqu'à nouvel ordre, il était interdit de dévoiler quoi que ce soit au public. « Ce vol doit demeurer secret. Demande expresse du premier ministre », avait-il précisé pour se faire plus convaincant. Les trois représentants du pouvoir avaient ensuite quitté les lieux d'un pas décidé, suivis du directeur du musée.

Le chef de police et son inspecteur vedette restaient seuls dans la voûte. Marmet n'avait qu'une question en tête, qu'il s'était empressé de jeter à celle de son supérieur : qu'est-ce qui avait bien pu se passer pour qu'un tel ramassis de notables le convoque là, à l'heure des poules, le jour de la fête du Travail ? Jobidon avait rétorqué en demandant à Marmet s'il connaissait les trésors polonais.

— Qui ne connaît pas au moins un chapitre de cette rocambolesque histoire ?

Au début de la Seconde Guerre mondiale, afin de préserver ses biens nationaux des prédateurs nazis, le gouvernement de Pologne avait caché une collection d'œuvres d'art et d'objets sacrés de grande valeur à Ottawa. Le trésor avait été transféré au Musée provincial de Québec en cachette à la fin des années 40, après que les Soviétiques eurent imposé un gouvernement socialiste en Pologne. Chrétiens et communistes polonais n'avaient pas du tout la même idée de l'avenir des trésors. Les chrétiens, dépositaires du magot, voulaient à tout prix préserver la collection de la mainmise communiste alors que, pour sa part, le nouveau gouvernement polonais exigeait le retour du trésor national. Ayant reconnu le gouvernement légitime de Pologne, Ottawa ne pouvait cependant pas forcer la main au Québec. Conséquence de cette affaire, les autorités polonaises en exil pouvaient compter sur le premier ministre Duplessis, bon catholique et pourfendeur de la menace rouge, pour soustraire les trésors aux marxistes maintenant au pouvoir.

— La vingtaine de malles et de coffres composant la collection a été volée, révéla le chef à l'inspecteur. Le gardien a été assommé vers cinq heures ce matin. Son collègue arrivé à sept heures pour le relever l'a trouvé bâillonné et ligoté. La porte par où nous sommes entrés et l'accès à la voûte n'ont pas offert une grande résistance. Le matériel a été emporté avec le camion du musée. Les gardiens ont avisé le directeur, qui a constaté il y a environ deux heures ce qui a disparu de la voûte. À part les gens que vous avez vus ce matin, plus une poignée d'autres liés par secret d'État, dont bien sûr le premier ministre, personne ne sait ce qui vient d'arriver… Et personne de plus ne doit le savoir… Le directeur du musée avait d'ailleurs pour consigne expresse, depuis que la collection est ici, d'aviser directement et personnellement le premier ministre si quoi que ce soit de fâcheux devait survenir… Vous comprenez donc que nous sommes sur un terrain extrêmement sensible…

— Un terrain miné, vous voulez dire… Mais si vous voulez mon avis, ma meilleure idée pour l'instant est de rédiger ma lettre de démission, de la foutre à travers la gorge du ministre Bégin avec copie conforme à tous les journaux… et de vous laisser vous démerder avec le paquet… En prime, je vous jure que d'ici deux semaines je milite activement pour l'opposition.

— Du calme, Marmet…

Jobidon n'était pas surpris de la réaction de l'inspecteur. Connaissant bien son homme, il le savait ulcéré par les propos du ministre. Jobidon était bien sûr un ami du régime, sinon il n'aurait jamais pu même rêver être chef de la police de la capitale. Par ailleurs, il connaissait Marmet depuis des années et avait appris à l'apprécier. Dans les années 40, ce dernier s'était impliqué dans le mouvement syndical. Il prônait une idéologie plutôt libérale pour les forces de l'ordre, ce que plusieurs considéraient comme un crime. Il avait beaucoup lu, sûrement plusieurs livres inscrits à l'index. Néanmoins, Jobidon avait toujours passé l'éponge. Ami du régime, mais pas zélote pour autant… Les sympathies de l'inspecteur pour les mouvements d'opposition avaient transparu quelquefois dans les journaux, lors de congrès où il avait été aperçu par des journalistes espions à la solde de l'Union nationale. Ces laquais du pouvoir avaient dénoncé son implication. Leur passe-temps favori était d'ailleurs de dénoncer dans leurs chroniques ceux qui avaient le potentiel de nuire au gouvernement. Des membres influents du Conseil des ministres avaient demandé la tête de l'inspecteur au chef de police. Jobidon avait cependant toujours résisté. Il le croyait sincèrement : Marmet était son meilleur inspecteur et, malgré ses opinions, il honorait le service de police par son dévouement, par sa rigueur et, ce qui primait sur tout, par le résultat de ses enquêtes.

Marmet savait gré à son chef de tout cela. Il le tenait d'ailleurs aussi en haute estime, bien qu'il eût tendance, par essence, à douter de tous les chefs de police. De tous ceux qu'il avait connus, Jobidon était le moins pire. Aussi il avait retenu sa fureur, repoussé à plus tard sa lettre de démission et, obéissant à l'ordre du chef, s'était calmé.

— Vous allez faire enquête le plus discrètement possible. Montez une petite équipe. Vous, Groleau, un autre. Pas plus. Dites-leur que des œuvres ont été volées, des œuvres appartenant à une riche famille de Montréal qui exige discrétion. Il n'est pas question que la presse mette le doigt sur cette nouvelle. Vous comprenez : pas question…

— Et vos petits amis, ils ont des indices ?

— Non… Avant votre arrivée, nous penchions tous pour un vol qualifié. Ça vaut une petite fortune, ce trésor… Très peu de gens savaient… Quelqu'un se serait échappé au mauvais endroit… Vous le savez aussi bien que moi, les politiciens n'ont pas que des gens purs dans leurs cercles d'amis.

— C'est vous qui le dites…

— Le secrétaire de l'archevêché a une tout autre opinion… Il se demande si les Polonais eux-mêmes n'auraient pas intérêt à venir récupérer leur butin. Vous ne le savez peut-être pas, mais le gouvernement communiste a écrit l'année dernière au premier ministre Saint-Laurent pour demander officiellement que le Canada restitue le trésor. Le premier secrétaire du parti socialiste prétend qu'il appartient à l'État de Pologne. Ottawa a demandé à Duplessis, qui a refusé toute possibilité de discussion. Niet, disent les Soviets… Le représentant de l'évêque s'est demandé si les communistes n'auraient pas eu le culot de venir chercher eux-mêmes les trésors.

— Vous en pensez quoi, vous ?

— L'hypothèse est farfelue, c'est sûr, mais j'ai beaucoup de difficulté à imaginer comment fonctionne le cerveau d'un communiste… On ne sait jamais avec eux… S'ils veulent vraiment récupérer le trésor, j'imagine qu'ils sont capables de prendre les moyens pour y parvenir.

Perplexe, Marmet ne savait quoi penser de ce micmac. Quelqu'un, probablement plusieurs personnes, avait volé dans un musée public un trésor appartenant à un gouvernement étranger. Plus de vingt malles et caisses, dont la plupart des morceaux seraient faciles à repérer s'ils devaient refaire surface. Un trésor gardé telle une ourse protège sa progéniture à cause de l'entêtement anti-communiste du premier ministre. Pas mal de cerveaux catholiques sauteraient à la même conclusion que le représentant de l'évêque, mais ce n'était surtout pas son genre de « sauter aux conclusions ». Et il fallait que son enquête reste secrète. Il avait vu pire, mais il avait vu mieux. Comment allait-il retrouver la piste des voleurs ? Il n'avait pas le début de l'ombre de la moindre idée. Afin de commencer à combler ce vide, il appela Groleau et le somma à son tour de le rejoindre au Musée, où ils avaient passé une bonne partie de la journée à relever de possibles indices.

VIII
Le vieux gardien

Jeudi 30 septembre

« Ce théâtre est un lieu extraordinaire où travailler… C'est un lieu d'apparences… mais qui a une âme… Vous la sentez, son âme ? Pour moi c'est évident… Ce théâtre a un… a un parfum… » Lalande, le vieux gardien, avec ses yeux brillants et sa barbe grisonnante, a tellement l'air d'y croire ; il parle avec une telle sincérité que le quatuor de policiers rassemblé autour de lui dans le hall n'a d'autre choix que d'acquiescer. En guise d'entrée en matière, le mastodonte de plus de deux cents livres a d'abord critiqué la disposition du guichet et le contrôle des luminaires de l'entrée. « Plusieurs choses sont croches, mal aménagées… fatiguées. Mais ça fonctionne quand même… Je le dis souvent : l'important c'est l'âme, pas la disposition des commutateurs… ». Au lieu d'emprunter l'escalier monumental que gravit le public pour atteindre le foyer et la salle, Lalande, qui vient d'avoir soixante-dix ans, mène son groupe à gauche de la volée de marche vers le fond du hall. La porte qu'ils empruntent mène aux bureaux du personnel technique et d'accueil.

— Que cherchons-nous, inspecteur ?

— Cahiers de notes, feuilles volantes, plans, lettres, porte-documents… En fait, tout matériel écrit n'ayant pas de lien direct avec le théâtre… Ça pourrait concerner le Musée du Québec, le gouvernement, des idées politiques… Peut-être des papiers en polonais ou en russe… N'importe quoi sur l'art religieux, énumère l'inspecteur. Et n'oubliez pas les boissons, aliments, la vaisselle qui ont pu contenir le poison…

Groleau et ses deux collègues entreprennent une fouille méthodique. Rien de particulier à signaler sauf cheveux, rognures d'ongles, salive séchée, terre et gravier, mégots, l'usuelle salade que sécrète l'espèce humaine. Ils prélèvent plusieurs échantillons. Groleau cueille une dizaine d'exemplaires d'un petit journal engagé publié par les étudiants en sciences sociales de l'université. Après une demi-heure, Marmet donne l'ordre de passer aux étages supérieurs.

Suivant le guide, qui ahane en montant marche après marche, le quatuor monte deux étages jusqu'aux loges. Depuis les événements, deux policiers sont de garde dans le corridor. L'inspecteur a en effet exigé que l'accès aux loges soit interdit à quiconque, même aux comédiens. À la demande de Marmet, le gardien ouvre toutes les portes, expliquant l'usage de chacune des pièces et comment il est possible de circuler. Deux loges individuelles, trois doubles et deux quadruples accueillent confortablement seize comédiens. Ils se partagent quatre salles d'eau avec douche, deux salles d'essayage – pour hommes et pour femmes – plus trois réduits pleins d'une impressionnante collection d'accessoires adaptée au répertoire du théâtre : perruques, chapeaux, lunettes, monocles, écharpes et foulards, cravates, mouchoirs, sacs à main, gants, souliers, bottes, escarpins, parapluies, ombrelles, cannes, etc. Le tout est relativement en ordre. En poussant un soupir de découragement, Marmet ne peut s'empêcher de penser que l'endroit est parfait pour dissimuler à peu près n'importe quel objet de petit format, par exemple une fiole de poison. Idem pour l'atelier de l'habilleuse, un véritable capharnaüm de costumes et de tissus. L'étage accueille finalement le salon des artistes, auquel deux portes donnent accès. La salle est assez spacieuse pour contenir une table à cartes et un billard, situés chacun le long de grandes fenêtres donnant sur la rue Saint-Joseph, en biais avec l'Hôtel Saint-Roch. Entre les deux fenêtres, un grand foyer vole la vedette, avec son manteau de bois sculpté aux mêmes motifs que le manteau d'arlequin du théâtre. Il y a un trio de fauteuils, une causeuse de cuir, puis une table de service et un bar, situés entre les deux portes. La pièce a du style…

Marmet invite Groleau et les deux limiers à éplucher les lieux. Pendant qu'ils sont à l'œuvre, leur patron marche sans but précis d'une pièce à l'autre, tentant de deviner ce qui a bien pu se passer l'avant-veille. Selon sa théorie sur le crime, plus précisément celle sur la résolution des crimes, l'atmosphère du lieu conserve les traces de propos, de regards, de gestes, de parfums du jour de la première qui soient en relation avec le décès des deux hommes. Marmet tente de prendre le pouls de l'air ambiant, d'y trouver un signe, un effluve, une onde pouvant servir de repoussoir vers le crime à résoudre. «S'imprégner du lieu…», conseille-t-il aux jeunes détectives qui s'intéressent à sa méthode. Après une autre demi-heure, ils ont rempli deux boîtes de livres, magazines et notes manuscrites, certains en langues étrangères. Trois tasses trouvées dans la loge de Granteuil plus une boîte de sachets de thé récupérés dans l'atelier de l'habilleuse constituent le clou de cette hétéroclite collection. Le quatuor est unanime: à l'odeur, ils savent que ces tasses abritent des résidus du poison mortel. Marmet va éveiller Lalande, qui somnole sur la causeuse du salon des artistes.

L'intérêt du quatuor s'aiguise à nouveau quand, à la suite du gardien, ils descendent au niveau du plateau. Les scènes de théâtre font souvent cet effet. L'ampleur des dégagements et des coulisses, la hauteur des pendrillons, les tables d'accessoires, le tout bordé par les dizaines de câbles des cintres, herses et autres perches alignés le long du mur ; tout cela impressionne n'importe quel quidam. Son équipe et lui ont scruté la scène et la coulisse à la loupe le soir et le lendemain des décès. Ce qui turlupine davantage l'inspecteur, depuis l'interrogatoire de Fauvert, c'est l'atelier de décor.

Cette grande salle est située tout à l'arrière du Théâtre municipal, au même niveau que la scène. Les plans montrent deux accès de l'intérieur du théâtre. L'entrée secrète donnant sur la rue arrière n'y apparaît pas. L'entrée principale est une grande porte coulissante ouvrant sur le débarcadère et l'arrière du plateau. C'est par là que circulent les éléments de décor et le matériel. De cette ouverture, un regard panoramique débutant sur la gauche découvre une section pour les draperies et tulles. Suit au fond un demi-mur pour les poids, cordes, attaches, tiges, poulies, béquilles, planches et poutres utiles pour cintrer, soutenir, échafauder les décors. Sur le demi-mur voisin, bien rangés sur d'énormes tablettes, reposent les appareils d'éclairage. Occupant la majeure partie du mur est, une quinzaine de sections de décor sont allongées les unes sur les autres. Salon bourgeois, chambre classique, éléments de paysages donnent une idée du répertoire à l'affiche. Immédiatement à droite de cette entrée, pour finir, se trouve le costumier. Deux étages de fringues répondent en écho aux styles des sections de décors.

La seconde porte, discrète, est coincée entre le costumier et les éléments de décor. Elle ouvre sur une petite toilette qui communique par une autre porte sur le dégagement arrière côté cour. Cette toilette détient la triste réputation de recevoir les artistes souffrant de trac. Ils s'y réfugient pour vomir leur stress avant d'entrer en scène.

Le bureau du gardien Lalande est stratégiquement situé entre l'accès principal de l'entrepôt, côté jardin, et l'entrée des artistes qui donne côté cour sur le dégagement d'arrière-scène. Son réduit est fenestré sur trois faces.

Le fatras d'objets et d'appareils que découvrent les policiers dans l'atelier des décors, au-delà de son charme intrinsèque, a sur eux un nouvel effet de découragement. Quels indices probants pourront-ils dénicher dans un tel fouillis?

— Allez… au travail, lance Marmet à ses hommes avant de se tourner vers leur guide. Monsieur Lalande. Comment… par où pouvons-nous entrer et sortir de cette salle?

— Que voulez-vous dire?

— Montrez-moi tous les accès à cet entrepôt.

L'homme est intimidé par la présence des policiers. En fait, il n'aime pas que des étrangers fouillent ainsi son théâtre. Comme s'ils violaient son intimité. Et même s'il souhaite que rien n'y paraisse, il est troublé par les deux décès. Il hésite avant de répondre. Devant l'insistance du regard de Marmet, il désigne d'un geste vague la grande porte coulissante par où ils sont entrés.

— J'avais deviné. Mais encore?

— On peut entrer par la toilette.

— Et encore?

— Comment, encore? questionne le gardien.

— Il n'y a pas d'autres accès à cette salle?

— Non.

— Vous êtes certain?

— Mais oui… Que voulez-vous dire?

L'homme s'impatiente. Pas autant que Marmet, qui le fixe à la façon d'une flèche approchant de sa cible.

— Montrez-moi la porte dérobée qui donne sur la rue Notre-Dame-des-Anges.

Le gardien fige, se demandant si l'inspecteur possède des pouvoirs surnaturels. Il va finalement vers le fond de l'atelier, tasse les câbles de remplacement des cintres, derrière lesquels l'inspecteur voit le gardien faire glisser une cloison.

— Qui vous a révélé l'existence de cette porte ? demande le mastodonte, à la fois curieux et fâché que son petit secret soit éventé.

— Ce n'est pas vos oignons, rétorque sèchement Marmet.

Conformément au récit du jeune journaliste, l'inspecteur trouve derrière la cloison quelques marches descendant vers un minuscule palier. À gauche, une porte. Devant, une volée de marches descend vers le sous-sol. « Ouvrez cette porte », intime l'inspecteur au gardien. La masse de chair atteint la porte et insère une clé de son énorme trousseau. La porte s'ouvre sur la rue. Marmet descend sur le trottoir et constate que, de l'extérieur, il faut un œil bien exercé pour deviner le tracé de l'ouverture dans le mur de briques. Aucune poignée ni pentures ne sont apparentes. Quand Lalande lui a montré comment manipuler le mécanisme, il referme et donne un coup sec du poing sur une brique plus pâle que les autres. Le mécanisme déclenche l'ouverture de la porte vers l'extérieur. Fauvert a dit la vérité, ce qui rassure l'inspecteur. Revenu à l'intérieur, Marmet appelle Groleau et demande que soient relevées toutes les empreintes digitales identifiables. Puis il se retourne vers le gardien, nerveux, qui rêve d'être ailleurs.

— Pourquoi me cacher l'existence de cette porte ?

Regain de nervosité chez l'adipeux.

— Allez… Dites, insiste Marmet.

Le feu de son regard, soutenu par les sourcils touffus, a tôt fait de percer les défenses de Lalande, qui raconte comment cette issue a été exigée lors de la construction du théâtre par le directeur de l'époque. Il voulait se ménager un accès secret, explique-t-il. « Courville et Jasmin sont d'honnêtes hommes, mais ça n'a pas toujours été le cas, ici. » Des yeux, Marmet ne lâche pas prise, ce qui incite l'homme à poursuivre. « Les premières années, le théâtre abritait quelques activités plus ou moins catholiques… L'atelier servait moins… Chaque semaine le directeur recevait des notables pour des parties de poker bien arrosées… On installait des tables, un bar… Après les représentations de théâtre, il se jouait de grosses sommes pendant des nuits entières… La clientèle entrait par l'avant en début de soirée, avec les spectateurs. Puis elle sortait par l'entrée secrète tard dans la nuit… L'été, pendant qu'il n'y avait pas de théâtre, il y avait aussi… une… une *maison* à l'étage des loges. Les jeunes comédiennes qui voulaient des rôles ici devaient… comment dire… vous comprenez ce que je veux dire… Tout ça était très discret. Le club à Cloutier, on disait. Du nom de Jules Cloutier, le premier directeur… » En son temps, Jules Cloutier avait été bien connu dans la capitale. Homme flamboyant et ambitieux, proche de l'hôtel de ville, il ne s'était jamais gêné pour utiliser ses contacts afin d'obtenir ce qu'il convoitait. Quand le Théâtre municipal avait été construit, Cloutier s'était en quelque sorte approprié la direction, même s'il ne connaissait que dalle au théâtre. Lui et quelques autres avaient décidé que ce poste était pour lui ; ses amis à la mairie avaient fait le reste. Marmet connaissait Cloutier de réputation, comme tout le monde s'intéressant un tant soit peu à la vie mondaine de Québec. Mais il n'avait jamais entendu parler de ce club sélect, preuve que la discrétion entourant les activités non théâtrales du lieu avait été exemplaire. Ayant travaillé à l'escouade des mœurs pendant les cinq premières années de sa carrière, lui et ses collègues pensaient alors tout savoir de la vie illicite de la capitale. Il avait aujourd'hui la preuve du contraire… Combien d'autres maisons du genre avaient alors été en opération? Il ne le saurait jamais.

Lalande est gêné d'avouer les agissements qu'a abrités le théâtre. D'autant que, les avouant à un policier, il craint les conséquences auxquelles il pourrait s'exposer. Après une série de questions, Marmet sait aussi que, grâce à ces petits commerces, le directeur de l'époque arrondissait généreusement ses fins de mois. Il devine également que le gardien était bien payé pour garder le secret. Depuis que Cloutier est mort, terrassé par une crise cardiaque, Lalande croit que l'entrée n'a plus jamais resservie.

— Je dirais que Courville et Jasmin n'en connaissent même pas l'existence.

— Quelqu'un d'autre? Un collègue de cette époque?

— Seulement Jeannette Mance et moi avons travaillé pour Cloutier.

— Vous n'avez parlé à personne d'autre de cet accès, ni du club à Cloutier, comme vous dites? questionne Marmet.

— Non…

— Pas même à Granteuil, Tarbin ou Larimont?

— Non, je vous dis…

Marmet ne fouille pas plus loin. Il a assez tiré de jus du colosse pour le moment. Outre qu'il a de quoi demander une enquête à l'escouade de la moralité, il saura bien faire avouer à Lalande s'il connaît ou non l'usage actuel de l'atelier par les membres du CRI. Ce n'est pas essentiel de le savoir tout de suite.

— Qu'y a-t-il sous l'atelier? demande maintenant Marmet en pointant vers le bas de l'escalier.

— La chaufferie et la chambre électrique, répond Lalande avec empressement, soulagé de changer de sujet.

— Vous allez me montrer tout ça, rétorque le policier en prenant les devants.

Marmet trouve le commutateur d'une ampoule nue qui éclaire le bas de l'escalier. Il descend jusqu'à la porte, qu'il tente sans résultat de pousser. Marmet se tourne vers le gardien, qui lui tend une troisième clé. La porte s'ouvre sur une pièce basse et sombre, qu'éclairent faiblement deux ampoules qui tombent du plafond. Apparaissent un plancher poussiéreux, des murs perdus dans l'ombre derrière une fournaise au charbon et des réservoirs d'eau chaude. Près d'une trappe qui ouvre sur la rue, à gauche de la porte, une montagne de charbon retenue par des montants de bois délabrés noircit le sol. L'odeur caractéristique du combustible pollue l'air ambiant.

— Cette autre porte, demande Marmet au gardien, donne sur…?

— L'accès officiel de la chaufferie… Derrière, se trouve l'escalier qui monte jusqu'aux loges et aux bureaux de la direction… Vous voulez voir?

— Certainement… Qu'y a-t-il d'autre au sous-sol?

— L'accès aux trappes… Sous la scène, quoi… et par là on peut rejoindre le bureau technique où nous avons débuté la visite.

Marmet fixe le type avec insistance. Le gardien répond par un soupir avant de se diriger vers la porte susdite. «Suivez-moi…» Ce que Marmet fait avec plaisir.

Sous la scène, l'inspecteur se fait expliquer en détail le fonctionnement des trappes – à défaut d'être utile pour son enquête c'est instructif. Puis ils aboutissent effectivement au bureau technique.

— On a fait une boucle, pense le policier à haute voix.

— C'est nécessaire pour certains déplacements de comédiens… Quand on entre sur scène ou qu'on en sort par une trappe, il faut pouvoir joindre les coulisses autant côté cour que côté jardin…

— Vous avez été comédien? demande le policier.

— Oui… Il y a longtemps… J'ai l'impression que c'était dans un autre siècle.

— Pourquoi vous dites cela?

Le gardien trouve tout à coup le policier plus sympathique.

— J'ai eu mes heures de gloire, vous savez. J'habitais Montréal… et pesais sûrement cent livres de moins… Ça a commencé au collège, où j'ai joué dans des productions étudiantes. Après, piqué par la scène, j'ai continué dans des troupes amateurs. J'aimais tellement ça… En 21, une compagnie venue de France pour une tournée m'a engagé. J'aidais au transport, à monter le décor. L'année suivante, le directeur m'a pris comme doublure. Je jouais de petits rôles peut-être une fois par semaine, quand les Français prenaient congé. Mon principal fait d'armes: avoir joué avec Cécile Sorel et Albert Lambert fils dans *Le Misanthrope*. Un rôle muet de valet qui ouvrait et fermait des portes… C'était en 22… Quels grands acteurs! J'ai travaillé aussi pour la compagnie avec laquelle La Divine est venue. C'était après elle, bien sûr, mais quelques comédiens l'avaient bien connue.

— La Divine?

— Sarah Bernhardt, voyons… Quelle artiste… Quelle femme… J'ai eu la piqûre du théâtre après l'avoir vue jouer *La Dame aux camélias*, lors de son second séjour à Montréal, en 1904 ou 1905… Je devais avoir vingt ans… Quelle présence extraordinaire… On aurait dit un brasier sur scène… Son radium, qu'elle disait… Elle rendait à merveille toute la gamme des émotions…

L'homme a les yeux mi-clos, la tête un peu relevée. Il revit ses jeunes années comme dans un rêve.

— Enfin… C'est un peu pour ça que la direction m'a embauché… Je connaissais la vie d'un théâtre.

— Vous ne jouiez plus ?

— Non… Non…

L'homme a baissé la tête. Il semble ne pas vouloir donner plus d'explications, ce que respecte son interlocuteur.

Quand Lalande et Marmet reviennent dans l'atelier, Groleau et les deux limiers ont terminé leur fouille. Ils grillent une cigarette en discutant de la saison de hockey qui débute bientôt. La grande table de coupe est jonchée de suffisamment d'artefacts pour accrocher au visage de leur supérieur un sourire de satisfaction. Plans, photos, carnets, ajoutés aux objets trouvés dans le salon des techniciens et à l'étage des artistes prouvent de nouveau que Fauvert n'a pas conté de bobards.

— Bravo messieurs. Emballez-moi tout ça… Vous avez les empreintes autour de la porte dérobée ?

Groleau répond en montrant une grande enveloppe à son supérieur.

— Bien… Relevez aussi les empreintes dans l'escalier et sur les portes. Puis vous me fouillez la cave de A à Z… incluant le charbon… Plus la salle des trappes située sous la scène. C'est clair ?

— Oui chef, répond Groleau pour lui et les autres. On peut finir notre clope avant, au moins, pour ne pas mettre le feu à la cave ?

— Libre à vous de mettre le feu à vos poumons, mon cher… Moi je vais aller chauffer un peu nos amis les directeurs. Quand vous aurez terminé, les hommes retournent au bureau avec le matériel et tu me rejoins.

Marmet demande finalement au gardien de le mener chez les directeurs, ce qu'il fait en traversant de jardin à cour le dégagement arrière pour rejoindre l'escalier qui monte vers les loges et, un étage plus haut, à l'administration du théâtre.

IX
« À l'étage »

Depuis le décès de leur comédien vedette et du régisseur, Courville et Jasmin passent l'essentiel de leur temps à trois choses : désespérer sur l'impact de la catastrophe, échafauder des plans pour la relance des activités du théâtre et répondre aux questions des journalistes. L'ambiance qui règne à l'étage de l'administration du théâtre oscille tel un pendule entre ces pôles.

La disparition de Granteuil risque évidemment de causer des dégâts. Comment la compagnie va-t-elle surmonter cette terrible disparition ? Qui pourra bien le remplacer dans les divers rôles qui lui étaient dévolus après *Zone* ? Plus encore : quel comédien à Québec a le talent ou le potentiel pour remplacer Edmond Granteuil sur scène et dans le cœur du public ? Les directeurs ne trouvent aucune réponse satisfaisante à ces questions, peu importe les nuances qu'ils s'efforcent d'exprimer. Avec la disparition de son comédien vedette, le Théâtre municipal est en crise… Jacques Larimont a du talent, certes, mais ni la maturité ni la polyvalence de Granteuil. De son côté, Hermine Hérésie est une excellente comédienne mais elle n'a jamais réussi, ces dernières années, à supplanter son principal partenaire et rival. Le concours de popularité auprès des spectateurs ne ment pas : Edmond a été élu favori saison après saison. Hermine et Jacques pourraient lui succéder, quoique ni l'un ni l'autre n'est encore à la hauteur du disparu… Hermine plus que Jacques, assurément. Mais elle est encore jeune.

La mort de Tarbin ajoute au casse-tête des directeurs. Bien qu'effacé, confiné aux coulisses, le régisseur occupe une fonction centrale dans la vie d'un théâtre. En poste depuis plus de dix ans, Paul Tarbin a prouvé plus d'une fois son indéniable compétence. Il connaissait le lieu et le métier autant qu'un curé de campagne les bas instincts de ses paroissiens. Son dévouement était total et son expérience n'était pas étrangère au respect que les artistes et son équipe technique lui manifestaient. Son attitude vis-à-vis du duo de directeurs frisait la condescendance, il est vrai, ce qui occasionnait de fréquentes prises de bec, mais jamais Courville et Jasmin n'avaient pensé se départir de cet homme précieux. Malgré son attitude frondeuse, ils étaient attachés à lui. D'autre part, les régisseurs de théâtre sont assez peu nombreux à Québec, guère plus à Montréal. La même question se pose donc pour Tarbin : qui pourra bien le remplacer ?

D'un naturel pragmatique, Courville est celui des deux qui retombe le plus vite sur ses pattes. C'est à lui que revient le mérite de faire progresser le climat du sombre désespoir vers la recherche de solutions. Au contraire, Jasmin reste la plupart du temps prostré face au drame venant de s'abattre sur le début de saison. Les dieux grecs manifestent leur désaccord puisqu'il n'y a pas de tragédie à l'affiche cette année ? Le mauvais sort historique les rattrape pour le *Macbeth* de la saison précédente ? Il invoque comme *deus ex machina* le catalogue complet des superstitions théâtrales… Ce paradoxe dans l'attitude des directeurs se reflète naturellement dans leur allure physique. Grand et mince, les cheveux en bataille, de complexion nerveuse et stressée, Jasmin se dévore d'angoisse. Sa constitution fragile et son teint cadavérique en témoignent. Courville appartient plutôt à ceux qui tendent sans relâche vers le bon côté des choses. Sa tête ronde et sa spectaculaire moustache – il gagne régulièrement le concours du Carnaval – lui donnent un air naïf et jovial. Son embonpoint est révélateur d'un goût prononcé pour la bonne chère. Il est profondément troublé par les événements survenus deux jours plus tôt et traverse de forts moments de découragement mais, fondamentalement, rien ne réussit à entamer sa confiance en la vie et son appétit glouton. Quand Jasmin entrevoit un problème, Courville cherche sans délai une solution.

On pourrait croire que la bonhommie de Courville s'impose facilement devant la fragilité de Jasmin. Ce serait se méprendre sur la nature de leur relation. En fait, Jasmin exerce un ascendant sur son collègue grâce à ses connaissances artistiques et théâtrales, qui en imposent à plus d'un. Et si Courville mène habilement les opérations financières et administratives, de même que la gestion du personnel et de l'immeuble, Jasmin possède la science requise pour programmer les saisons du théâtre et, surtout, pour vendre les spectacles au public de Québec. Résultat, le Théâtre municipal n'a jamais aussi bien fonctionné depuis que le duo est en poste.

L'heure est plutôt à l'abattement quand Marmet se pointe accompagné du gardien Lalande. Le mouchoir chiffonné sur le bureau de la secrétaire éveille la compassion de l'inspecteur. La dame le regarde d'ailleurs sans même tenter de masquer sa tristesse. Le découragement qui prévaut se confirme dès qu'il met le pied dans l'officine du duo. Chacun est affalé à son bureau, les yeux dans le vague, perdu dans le maelström dévastateur de sombres pensées.

— Eh bien, messieurs, lance l'inspecteur avec ironie, dans une tentative de détendre l'atmosphère, l'ambiance est à la fête, ici. Je me trompe?

Outrés par le sarcasme, les deux hommes ne daignent pas répondre. Se passant de leur permission, Marmet raconte la visite qu'il vient de faire avec ses hommes, évoque la fascination exercée par le lieu, énumère en vrac les objets découverts et emportés pour les besoins de l'enquête. Il remercie avec emphase le gardien pour son temps et son amabilité avant de le libérer. Les directeurs restent cois, ne sachant comment réagir devant l'état d'esprit du policier. «Que signifie cette attitude?», demande en silence Courville à son confrère d'un regard interrogateur.

— Messieurs, reprend Marmet, vous connaissez j'imagine la plupart des choses qui se passent entre ces murs. Je crois cependant avoir fait quelques découvertes susceptibles de vous surprendre.

Courville relève le torse, s'assied droit sur sa chaise pivotante avant de demander à l'inspecteur des éclair-cissements. Jasmin ne réagit pas tout de suite, noyé dans son drame, mais finit par écouter avec une attention grandissante les explications de leur visiteur.

Marmet raconte le principal de ses activités et réflexions depuis la conférence de presse de la veille. Interrogatoire de Bertold Fauvert, visite du théâtre avec Lalande, recherches entreprises par ses collaborateurs, cueillette d'artefacts suscep-tibles d'être des indices ou de révéler des pistes, le tout émaillé de réflexions et commentaires choisis pour titiller la curiosité des directeurs tout en préservant les informations sensibles qu'il préfère garder pour lui. Le but de cette séance est d'infor-mer, naturellement, mais aussi de mieux connaître ces zigotos, que rien, sauf l'absence d'un mobile, n'exclut à prime abord de la liste des suspects. Après les avoir mis en confiance en révélant divers éléments de son enquête, il ponctue son discours de questions. Tous deux admettent connaître Bertold Fauvert, le journaliste appréhendé le soir des décès. Leurs dires corroborent ce que le jeune homme a révélé lui-même sur son métier de journaliste : il couvre régulièrement l'actualité des spectacles – notamment les activités du Théâtre municipal – pour *L'Événement-Journal* et pour la radio CHRC. Pour Jasmin et Courville, ses articles sont francs et directs, souvent impertinents. Il a le mérite de poser les bonnes questions. Ses critiques radiophoniques au lendemain des premières sont pour la plupart honnêtes, c'est-à-dire pas trop dévastatrices. Contrairement à d'autres, il ne se glorifie pas de démolir les spectacles. Les directeurs confirment enfin la date de l'entrevue réalisée avec Granteuil et Tarbin le mois précédent. Ils n'ont rien d'autre à dire sur lui… ni sur d'éventuelles relations que le jeune homme a pu entretenir avec Granteuil, Tarbin ou d'autres membres de la compagnie. C'est probablement la raison pour laquelle ils restent bouche bée quand Marmet révèle certains extraits de son interrogatoire.

— Tous les trois font partie du CRI ? s'indigne Courville quand le policier évoque le groupe rebelle… Granteuil et Tarbin : des anarchistes… Avec ce journaliste ?

— Peut-être avec d'autres personnes de votre troupe, ajoute Marmet. Toujours selon monsieur Fauvert, le CRI aurait tenu plusieurs réunions secrètes dans ce théâtre pendant les derniers mois…

— Quoi ! reprend Jasmin à un poil de la suffocation. Soyez sérieux, monsieur. Ce théâtre serait le lieu de rendez-vous de ces rebelles ? Ils s'y réuniraient sous nos yeux, sans qu'on le sache ? C'est absurde… Nous ne sommes pas dans un roman de Gaston Leroux !!!

— Du calme, messieurs… Marmet ne veut surtout pas éveiller la méfiance des directeurs à son égard. À moins que vous soyez d'excellents acteurs, je devine que vous ignorez tout des activités du CRI dans le Théâtre municipal. Il ne faut pas s'en faire : votre théâtre n'est pas en cause, ici, mais plutôt les agissements de ce groupe.

— Ah vous croyez ? l'interrompt Jasmin, nerveux. Vous croyez que le conseil municipal va en arriver à la même conclusion ? Notre survie dépend de l'aide municipale… Un tel scandale serait pour le moins mal venu.

— Je comprends vos inquiétudes, mais pour le moment rien n'indique que le Théâtre ait été mêlé d'une manière ou d'une autre aux activités du CRI, sinon comme lieu secret de rencontres, et rien non plus n'indique que le décès de vos employés soit lié à leurs activités au sein du CRI. C'est une piste à suivre, mais les indices sont minces et je n'ai pas de preuves…

— Quoi alors ? demande Courville.

L'inspecteur tente de rassurer les deux hommes en affirmant qu'il sera le plus discret possible. Cela dit, si les révélations de Fauvert s'avéraient fondées, il faudra agir. « Si j'ai l'occasion de démanteler le CRI, je n'hésiterai pas… »

— Qu'ont-ils fait de mal ? reprend Courville. Des drapeaux communistes, des lettres ouvertes contre le pouvoir, des mascarades… Des jeunes en mal de sensations fortes. Il n'y a rien de très dangereux dans tout ça. En tout cas, rien qui justifie des assassinats…

— Je ne suis pas loin de partager votre avis, cher ami, mais mon avis importe peu en ce domaine. Mes supérieurs, dont le ministre de la Justice, n'aiment pas les voix qui s'élèvent à l'encontre du pouvoir. Ils ont une dent particulièrement pointue contre ceux qui le font avec ironie et cynisme, surtout s'ils se réclament de gauche. Duplessis ne nous a pas habitués à tolérer ce genre d'envolées… Enfin… Le CRI n'est pas la piste principale que je vais suivre pour le moment. Je suis tombé dessus par hasard. Et il me reste à prouver la véracité de certaines affirmations du jeune Fauvert… Ce n'est pas mon habitude de gober les premiers témoignages reçus. Non… Par rapport à nos deux morts, mes soupçons ne vont pas pour le moment dans cette direction.

— Vous avez une idée sur la cause de ces horribles… de ces horribles…, lance Jasmin sans terminer sa phrase.

Marmet regarde tour à tour les deux hommes avec son air le plus sérieux. Lui aussi est capable de faire un peu de théâtre. «Je vais vous faire une révélation tout à fait confidentielle. Je compte évidemment sur votre totale discrétion…» Avant de poursuivre, il fait silence juste assez pour énerver davantage ses deux interlocuteurs. «À l'autopsie, le médecin légiste a constaté que les organes internes d'Edmond Granteuil et de Paul Tarbin étaient complètement ravagés. Estomac, foie, réseau artériel, cœur, leurs deux corps ont pour ainsi dire implosé. Une tornade d'une puissance impressionnante… Le poulet grillé mangé quelques heures avant la représentation n'a pu provoquer un tel dégât. Conclusion officielle de nos services : ils ont tous deux ingéré un poison extrêmement violent. Le labo a prélevé dans l'estomac et dans le sang des deux hommes un mélange très particulier d'alcaloïde, sûrement concocté en pharmacie, dont nous ne connaissons pas encore la provenance. Notre équipe travaille sur le cas.»

— Misère…, lâche dans un soupir désespéré le plus petit du duo. Empoisonnés…

— Qui a pu faire ça ? demande l'autre.

Marmet répond que la bonne question à se poser, pour le moment, est plutôt pourquoi.

— Il faut d'abord découvrir le mobile. C'est de cette façon que nous pourrons identifier le ou les coupables, poursuit-il. À mon avis, il faut explorer deux voies : le suicide et le meurtre…

— Ça n'a aucun sens, conteste Courville. Ces morts n'ont aucun sens. Qui a bien pu vouloir qu'ils meurent ? Pourquoi se seraient-ils suicidés ? Tous les deux ??? Je le répète : ça n'a aucun sens…

— Des tas de choses n'ont aucun sens, dans la vie… Mais vous savez comme moi que ces deux décès n'ont rien d'accidentel. Pourquoi ? Qui ? Voilà les questions essentielles. Et nous sommes devant trois hypothèses. Un : l'un a empoisonné l'autre avant de se suicider. Deux : leur mort découle d'un pacte mutuel de suicide. Trois : il s'agit de meurtres prémédités dont le mobile nous échappe encore. Il est évident que l'appartenance supposée de ces deux personnes à un groupe rebelle opposé au gouvernement mérite d'être analysée. Le motif pourrait venir de là… L'état d'avancement de l'enquête ne permet toutefois d'affirmer rien de probant pour le moment, ni dans un sens ni dans l'autre. Je ne voudrais pas créer de fausses impressions. D'autant que les médias sont à l'affût. Raison de plus pour être discret.

Marmet a bien sûr des idées sur le sujet, mais il juge prématuré de les exposer aux directeurs. Il garde aussi pour lui les révélations de Lalande sur le « club à Cloutier » et l'entrée secrète. Le duo de directeurs est bien assez nerveux. D'autant qu'il gagerait un dix que les deux hommes ne garderaient l'information confidentielle pas plus de deux minutes après qu'il aurait quitté le théâtre. Sauf…

— Un élément pourrait nous aider à avancer… Le sujet est délicat mais je dois savoir.

— De quoi s'agit-il ? répond Courville en affichant un air laissant supposer qu'il pressent la question.

— Granteuil et Tarbin… C'était plus que des amis ?

— Que voulez-vous dire ?

— Ils avaient une relation… sentimentale, amoureuse ?

Sachant bien qu'une telle épice contribuerait à relever le goût du scandale qui mijote, Courville aurait bien aimé que ce « détail » reste caché. Mais la chose finira par se savoir, de toute façon. Aussi regarde-t-il Marmet droit dans les yeux avant de répondre par l'affirmative, après quoi il demande si le détail en question a son importance.

— Peut-être que oui… Peut-être que non, répond l'inspecteur. Dans la perspective d'un mobile circonscrit aux deux victimes… genre empoisonnement et suicide ou double suicide, il sera difficile de ne pas envisager un crime passionnel… Je peux au moins vous assurer d'une chose : je n'ai aucun appétit pour la chasse aux homosexuels. Je sais bien que notre société réprouve ce comportement, qu'il est interdit par la loi et les bonnes mœurs, que nos bons curés en font leurs choux gras dans plusieurs de leurs sermons, mais j'ai trop vu de représentants du clergé jouer aux bonnes âmes sur la place publique et tâter de la jeunesse masculine en privé pour vouloir protéger leur hypocrisie. Honnêtement, je n'ai rien ni pour ni contre l'homosexualité.

Marmet gagerait un autre dix sur les allégeances sexuelles des directeurs. Jasmin, surtout, rayonne de l'auréole des invertis. Il apprendra pendant l'enquête que le duo de directeurs forme un couple, comme les deux morts en formaient un. Il est donc évident que l'état matrimonial des deux victimes ne fait qu'ajouter aux inquiétudes des directeurs quant aux risques encourus par cette affaire. Il sent bien, aussi, que les deux hommes doutent de son opinion sur l'homosexualité aussi bien qu'une souris douterait de la bonne foi jurée par un chat. Qu'il s'agisse de suicides ou de meurtres, la mort de Granteuil et Tarbin comporte bel et bien tous les ingrédients pour faire la une pendant plusieurs semaines. En sortiront-ils vivants?

Interrompant là ses réflexions sur le statut et la valeur des deux âmes transmigrées l'avant-veille, l'inspecteur reprend dans un tout autre registre et informe les directeurs que, à la suite de la visite de ce matin, le théâtre peut retrouver sa vie normale. L'accès à l'édifice sera contrôlé par des agents, et limité aux membres du personnel, mais il n'y aura plus de restrictions à l'intérieur.

— Tant mieux… Le personnel se sent épié depuis l'autre soir. Il faut dissiper cette ambiance malsaine afin de répéter le spectacle avec notre nouveau Granteuil. L'équipe n'aura pas trop de temps si nous voulons reprendre mardi soir.

— Nos services gardent le droit de revenir n'importe quand. Tant que l'enquête n'est pas terminée.

— Cela va de soi.

— Qui reprend le rôle? interroge Marmet, curieux.

— Malheureusement, aucun comédien n'a l'envergure suffisante dans la compagnie. Jasmin a trouvé un jeune de Montréal qui devrait faire l'affaire. Son nom, déjà? questionne Courville en tournant la tête vers son collègue.

— Yves Létourneau. Il jouait le rôle de Roger lors de la création à Montréal l'an dernier.

L'inspecteur ne connaît pas ce comédien. Il s'est levé, prêt à partir.

— Une dernière question, messieurs, comme ça. Je me demandais. Les trésors polonais, vous connaissez?

— La collection conservée au musée? rétorque Courville.

— Oui.

— Oui, on connaît… Duplessis en fait un tel orgueil… Pourquoi?

— Vous n'avez pas entendu Tarbin ou Granteuil en parler, dans les derniers mois, les dernières semaines?

Après un silence, pendant lequel les directeurs se regardent en se demandant s'ils ont bien entendu, Jasmin répond négativement sur un ton qui paraît sincère à l'inspecteur. À ce moment précis, comme si la transition a été mise en scène, la porte du bureau s'ouvre sur Groleau qui entre en brandissant des cahiers reliés avec la satisfaction du travail accompli.

— Patron, les hommes sont retournés au poste avec les objets retenus pour analyse. Les relevés d'empreintes sont faits. Nous n'avons pas trouvé grand-chose après votre départ sauf une mallette pleine de documents cachée à la cave… Avec des carnets qui semblent écrits par Granteuil.

X
L'odeur du crime

Dans la salle où Marmet a interrogé Bertold Fauvert, sur la même petite table éclairée par une paire d'ampoules sans âme, le verre d'eau qui la veille a hypnotisé le journaliste a laissé place à la cueillette réalisée dans la matinée au Théâtre municipal. Trois piles encombrent la table. La section centrale, plus volumineuse, est constituée surtout de papier : journaux, livres, magazines, notes manuscrites, enveloppes, etc. D'un côté sont regroupés une boîte de sachets de thé, un sac de café, des biscuits, plus trois tasses dépareillées. De l'autre s'étirent deux rouleaux de papier dont le format rappelle celui de cartes géographiques ou de plans d'architecte. À l'écart, dans un coin peu éclairé, se trouve une table identique sur laquelle reposent des objets appartenant à Fauvert. Celui-ci a été relâché après son interrogatoire, mais les policiers ont conservé un carnet de notes et son bottin personnel, à côté desquels est la déposition dactylographiée signée en bonne et due forme.

L'équipe de Marmet a procédé à une première analyse de l'hétéroclite collection. L'inventaire suivi de leurs notes tient sur une tablette devant chacune des catégories d'artefacts. Leur travail a d'abord consisté à déterminer l'usage de ces objets, puis leur intérêt ou leur pertinence par rapport à l'enquête. Faute de lien avec les mobiles potentiels, bon nombre seront éliminés le jour même et retournés à leur lieu d'origine ou propriétaire. C'est le cas d'une boîte d'accessoires de théâtre glissée sous la table centrale : couteaux à lame molle ou rétractable, revolvers factices, cartouches à blanc, qui ont éveillé la curiosité des policiers. Les éléments restants seront classés en deux catégories : les indices sérieux, qui pourraient devenir pièces à conviction, et le reste, qui sera revu si la première catégorie ne remplit pas ses promesses.

L'inspecteur Marmet, mordillant inconsciemment un coin de son calepin, va depuis trente minutes d'une table à l'autre en observant l'accumulation d'objets. Après avoir lu les notes de ses subalternes puis vu, tâté, scruté la majorité des documents et articles qui reposent devant lui, le policier est convaincu que Granteuil, Tarbin et leurs amis du CRI ont bel et bien volé les trésors polonais. Un fort doute subsistait après la déposition de la veille du journaliste Fauvert. Les gratte-papier sont reconnus pour avoir la fabulation facile… Mais les objets rassemblés au théâtre consolident le faisceau de présomptions apparu dans le cerveau de l'inspecteur. D'emblée, une lecture en diagonale des cahiers de Granteuil s'est montrée révélatrice. Il se garde d'ailleurs pour le soir même une lecture plus attentive des écrits du comédien. Depuis la fête du Travail, compte tenu des bâtons que le gouvernement lui a mis dans les roues, surtout l'obligation d'être discret, son enquête sur le vol au Musée provincial a peu progressé. Que des Polonais de l'ancien ou du nouveau régime aient réalisé le coup demeure une de ses hypothèses favorites. Il a bien tenté de valider cette théorie auprès des loyalistes de Montréal, qui ont infiltré la légation communiste au Canada dès son arrivée en 1945, mais il s'est heurté à leur silence. Cette attitude l'a surpris, d'autant qu'il a eu la nette impression que ce mutisme lui était particulièrement destiné. Quelqu'un a ordonné aux loyalistes de ne pas trop lui en dire… Qui ? Pourquoi ? Cette attitude pue l'action de ses vieux amis du ministère de la Justice. Il n'aime pas qu'on le prenne pour le dindon de la farce. Surtout que, si son enquête ne progresse pas, on lui en fera porter l'odieux. Cela dit, pris depuis par d'autres dossiers, il n'a pas eu le temps de pousser plus loin sa recherche. Et voilà que, par ricochet, travaillant sur une autre enquête, il trouve de l'information de première qualité. Il espère bien en tirer profit, non seulement pour résoudre le dossier des trésors, mais pour planter une épine ou deux dans les pieds de ses vieux amis.

Parmi le matériel perquisitionné au théâtre, les documents en polonais plus une série de photos d'objets décoratifs et religieux seront pur bonbon aux yeux du procureur. D'autant que les anti-communistes – qui ont défendu avec acharnement la cape de justicier enfilée par le gouvernement Duplessis – se feront une joie de confirmer si ces photos correspondent ou non au contenu des malles disparues, ce dont Marmet ne doute guère. La présence d'une correspondance régulière avec des communistes notoires d'Ottawa et de Montréal, où apparaît à deux reprises le nom du représentant officiel du gouvernement de Varsovie au Canada, renforce cette thèse. Idem pour le plan du Musée provincial, où on trouve des indications récentes au plomb sur la porte d'accès fracassée et sur le chemin pour atteindre la voûte. Une première analyse de la rafle effectuée pour tenter d'élucider deux décès par empoisonnement montre donc un résultat inattendu. Marmet ne comprend toujours pas pourquoi Granteuil et Tarbin sont morts, mais le vol des trésors polonais est en voie d'être résolu. Leur mort est-elle liée au vol ?

Marmet se dirige vers les carnets de Fauvert, pour qui il n'éprouve toujours qu'une confiance limitée. Plusieurs cheveux

flottent sur la soupe concoctée par le journaliste. Primo, le
policier est convaincu que le jeune homme n'a pas tout dit. Il
faudra le cuisiner à nouveau, avec plus d'épices, pour relever la
qualité des arômes. Deuzio, il ne réussit pas à faire la part des
choses dans son discours entre la fiction et la vérité. Le journaliste s'est-il donné le beau rôle? En a-t-il ajouté? Retranché?
Mais quoi! La plupart des gens habiles dans la communication
verbale sont de fieffés menteurs, ce qui l'a toujours agacé. Il a
maintenant les informations en main pour vérifier, en temps
et lieu, si c'est le cas de Fauvert. L'information est rangée dans
le tiroir approprié de sa mémoire avant qu'il ne feuillette les
carnets confisqués. Le bottin personnel est bien rempli, avec
un numéro de téléphone pour ceux qui sont abonnés. Nombre
de gens qui ont été fichés au théâtre y figure. Il transcrit
quelques noms sur son propre calepin. Par contre, les notes du
journaliste ne montrent rien qui puisse intéresser son enquête.
Le carnet s'achève sur des références à *Zone*, surtout au jeu des
comédiens, notes prises pendant la première avant son interruption. Il lit ensuite trois pages sur le spectacle donné la
semaine précédente par le Théâtre National Populaire de Paris,
prestigieuse troupe de Jean Vilar en tournée à Montréal et à
Québec. Ces pages témoignent d'une réelle passion pour le
théâtre. Passion contagieuse, si bien que Marmet lit du début
à la fin le brouillon d'article où Fauvert dit, en bref, que *Ruy
Blas*, le drame de Hugo, l'a ennuyé alors que *Dom Juan* l'a littéralement ravi. Encore une fois, Molière l'emporte sur tous les
autres. Fauvert ne tarit pas d'éloges pour les Gérard Philippe,
Georges Wilson et Daniel Sorano, trio auréolé de la grâce dont
il bénit sans retenue la venue en Amérique. Avant ces pages,
reculant jusqu'en mai précédent, il lit des notes sur le Théâtre
du Nouveau Monde, jeune troupe de Montréal dont le passage
à Québec n'a pas particulièrement impressionné le journaliste,

sinon le jeu déterminé d'un jeune comédien, Jean-Louis Roux. Marmet feuillette deux fois le carnet sans trouver quoi que ce soit sur l'entrevue du mois d'août au Théâtre municipal. À l'évidence, le journaliste n'avait pas l'intention de parler de théâtre.

Il a repris sa rumination, accoté au mur, lorsque Groleau entre avec une boîte contenant un nouveau lot d'objets.

— J'arrive de chez Granteuil et Tarbin.

— Bien… As-tu trouvé un mot, une lettre annonçant un suicide?

— Ni chez l'un ni chez l'autre.

— Bon Dieu… Où est-elle? Tu connais le vieux principe: pas de note pas de suicide…

— Oui chef… J'ai cherché partout, tiroir après tiroir, sans résultat.

Marmet est visiblement contrarié. Peu importe l'angle par lequel il aborde le dossier, le suicide lui semble être la meilleure solution. Suicide double ou meurtre suivi d'un suicide. Il ne lui manque que la preuve. S'ils ne trouvent pas, il faudra envisager sérieusement la piste des assassinats.

Tous deux vident le contenu sur une troisième table apportée par un collègue. L'inspecteur remarque encore, surtout, des imprimés: livres, journaux, revues, tracts, écrits divers. L'acteur et le régisseur montraient un vif intérêt pour les mouvements et partis de gauche, pour le syndicalisme et pour l'art. Des manifestes communistes et socialistes côtoient des écrits de penseurs politiques, des recueils de poèmes, des dessins. Une grande enveloppe contient les originaux des lettres envoyées aux notables et journaux le printemps précédent. Une autre rassemble divers papiers sur deux autres projets réalisés par le CRI: mascarade de l'Halloween en 1953 et remplacement du drapeau fleurdelisé par celui de l'Internationale socialiste sur les mâts de l'Hôtel du Parlement. Des documents sont imprimés dans un alphabet bizarre que les officiers n'ont jamais vu de leur vie. «Je parie une tournée de bière que c'est du russe», marmonne l'inspecteur. «Nous allons faire vérifier», répond l'adjoint d'un air penaud, habitué à généralement perdre les paris lancés de cette manière par son supérieur.

Marmet reprend pour Groleau ses arguments et conclusions relatives au mouvement rebelle et à son implication dans le vol des trésors polonais. Il termine par la même interrogation : y a-t-il un lien entre le vol et les empoisonnements ? Groleau hésite avant de lancer qu'il ne voit pas lequel. Marmet poursuit.

— Admettons que nous savons maintenant qui est… était membre du CRI… Que nous avons la preuve que ce groupe a fait tout ce qu'on lui reproche… Et admettons que nous ne sommes pas les seuls à connaître ces preuves. Certaines gens pourraient vouloir les faire taire. Tu ne penses pas ?

— Peut-être… Mais de là à empoisonner deux personnes… En public !!! C'est trop énorme… Qui voudrait éveiller de tels soupçons ? C'est absurde…

Marmet regarde son adjoint et soupire.

— Deux hommes meurent d'empoisonnement violent à trente minutes d'intervalle sur la scène d'un théâtre un soir de première. D'après les témoignages dont nous disposons et les indices recueillis, ce seraient les leaders d'un mouvement rebelle qui se paie assez bien la tête du gouvernement depuis plus d'une année. Ces empoisonnements sont liés au mouvement rebelle ? Quelqu'un aurait ourdi ce crime ? Pas plus que toi, je ne me résous à y croire… La théorie du crime passionnel est plus séduisante. Nos deux cadavres n'étaient pas que des amis, mais bien un couple, et les couples homosexuels, comme tous les autres, peuvent traverser des crises, par exemple de jalousie… Cette piste est plus simple, plus limpide… et surtout moins emmerdante… Peut-être que le résultat a été influencé par les actions du CRI, mais mon intuition première demeure : double suicide ou meurtre suivi d'un suicide. D'après la chronologie des événements, Tarbin aurait empoisonné Granteuil avant de se réduire les tripes en purée.

— Ne manque que la lettre, conclut Groleau en regardant le plancher.

— Ouais…

Silence.

Jugeant que son analyse des artefacts a assez duré pour le moment, il demande à Groleau de faire préparer pour le lendemain l'inventaire détaillé du matériel trouvé chez les disparus. Puis il invite son collègue dans son bureau pour consulter les fiches remplies au théâtre deux jours plus tôt. Une demi-heure plus tard, Marmet a noté sur son calepin les noms qui méritent l'attention de la police. Ceux-là même dont il a remarqué la présence : le député Ganglion, son acolyte Bouchard et les frères Laurier. S'ajoute un poète aux accointances socialistes sur qui il a monté un dossier l'année précédente : Hyacinthe Cocteau. Celui-là même que Fauvert a identifié comme membre du CRI.

— Nous allons d'abord interroger les gens du Théâtre municipal, annonce-t-il à Groleau. Puis il faudrait convoquer ce Hyacinthe Cocteau. S'il le faut, nous irons ensuite voir du côté de Ganglion et Bouchard.

— Et les frères Laurier ?

— Le CRI est très à gauche. Pas eux. Ils sont plutôt alignés sur *Cité libre*… Je ne crois pas qu'ils soient impliqués… Gardons-les pour plus tard. Si nécessaire…

Marmet est un adepte invétéré de la marche. Depuis des années, beau temps mauvais temps, il voyage à pied pour aller au travail et en revenir. Hormis l'exercice, puisqu'il est dans ses temps libres philosophe autodidacte, il profite de ces moments privilégiés pour réfléchir. Ses sujets de prédilection sont généralement fort critiques des agissements du genre humain, en accord avec ses lectures. En ce moment, bien que l'œuvre soit à l'index, il lit *L'Étranger*, roman d'Albert Camus paru au début des années 40. Ce récit raconte d'abord les circonstances qui mènent un homme à en abattre un autre, à la suite d'une bagarre somme toute banale, puis les suites de cet assassinat : procès, condamnation à mort, détention. L'histoire de Meursault offre des résonances particulières avec le travail du policier. Il retrouve cette parenté dans d'autres livres de Camus, les romans de Sartre et certains auteurs français contemporains.

Pour tout dire, il trouve le monde absurde. De la même façon qu'il est laid, corrompu, dangereux, désespérant. Comment avoir confiance en l'humanité ? Son métier lui montre tous les jours que cette tâche est titanesque… La justice est biaisée car trop proche du pouvoir. Une douzaine de familles mènent la société au détriment de la population. Vouloir être soi-même, un individu simple et honnête, est considéré comme suspect. L'Église prétend tout expliquer, tout diriger, alors que la citadelle de la foi chrétienne se lézarde. C'est d'ailleurs de là qu'émane la quintessence du mensonge, que prolifèrent la laideur et tant de dangers. De l'archevêché et du Parlement… Le plus absurde, dans tout ça, est qu'il revient à lui, dont une des principales sources d'enthousiasme de la dernière année a été le CRI, justement, il revient à lui de démanteler ce mouvement… Le comble de l'absurde…

Il en est là de ses réflexions lorsqu'il passe devant l'église de la paroisse Saint-Malo, dans Saint-Sauveur, quartier ouvrier où il est né. Il aurait pu quitter ce quartier, y a souvent pensé, mais un attachement spécial l'en a empêché. Il est près de ses frères et sœurs, de ses oncles et tantes, qu'il ne fréquente pas tant qu'il les croise souvent, dans la rue, à la taverne, puisqu'ils habitent autour, dans les rues avoisinantes. Il est solitaire, mais il aime savoir la famille tout près. Chaque fois, dès qu'il tourne sur la rue où est située sa petite maison, un sentiment de chaleur humaine l'envahit, le rassure, le réchauffe. Un sourire étire ses lèvres. Il habite cette rue depuis sa naissance. L'endroit constitue un havre de paix et de simplicité, aux antipodes du délire auquel il fait face dans ses enquêtes.

XI
Lectures édifiantes

Célibataire endurci, Marmet passe nombre de soirées à travailler chez lui. C'est là qu'il trouve la quiétude nécessaire pour lire, réfléchir ou rédiger ses rapports d'enquête. Après un rapide souper réchauffé de porc frais accompagné de pommes de terre rissolées, la table est libérée pour recevoir le contenu de sa mallette : les cahiers de Granteuil plus une série de documents prélevés à même le matériel perquisitionné, essentiellement des lettres et des publications de nature sociale et politique. Dans un premier temps, se fiant à son intuition, il feuillette le tout au hasard. Sa recherche est assaisonnée de petites gorgées de rye, boisson qu'il affectionne pour son goût âcre de céréale brûlée et pour la chaleur intense qu'elle procure dans le gosier. Pendant qu'une légère ivresse s'empare de sa conscience, une tendance se démarque dans la pile de documents : Granteuil, Tarbin et leurs amis s'intéressent beaucoup à la politique, plus spécialement aux mouvements de gauche. Il n'est pas surpris d'y trouver une copie annotée du *Refus global*, ni plusieurs numéros de *Cité libre*. Cette publication est le pain béni des jeunes opposants. Plus curieux, il parcourt un dossier comprenant de nombreuses coupures de presse sur la grève de l'amiante survenue en 1949 à Asbestos, puis d'autres textes plus à gauche sur les méfaits du capitalisme, du catholicisme, ou sur la nécessité de rénover de fond en comble la société du Québec. La correspondance avec divers groupes d'ici, de France et de Belgique éveille ensuite son attention. Il reconnaît au fond de la mallette un ouvrage d'Albert Saint-Martin : *Frankenstein ou consommateurs!*, qui d'un seul coup le replonge quinze ans en arrière.

Les sentiments qu'éprouve Marmet révèlent un grand paradoxe de sa personnalité. S'il découvre des informations sûrement utiles pour mieux comprendre les décès de Granteuil et Tarbin, ou encore qui confirment les avancées de son enquête sur les trésors polonais, ce n'est pas le principal motif de sa satisfaction. Après dix ans de diète sévère obligée par ses fonctions d'inspecteur, il renoue avec les principaux vecteurs de sa propre pensée politique.

Dans la foulée de la grave crise économique des années 30, Marmet a milité activement pour des réformes sociales. Alors jeune policier, il a été témoin de tant de misère, il a dû intervenir auprès de tant de pauvres hères poussés au crime pour simplement nourrir leur famille, qu'il a voulu croire que le gouvernement avait la capacité de corriger les profondes inégalités qui blessaient ses concitoyens. C'est ainsi qu'il a fait connaissance avec des intellectuels et penseurs, dont le fameux dentiste Hamel, député à Québec de 1935 à 1939, qui menait une lutte féroce contre les trusts de l'électricité. Il lisait *Le Jour, La Relève*, revue fondée par Robert Charbonneau, et *Vivre*, surtout, revue de Québec qui prônait la fin du capitalisme. Il a collaboré un temps avec Albert Saint-Martin, farouche militant anticapitaliste, qui l'a convaincu de s'impliquer activement. Marmet ne sera toutefois jamais aussi radical que Saint-Martin. L'avènement de l'Action libérale nationale, en 1934, lui semble de bon augure pour implanter les mesures dont il rêve pour le Canada français. Il déchante cependant rapidement de Paul Gouin, président général de l'ALN, qu'il juge trop traditionnaliste. Marmet rêve de régimes de pension, de programmes d'assurance-maladie et de sécurité sociale, de l'assurance-chômage ou de l'indemnisation des travailleurs blessés. Cette vision sociale trouve ancrage plutôt chez les anglophones du Canada, notamment avec Woodsworth et Coldwell, dont Marmet lit avec un sourire nostalgique les noms dans les documents qu'il étudie. L'influence du manifeste de Regina est toujours perceptible, vingt et un ans plus tard, dans les idéaux des socialistes du jour. Dans les années 30, Marmet baragouinait à peine l'anglais. Pour des motifs linguistiques, il était impossible pour lui de communiquer avec ces groupes. Et au Québec, les actions de Saint-Martin ou la pensée d'un Jean-Charles Harvey ont vite été étouffées par le clergé et Duplessis. Le peu d'intérêt manifesté par ses concitoyens pour ces nobles idéaux a fini par le décourager.

Quand débute la Seconde Guerre mondiale, il milite activement contre la conscription. Cela n'empêche pas qu'il décide de traverser, en 1942, pour aller au front. Pour voir du pays, se changer les idées? En partie... Aussi pour oublier Lucille, seul amour de sa vie, qui lui a préféré son vieil ami Gauthier. Participant à la campagne d'Italie, il découvre à la fois les beautés architecturales de ce pays et la barbarie dont est capable l'espèce humaine. Malgré la victoire des alliés, il revient à la maison déçu et dépressif. Un peu malgré lui, sans vraiment chercher quel autre métier il pourrait faire, il réintègre la police. Résolu à faire son boulot honorablement, il continue de croire que les gouvernements devraient s'occuper d'abord de redistribuer la richesse et de soulager la misère du peuple. Mais ses patrons ne sont pas d'accord, surtout qu'il l'exprime sans nuances. Après plusieurs remontrances, il cesse de militer. Désillusionné d'abord par la guerre, puis par la mainmise qu'exercent Duplessis et ses sbires sur la société, il met de côté l'engagement social pour se consacrer à son travail.

Maintenant assis dans le fauteuil préféré du minuscule salon qui fait office de bibliothèque – des centaines de livres s'entassent autour de lui sur des étagères bancales –, Marmet parcourt le journal de Granteuil. Dès les premières pages, il constate que l'inscription manuscrite de *Journal*, sur la couverture, est trompeuse. Peut-être est-elle volontaire, afin d'éloigner les curieux. Le comédien n'écrit en effet rien sur sa vie ou sa carrière théâtrale. Se succèdent plutôt des dizaines de fragments, liés ou non, de nature politique. Bribes de manifestes, brouillons d'essais, envolées propagandistes, Granteuil couche sur le papier diverses idées et théories, qui alternent avec des commentaires sur l'actualité politique. Page après page, l'inspecteur découvre la pensée d'un des fondateurs du CRI.

Il faut convaincre l'humanité de la nécessité de changer le monde. Pas se laisser aller au fil du progrès matériel, de l'économie sauvage. Non... Réellement changer le monde, changer la vie, comme l'a écrit Rimbaud, comme les utopistes le rêvent, comme les communistes tentent de le faire en URSS ou en Chine. Troquer la civilisation d'Occident contre un nouvel humanisme.

Inventer une philosophie sociale fondée sur le partage entre les peuples, qui permette à l'espèce d'exorciser ses démons, de carboniser les racines de la violence. Oublier à jamais l'illusion crasse de l'enfer catholique... L'homme a la puissance de réaliser ce changement.

[...]

Refus global est paru il y a déjà six ans. Que s'est-il passé depuis? Borduas a perdu son emploi et quitté le pays... Malgré son départ l'art avance, c'est certain. De plus en plus d'artistes et d'intellectuels s'expriment, inventent un monde où la liberté a un sens, qui se dégage petit à petit de la gangue dénoncée par les Automatistes. Les syndicats aussi gagnent du terrain. Ils grugent patiemment l'autel impie du pouvoir, rongent la morale étouffante, descellent la chape de plomb qui masque la lumière. Les résultats sont peu visibles mais la société bouge... Par quels moyens obscurs, cachés, détournés? Combien de fois en cachette? Combien de percées véritables atteignent le cœur de nos concitoyens?

Je n'arrive pas à comprendre pourquoi la population, au moins dans les villes, ne se révolte pas contre Duplessis. Pire, on l'a réélu en 1952 avec une majorité écrasante... Les syndicats brassent un peu la cage. Il y a Cité libre, qui déboulonne les assises du terroir... Il y a les poètes qui commencent à faire entendre leurs voix, ceux que publie Giguère aux éditions Erta ou les nouvelles éditions de L'Hexagone. Mais tout ça ne suffit pas.

Le théâtre me semble un bel exemple des problèmes que rencontre le mouvement progressiste. À Montréal, le Rideau Vert et le Théâtre du Nouveau Monde travaillent avec les comédiens d'ici, engagent des décorateurs, des musiciens. Ils proposent des œuvres du répertoire, quelquefois des pièces modernes. Leurs tournées à Québec sont comme une bouffée d'air frais.

Même chose avec le Théâtre municipal...
On sent un mouvement, donc, pour le
développement de cet art. Mais quand
réussissons-nous à monter une pièce
d'un auteur canadien-français contem-
porain? Une œuvre qui parle de notre
temps, de notre vie, de nos problèmes?
C'est rarissime. À part les pageants,
les revues ou le succès d'un Ti-Coq,
qu'on a joué il y a deux ans et repris
l'an dernier, il s'agit à chaque fois
d'un exploit. On dirait que l'archevêché
laisse aller, occasionnellement, pour
calmer les esprits échauffés des jeunes
écervelés que nous sommes... Nous allons
jouer Zone en septembre au Théâtre
municipal. Une pièce de Marcel Dubé...
Des fois, je me demande si le diocèse
ne changera pas d'idée au lendemain
de la première; s'il n'interdira pas la
suite des représentations. Une pièce
d'ici, dont les personnages incarnent
des jeunes d'aujourd'hui qui contestent
l'autorité... On n'a pas vu ça souvent sur
une scène au Québec. Il a fallu travailler

fort pour convaincre Courville et Jasmin. Ce sera une exception, la seule pièce canadienne-française de la saison, alors qu'il faudrait en jouer tellement plus.

Le même phénomène se reproduit en musique, en poésie, dans les musées, dans les journaux ou à la radio. Comme si les intellectuels et les artistes étaient muselés. Ou pire, comme s'ils se muselaient eux-mêmes de peur des conséquences. La télévision réussira-t-elle à y changer quelque chose? Combien de gens auront la télévision dans dix ans, vingt ans? S'agit-il d'un outil assez puissant pour rejoindre la masse? Nous sommes nombreux à promouvoir le changement mais nous agissons trop souvent dans l'ombre... La poésie de Roland Giguère, par exemple, c'est tellement beau et stimulant. Au lieu des sermons dépassés des curés, c'est de tels élans que le Québec a besoin. Mais qui sait même que cet homme existe ? Qu'il écrit ? Qu'il peint ?

Sa lecture des cahiers éclaire aussi Marmet sur les motivations du Cercle Rebelle Intellectuel.

Les coups d'éclat du CRI n'ont pas l'effet escompté... À ce jour, le groupe s'est constitué un capital de sympathie auprès de certains progressistes. Ça représente probablement moins d'un millième de la population. La jeune élite cultivée. C'est nettement insuffisant. Alors pourquoi on continue ? Pourquoi ? Ça mène à quoi ?...???

Le CRI s'est donné pour mission d'éveiller les jeunes intellectuels. Dans l'espoir que la nouvelle génération soit plus politisée, plus critique. Pour que nos contemporains aient envie de changer les choses, à commencer par l'idéologie du gouvernement en place et, mieux encore, l'ensemble de la vie sociale. Comme Gandhi, nos actions ne sont pas violentes. En fait, nous voulons ridiculiser le gouvernement.

Des actions d'éclat devant attiser la sympathie de la population tout en mettant l'accent sur l'incohérence et l'arrogance du pouvoir. Est-ce que nous y parvenons?

Malgré les convictions de Granteuil, Marmet devine au grand nombre d'interrogations qui parcourent ses écrits que l'engagement du comédien est pétri de doute. Ces incertitudes cachent-elles un malaise plus profond? Y a-t-il là prétexte suffisant pour se suicider?

Avant de fermer le dernier cahier, qui s'achève avec une entrée datée du 6 août 1954, il retrouve une page vue plus tôt, où sont résumées les actions réalisées par le CRI.

Septembre 1953: le groupe réussit à faire flotter sur le mât central du Parlement un drapeau du Québec modifié, où le marteau et la faucille remplacent les fleurs de lys.

Nous étions drôlement fiers de cette première action, même s'il ne s'agissait que de provocation pure. Nous imaginions Duplessis rouge de colère.

Halloween 53: apparition de fantômes représentant des ministres au congrès de l'Union nationale, qui se tient au Château Frontenac.

L'idée était bonne, mais le résultat fort mince. Le théâtre l'a emporté sur la dénonciation et il a fallu déguerpir vite, trop vite, avant de se faire arrêter. Au moins, nous avons pu laisser notre tract contre le gouvernement. À la radio, où j'ai entendu pour la première fois parler du CRI, on nous a présentés comme des hurluberlus en mal de publicité.

Janvier à mai 54 : campagne de lettres ouvertes au premier ministre, aux politiciens, aux curés et aux notables.

Encore une fois, les journaux et la radio n'ont pas répercuté nos lettres. Il aurait fallu un journal comme Le Jour, qui ne paraît malheureusement plus. Pour pallier leur silence, nous avons distribué des centaines de copies un peu partout. À l'université, dans les collèges et les bureaux du gouvernement. Ces lettres constituaient la première occasion

de faire connaître notre vision du
monde de manière un peu plus large.

<u>Septembre 54</u>: remise des trésors
polonais au gouvernement communiste
de Pologne.

Si l'opération se déroule comme
prévue, le mouvement aura dès
septembre suffisamment de moyens
pour passer à une vitesse supérieure.
C'est là que nous verrons si tout cela
vaut le coup...

À défaut d'indications sur les motifs éclairant les deux
décès survenus au Théâtre municipal, Marmet tient une preuve
écrite de l'implication directe de Granteuil dans le vol du
trésor polonais.

XII
Tentative de séduction

Lundi 30 août

Les répétitions en vue de la nouvelle saison au Théâtre municipal débutent un mois avant la première de *Zone*. Ce matin-là, accoudée à sa table de maquillage pour la première fois depuis la fin de la saison précédente, Hermine Hérésie découvre avec bonheur que son visage n'a pas vieilli. Ses pattes-d'oie tracent leurs glyphes autour de ses petits yeux gris. Gravées là depuis quelques années, ces rides ne l'effraient plus. Son front a la texture d'un papier fin que l'âge n'a pas encore altéré. Symbole charmeur de sa sensualité, ses lèvres sont pleines et rondes; pas une imperfection ne trouble le contour de sa bouche. Elle constate donc avec satisfaction que le grand miroir de sa loge ne devra pas recourir au mensonge pour satisfaire sa vanité. N'eût été de son nez, qu'elle trouve depuis toujours trop gros, elle serait pleinement satisfaite. Et n'eût été de Jacques Larimont, à moitié nu derrière elle, qui fouille nerveusement dans les plis de sa jupe à la recherche du fourreau de chair où glisser son dard, elle pourrait conclure que la journée commence plutôt bien.

Son collègue l'a accueillie dès son arrivée au théâtre et l'a suivie jusqu'à sa loge, où il s'est lancé dans une déclaration d'amour assez bien tournée, d'évidence inspirée de Cyrano de Bergerac. Le petit doigt de la comédienne a tressailli. Invoquant les vacances, « plus de cent jours sans te voir », a-t-il soupiré comme si un siècle s'était écoulé, le jeune homme a révélé sans détour éprouver pour elle rien de moins que le grand amour… « Tu es la femme de ma vie… », a-t-il lancé avec emphase, la fixant d'un regard brûlant de sentiment, avant de se pencher sans ménagement pour l'embrasser. Sans laisser à la jeune femme le temps d'acquiescer à son emportement, à peine même celui de respirer, il a entrepris de la caresser, d'abord en surface puis sous les vêtements, jusqu'à ce point de non-retour qu'ils ont maintenant atteint. Hermine a voulu repousser son collègue, mais devant la hardiesse du jeune homme et l'exci-tation qui titille maintenant son propre corps, elle a fini par céder à ses avances. Elle l'a toujours pensé, même si jamais elle n'en parlera à son confesseur : l'absence de sentiment n'exclut pas l'embrasement de la chair.

Penchée devant son miroir, jupe retroussée, culotte baissée jusqu'aux chevilles, se rendant compte qu'elle est attirée plutôt par la qualité de sa peau que par l'excitation de ses parties intimes, elle conclut sans peine n'éprouver aucun sentiment pour le jeune homme. Alors qu'il malaxe ses fesses et fourrage entre ses jambes, elle se fait la réflexion qu'il est trop tard pour reculer. Premièrement, Hermine ne sait pas comment il va réagir si elle interrompt brutalement leur coït. Il prendrait ce geste pour un affront ? Considérant une fraction de seconde les défis qui s'annoncent dans les prochains mois de sa carrière, elle acquiert la conviction que son ambition a besoin de Jacques, qui incarne sur scène, pour elle, un parfait faire-valoir. Enfin, même si elle est loin de l'orgasme, elle tire quand même un plaisir minimal des allers-retours de Jacques et de ses caresses. Tout en scrutant son visage dans le miroir à la recherche des méfaits de l'âge, n'y trouvant que d'insignifiants comédons, elle ahane faussement de plaisir en espérant que le piston éjacule au plus vite et, surtout, qu'elle ne tombe pas enceinte.

Leurs ébats achevés, après un silence embarrassé occupé par de rapides ablutions et la remise en ordre de leurs vêtements, Hermine se décide enfin à regarder Jacques droit dans les yeux.

— Tu ne parleras à personne de ce qui vient de se passer. Tu entends? À personne…

— Oui… Ce sera notre secret, acquiesce le jeune homme pour des motifs plus poétiques que la jeune femme. Transporté dans un état second, il ne perçoit pas la moue désabusée de sa muse et lance un vibrant «Si tu savais comme je t'aime…». Hermine reste coite, ce qui ne désarme pas le comédien. «Toi aussi tu m'aimes, n'est-ce pas?»

— Je ne sais pas, Jacques… Donne-moi du temps. Une telle déclaration, les sentiments qui t'animent, nos… nos… ce qui vient de se passer… Je suis confuse… Laisse-moi y réfléchir, répond-elle avec tact.

— Oui… J'ai été brusque, je l'admets, mais je n'en pouvais plus… J'attendais ce jour avec ferveur. À tout dire, je répétais ma déclaration depuis des semaines…

— Je te crois, répond-elle sans empêcher un sourire un peu cynique de courber ses lèvres.

— Que tu es belle! lance Jacques, ce qui fait rougir la coquette.

La réunion de production débute un quart d'heure plus tard. Résolu à tirer profit de ce délai, Jacques entreprend de raconter son été. Il veut que *l'amour de sa vie* apprenne à mieux le connaître. Inconsciemment, cela veut dire faire oublier son corps de gringalet.

Mi-vingtaine, Jacques Larimont n'est pas très grand. Plutôt maigrelet, il envie à beaucoup de ses camarades leurs larges épaules et leurs quatre ou six pouces supplémentaires. Au hockey, jeune, il était toujours le plus petit, raison pour laquelle il a mangé plus que sa part de bandes sur les patinoires. Sur un tronc mince repose toutefois une tête d'Adonis, encadrée par une chevelure châtain ondulée. Ses grands yeux verts, posés en équilibre sur un nez parfait, font réagir d'envie les femmes de tout âge. En résumé, une bonne tête sur un corps ingrat. Parfait pour le théâtre…

Assis devant Hermine, espérant qu'elle ne regarde pas ailleurs, Jacques la fixe, voudrait l'hypnotiser. Par réflexe, les gestes de ses bras sont calculés pour mettre en valeur sa chevelure, son profil, sa bouche fine. Honnêtement, la comédienne apprécie. Elle opine du bonnet ou émaille de sourires compatissants le récit que l'autre fait de ses baignades et excursions. Son esprit glisse cependant graduellement vers tout autre chose. Vers un autre comédien, en l'occurrence Edmond Granteuil. Car pendant l'été qui s'achève, pendant que Larimont a laissé libre cours à son sentiment pour elle, Granteuil a hanté les pensées intimes de la comédienne. C'est lui qu'elle aime, qu'elle vénère, qu'elle attend de revoir ce matin-là. De revoir en chair et en os. Car combien de fois elle l'a vu en rêve… Edmond… Un puissant fantasme. Le grand homme sombre et romantique, au corps athlétique qu'elle s'imagine dévêtir, caresser, prendre. Il sera à elle un jour… Sa belle tête ovale, ses yeux verts, sa chevelure noire et rebelle, ses mains larges dont elle espère si souvent qu'elles pétrissent sa chair tendue de désir. Edmond… Larimont n'est qu'un divertissement de seconde zone. Sans deviner le motif exact de sa réserve, croyant qu'il provient du doute exprimé après leurs ébats, Jacques voit bien que sa flamme écoute de moins en moins. Son récit l'ennuie? Il n'y a pas pire attitude pour un public. Il faut de toute urgence piquer sa curiosité.

— Je ne devrais pas t'en parler, tout ça est très confidentiel… mais… mais je n'ai pas fait que des excursions à la campagne, pendant mes vacances…

Il révèle alors à la jeune femme, entourant son propos de multiples précautions, qu'après bien des tourments moraux, bien des hésitations, il a pris la décision de joindre les rangs d'un mouvement opposé au gouvernement. Un mouvement radical qui fomente des actions visant à discréditer Duplessis et ses sbires. La révélation a l'effet escompté sur son interlocutrice, qui se met à boire ses paroles. « Vraiment, je ne peux t'en dire beaucoup. Mais je pense qu'il est important d'agir pour libérer notre société des chaînes qui l'étouffent… » Le ton est prétentieux. Néanmoins, le prétendant révèle une dimension insoupçonnée de son être, celle de l'engagement politique. « Tu as lu *Refus global*? » Elle acquiesce. Larimont poursuit en ajoutant que le but du mouvement est de réaliser par des actions concrètes l'utopie de Borduas et des Automatistes. « Tu fais partie du CRI? », demande alors Hermine d'un air éberlué, comme si Jacques était devenu sociétaire de la Comédie française. Le panache du comédien croît d'un degré. Devant lui, la curiosité de la comédienne prend du galon.

— Comment as-tu deviné? Tu connais le groupe?

— J'ai suivi chacune de ses actions.

Panache et curiosité s'évaporent de concert quand, venant du couloir, ils entendent les appels de Jeannette Mance. « La réunion va commencer, tout le monde en bas. » Informée par le gardien que les deux comédiens sont dans la loge d'Hermine, l'habilleuse préfère ne pas les surprendre. Larimont a le temps de murmurer un appel pressant à la discrétion avant qu'Hermine, autant par affection pour cette femme que pour s'extirper d'une situation qui n'a que trop durée, va ouvrir la porte de la loge et saute dans les bras chaleureux de l'habilleuse.

XIII
Les Trésors polonais

Vendredi 10 septembre

Lorsque la vieille dame aperçoit les deux hommes, sa main se referme sur son sac, qu'elle glisse sans hésiter sous son imperméable. Depuis la fin de la guerre, les escaliers qui relient la haute-ville à Saint-Sauveur sont moins sûrs. Des voisines et connaissances se sont fait voler. Un ami de son mari, qui a voulu résister, s'est même fait rudement molester. Découvrant l'allure du duo qui approche, elle réalise que son tour est probablement venu. Les blousons de cuir noir que portent les deux hommes encadrent de larges épaules. Cheveux en broussaille – « ils ont l'air malpropre », pense la victime appréhendée –, les gaillards descendent les marches en silence, mains dans les poches. Quand les bandits atteignent le palier sur lequel attend la dame, déterminée à se défendre bec et ongles, ils relèvent la tête et lui sourient en la saluant sans interrompre leur descente.

Fausse alerte. Mieux encore, la dame reconnaît Edmond Granteuil, le comédien tant apprécié. Ses sœurs et elle assistent à la plupart des pièces de théâtre dans lesquelles il joue au Théâtre municipal. Rassurée, elle sourit à son tour. Elle a toutefois envie de les admonester pour leur tenue, pour leur chevelure, pour la frayeur qu'ils ont provoquée. Granteuil devrait être un exemple de droiture pour les jeunes ; pas se vêtir en voyou. Mais elle résiste et se tait. Le monde a tant changé depuis la fin de la guerre. Elle ne reconnaît plus ses valeurs, ni ses croyances, cela même chez ses propres enfants. Elle éprouve une grande fierté à l'idée que tous les cinq fassent des études. En même temps, elle a de plus en plus de difficulté à suivre leurs conversations, à admettre leurs points de vue, leurs idées. Elle ne peut s'empêcher de penser comment c'était différent quand elle avait leur âge. Attiré par le commerce, Léon a subi le pouvoir d'attraction de la ville, plus fort que la volonté de cultiver la terre. Elle aussi a été attirée par la ville. Des années plus tard, elle comprend toutefois qu'en venant à Québec, son mari et elle ont en quelque sorte renié leurs origines, tourné le dos à leur histoire. La ville moderne étouffe les bienfaits de la campagne, où sa famille a vécu tant de générations. Le curé de la paroisse partage ses doutes, mais n'offre aucun remède concret. Même monsieur Duplessis semble résolu à admettre ce triste sort. Enfin… Avec regret, reprenant sa montée, elle constate que Granteuil, l'idole de tellement de gens, y compris elle-même, confirme la véracité de son jugement.

Si elle savait où se dirigent son idole et Paul Tarbin, le régisseur du théâtre, elle partirait au pas de course vers le poste de police.

Arrivés au bas de l'escalier, après avoir regardé attentivement des deux côtés, les deux hommes prennent vers l'ouest sur la rue Arago, marchent une centaine de pieds avant de prendre sur la gauche vers un entrepôt adossé à la falaise qui semble sur le point de s'effondrer. Ils visitent l'endroit pour la dernière fois.

* * *

Leur première visite, au printemps, répondait à une mystérieuse invitation qu'avait reçue Edmond par la poste. Devant l'incongruité de la chose, il avait demandé à Paul de l'accompagner. Tout au long de l'opération, Tarbin et Granteuil furent les seuls membres du CRI à connaître cet endroit. Trois envoyés spéciaux du gouvernement communiste de Pologne les attendaient. Après avoir annoncé à Granteuil et Tarbin, dans un français impeccable, qu'ils sont au fait des actions déjà réalisées par le CRI, qu'ils approuvent les motifs derrière l'action du mouvement, qu'ils se sont même renseignés sur les membres du cercle clandestin, le trio entreprit de narrer l'histoire rocambolesque des trésors polonais. Chacun des trois intervint à la suite l'un de l'autre, ménageant différents effets, tels des conteurs jouant une scène maintes fois répétée. Vêtus à l'identique : complet-veston usé, chemise blanche, cravate aussi grise que la laine du complet, on aurait dit trois clones tirés du même embryon. Non seulement leurs vêtements étaient les mêmes, mais leur taille, leurs coupes de cheveux, leurs lunettes se ressemblaient. C'était la première fois que les deux Canadiens français rencontraient de vrais communistes, ce qui les impressionnait fortement. Ils entendirent de leur bouche une histoire ahurissante.

Des centaines d'œuvres d'art et d'objets historiques de la collection nationale, trésors irremplaçables au cœur du peuple de Pologne, avaient pour nid le château de Wawel à Cracovie. À l'été 1939, devant l'imminence d'une invasion nazie, le gouvernement avait décidé de protéger ce patrimoine national de la dilapidation et du pillage. Stockés dans vingt-trois grandes malles et une caisse, épées, sceptres, bijoux et vêtements royaux, tapisseries, incunables des XIIIe, XIVe et XVe siècles, sans oublier des manuscrits autographes de Chopin, quittaient en catastrophe le château dès l'entrée des Allemands en Pologne. Septembre 1939. C'est ainsi que débutait un inimaginable voyage. D'abord apportés jusqu'en Roumanie cachés sur la péniche d'un charbonnier voguant de nuit, les trésors se rendirent par les mers Noire et Méditerranée à Marseille puis par la route à Aubusson, près de Paris, où le gouvernement français avait accepté de les conserver. Mais en 1940, les nazis envahirent la France. Embarqués via Bordeaux pour l'Angleterre, aussi menacée d'invasion, les malles y restèrent peu de temps avant d'être déplacées par train jusqu'en Écosse, où elles embarquèrent sur le navire *Batory* qui accosta à Halifax en juillet 1940. Transportée à Ottawa, la précieuse cargaison sera entreposée par les soins du gouvernement canadien pour les autorités polonaises en exil. Repos jusqu'à la fin de la guerre. En 1945, les malles devaient à nouveau faire l'objet d'une partie de cache-cache, cette fois sur le territoire canadien, entre anciens et nouveaux dirigeants polonais. Refusant que le trésor national, pétri de l'histoire royale et catholique de Pologne, ne tombe aux mains de communistes, les représentants de l'ancien gouvernement – quelques-uns étaient chargés légalement de la sécurité et de la protection des caisses au Canada – bloquèrent les tentatives des nouveaux gouvernants de récupérer les malles. Question de brouiller les cartes, les anciens dispersèrent les trésors. Certains objets très précieux, comme le glaive utilisé pour sacrer les rois de Pologne depuis 1320, furent placés dans les coffres d'une banque d'Ottawa alors que l'essentiel de la cargaison aboutit au couvent des pères rédemptoristes à Sainte-Anne-de-Beaupré. Début 1948, avec l'aide de la GRC, les représentants du nouveau gouvernement polonais pensèrent bien avoir retrouvé cette partie de la collection. Autre surprise : elle n'était plus au couvent. Où, alors ? Au monastère des sœurs de l'Hôtel-Dieu à Québec… Apprenant cela, le chargé d'affaires de la Pologne à Ottawa intime l'ordre aux religieuses de remettre les malles. Sauf qu'en même temps l'ancien consul polonais revendique la possession des biens. Devant la complexité de la situation, les religieuses font appel à Maurice Duplessis, premier ministre du Québec, lequel, on s'en doute, prendra fait et cause contre les communistes athées, suppôts de Staline, pseudonyme de Satan en personne. C'est ainsi que le 28 février 1948, Duchesneau, homme de confiance du premier ministre, fait transférer dans le plus grand secret les vingt-trois malles et la caisse au Musée provincial des Plaines d'Abraham.

— Et d'après les nouvelles qu'on entend à l'occasion elles y sont encore… ajouta Granteuil, abasourdi.

Quiconque suivant l'actualité politique savait que ce trésor était à Québec. Duplessis ne se gênait pas pour le rappeler à l'occasion, lorsque cela faisait son affaire. Edmond et Paul venaient toutefois d'apprendre les péripéties qui avaient mené la collection d'État jusque dans la capitale.

— En effet, le trésor y est, répondirent en chœur les trois conteurs.

Incontestable clou de leur prestation, toujours dans un pas de trois vocal bien orchestré, le trio révéla ensuite la volonté affirmée du gouvernement communiste de récupérer les trésors. Il s'agissait d'une question de fierté nationale et de légitimité pour le Parti communiste au pouvoir : « Cette collection d'œuvres et d'objets d'art du patrimoine national doit retrouver le plus vite possible la quiétude et la sécurité du château de Wawel. » Devant le refus obstiné du gouvernement québécois d'obtempérer aux demandes de restitution, refus exprimé malgré l'appui officiel du Canada et de nombreux pays à leurs démarches, les Polonais avaient décidé de prendre les grands moyens. «La morale chrétienne corrompue du gouvernement provincial, passé maître dans l'art d'exploiter les travailleurs et les petites gens de la province, ne mérite de toute façon pas le respect des défenseurs du prolétariat», affirma avec emphase un des délégués. Au nom du gouvernement socialiste du peuple polonais, ils avaient une proposition à transmettre au groupe rebelle. «Nous vous aidons à récupérer les trésors, ce que nous voulons faire le plus rapidement possible… en échange de quoi nous finançons pour les prochaines années vos activités de déstabilisation du pouvoir chrétien capitaliste.»

Granteuil et Tarbin tombèrent des nues en constatant les voies étranges qu'empruntait leur action politique. Reconnaissant d'emblée l'enjeu symbolique de ce vol, le bénéfice que le CRI pourrait en tirer et le plaisir immense qu'ils éprouveraient à délester Duplessis de biens que ce dernier avait, en quelque sorte, confisqué au peuple polonais, ils avaient tout de même de la difficulté à s'imaginer en criminels. Leurs interlocuteurs comprirent le message. Quand ils se revirent une semaine plus tard, au grill de l'Hôtel Saint-Roch, en face du théâtre, les deux parties en vinrent rapidement à une entente. La somme d'argent promise, cent mille dollars, dont le premier versement fut remis sur place, avait convaincu les leaders du mouvement rebelle. La raison politique, sonnante et trébuchante, l'emportait sur les scrupules éprouvés par nos jeunes révolutionnaires à flirter avec le remords et la mauvaise conscience. Elle l'emportait aussi sur le risque de se retrouver derrière les barreaux.

La seconde visite de Granteuil et Tarbin à l'entrepôt, en juillet, avec les mêmes délégués polonais, avait servi à mettre au point les modalités de l'opération. Stratégie d'entrée au musée, horaire des gardiens, matériel requis; tous les points pertinents furent explorés un à un. D'autres rencontres suivirent pour esquisser et approuver un scénario précis. Les communistes s'étaient engagés à fournir l'argent nécessaire, en plus de certaines informations sensibles, ce qu'ils firent au-delà des attentes du CRI. Ils avaient de bonnes antennes. Les rebelles fournissaient la main-d'œuvre et s'occupaient des aspects matériels. Finalement, avec une chaleureuse poignée de main, l'opération fut fixée pour le jour de la fête du Travail, moment jugé propice à l'unanimité. Fin de semaine de trois jours pendant laquelle la garde du musée serait relâchée, fête capitaliste par excellence, ces deux motifs suffisaient à justifier la date. Le lundi 6 septembre 1954, en fin de matinée, les trésors polonais seraient libérés du joug immoral de Maurice Duplessis.

À quatre heures le matin de la fête du Travail, un commando formé de quatre membres du CRI – Granteuil, Tarbin, Gauvreau et Cocteau – entrait par effraction par la porte arrière du musée. Tel que l'avait montré leurs rondes d'observation, l'unique gardien dormait comme un bébé dans le petit bureau situé tout près de cet accès. Éveillé en sursaut lorsque la serrure rendit l'âme, il se rendormit aussitôt sous le coup de matraque d'un des rebelles. La porte de la voûte située au sous-sol se montra plus rébarbative. Les Polonais leur avaient remis des clés censées ouvrir les deux serrures, mais l'un des verrous résista. Il fallut une demi-heure pour sortir la lourde porte de ses gonds. Pour sortir les gonds du mur, en fait, avec les outils qu'ils avaient bien fait d'apporter… Deux heures plus tard, après que Cocteau eut traficoté le démarreur, le camion du musée quittait le débarcadère chargé des précieuses malles. Le gardien de jour, qui allait dans cinq minutes découvrir son collègue de nuit bâillonné et ficelé comme un saucisson, marchait vers le musée sur la rue Wolfe. Sans se douter une seconde du chargement que le véhicule pouvait transporter, il se demanda bien ce que le camion du musée faisait sur la route à cette heure-là un jour férié. « Encore un patron qui emprunte le matériel pour ses propres besoins », pensa-t-il méchamment. Les rebelles laissèrent le camion sur la rue Arago, pas très loin de l'entrepôt, tel que décidé avec les Polonais.

* * *

Quatre jours plus tard, donc, matin de leur rencontre impromptue avec la vieille dame de l'escalier, les deux rebelles et le trio de Polonais tiennent une ultime rencontre rue Arago. Au programme : examen des malles et remise du solde de la généreuse donation. Les trésors doivent ensuite prendre, discrètement, la route de leur pays natal. Malgré les demandes répétées de Cocteau, Gauvreau, Fauvert et Larimont, qui souhaitent ardemment voir aussi le contenu des malles et rencontrer de *vrais* communistes, le comédien et le régisseur sont venus seuls.

Après les salutations d'usage et un compte-rendu sur le déroulement de l'opération, un des délégués sort une clé avec laquelle il ouvre chacune des malles. Granteuil et Tarbin vont enfin voir le fameux trésor. L'ambiance est électrique, chargée d'émotion et de respect. Les Québécois sentent bien que les Polonais sont fébriles. S'il ne s'agissait d'athées, prémisse de base du communisme, on pourrait dire que l'ambiance est chargée de piété religieuse. Une sorte de fascination transfigure le visage des délégués. Les deux rebelles éprouvent une empathie sincère pour leurs nouveaux amis, qui se transforme chez eux aussi en fascination dès qu'ils voient apparaître les premiers objets.

Ils examinent d'abord un lot de tapisseries provenant des meilleurs ateliers flamands de la Renaissance. Un des hommes explique que le roi Sigismond Auguste, qui a occupé le trône de 1548 à 1572, avait commandé cette magnifique collection de tapisseries après son sacre. Plusieurs pièces sont d'ailleurs ornées du monogramme du roi. Défilent ensuite divers objets décoratifs, tels un puisoir d'argent ciselé du XVIIᵉ ou un service d'orfèvrerie du siècle suivant. Composé d'une dizaine de morceaux en argent recouvert d'or, chacun gravé de motifs végétaux, cet ensemble dans le style oriental montre un luxe inouï. Suivent encore une horloge de table couverte de dorures, des sabres gravés, une selle et son harnachement sertis de centaines de turquoises. D'autres caisses contiennent des vêtements et des attributs du pouvoir : sceptres, écussons, monnaies royales. Ils découvrent enfin des ouvrages enluminés, livres de prières richement ornés à la main dans les abbayes du nord de l'Europe. Bien loin du quartier Saint-Sauveur, les hommes de théâtre se croient pendant plus de deux heures téléportés dans la caverne d'Ali Baba. Alors que les délégués polonais prennent des notes, Granteuil et Tarbin n'ont rien d'autre à faire qu'admirer chacune des œuvres. Ils emmagasinent image après image afin de se rappeler ce jour mémorable de septembre 1954.

Quand l'inventaire est terminé, les caisses refermées et scellées, les cinq hommes gardent un moment de silence. Les reflets moirés des brocarts, les éclats de l'argent et de l'or, les évocations glorieuses de siècles révolus emplissent la pièce et l'imaginaire de tous, qui sentent avec regret se dissoudre un moment de grâce. Quand la réalité les rattrape, un des Polonais exhibe une bouteille de vodka et cinq verres. Le quintet trinque chaleureusement avant de régler les derniers détails.

Après remise de la somme en argent comptant, les deux parties s'entendent sur la suite des choses. Les Polonais ont déjà organisé le transport des malles vers le château de Wawel. Deux hommes doivent, la nuit même, charger les malles dans un camion qui prendra la route vers Halifax où, quelques jours plus tard, la précieuse cargaison sera transbordée dans un navire en attente. Le gouvernement de Pologne va officialiser le retour à la maison du trésor national au début novembre par une grande cérémonie publique. Le CRI accepte de garder le silence jusque-là. L'annonce par la Pologne, qui devrait être relayée par les journaux canadiens, sera le signal permettant au mouvement contestataire de rendre public le rôle joué dans cette affaire. Granteuil explique alors qu'il entend le faire sous forme d'une lettre ouverte au premier ministre Duplessis, lettre qui sera remise aux journaux et radios de la province. D'ici là, silence… Ce délai fait l'affaire des deux hommes de théâtre, qui auront d'ici là le loisir de se consacrer au lancement de la nouvelle saison du Théâtre municipal. Ils ne croient pas avoir de difficultés à convaincre leurs collègues d'accepter ce scénario. En asseyant la crédibilité du CRI sur la collaboration et le soutien officiel des communistes, le mouvement fera un pas de géant.

Depuis le printemps, les Québécois avaient été étonnés de la capacité de leurs alliés à fournir de multiples objets et autant d'informations utiles pour réussir l'opération. Plans détaillés du musée ; clés de la voûte, du camion et, maintenant, des malles ; ce petit entrepôt ; informations sur le CRI ; d'autres choses encore… « Vous êtes drôlement bien organisés », constate finalement Paul Tarbin, curieux. Un des Polonais répond que, compte tenu de l'opposition occidentale au communisme, un réseau de renseignements particulièrement bien structuré et informé a été mis sur pied. Il est dirigé de Moscou par les Soviétiques. Les ressources de ce réseau ont été mises à contribution.

— Vous voulez dire que les communistes ont des antennes jusqu'ici? Au Québec? Qu'ils sont capables de trouver plans, clés, tout ça?

— Oui.

Cette affirmation met l'eau à la bouche des deux amis.

— Qui constitue ce réseau? Des personnalités publiques, politiques? lance Tarbin.

— Des agents doubles? ajoute Granteuil.

— Désolé, messieurs, mais nous n'en dirons pas plus.

Coupant court à la curiosité de Paul et Edmond, les Polonais trinquent une dernière fois.

Comme pour les visites précédentes, les Québécois quittent l'entrepôt avant le trio est-européen, qu'ils ne reverront jamais. Sur le trottoir, avant de s'engager à pied vers le Théâtre municipal, Edmond et Paul se regardent, ébahis: ils ont l'impression d'émerger d'un rêve. Sauf que les conséquences de ce rêve sont palpables dans quatre épaisses enveloppes qui encombrent leurs poches. Doté de ressources impensables il y a trois mois à peine, le CRI peut entamer une nouvelle phase de son histoire. Marchant sur la rue Arago, excités par la vodka, ils discutent de leurs projets.

— Le manifeste, c'est sûr… Il faut écrire et publier le manifeste, avance Granteuil.

Tarbin opine du chef.

— C'est sûrement la meilleure idée, surtout que le groupe en a déjà fait une priorité.

Ils discutent avec conviction de leur stratégie. Après la rédaction d'un premier jet, le projet de manifeste sera soumis à d'autres groupes invités à appuyer sa parution. Des regroupements d'artistes, des syndicats, des associations étudiantes radicales, notamment ceux qui trouvent *Cité libre* trop tiède et qui rejettent la dimension religieuse des Jeunesses Ouvrières Catholiques. Pendant que Granteuil va écrire, Tarbin et les autres vont solliciter des rencontres avec divers regroupements avec lesquels ils entretiennent des affinités. Objectif : parution du manifeste avant la fin de l'hiver 1955.

Granteuil souhaiterait que le CRI ne travaille que sur un projet à la fois. Il estime qu'ils ont de meilleures chances de succès, d'autant que le manifeste incarne un geste fondateur qui devrait exiger toute leur attention. Selon lui, les négociations avec les cosignataires seront longues, complexes ; chaque mot devra être pesé, négocié. Il faut y mettre le temps. Tarbin objecte.

— Je m'excuse, mais le manifeste ne suffit pas. Préparons autre chose, un geste d'éclat qui servirait à appuyer le manifeste. Et si jamais sa publication était retardée, pour n'importe quelle raison, une action serait prête... Il ne faut pas leur laisser de répit.

— Quoi ? demande sceptique son copain.

— J'appuie la proposition de Hyacinthe pour lancer des poursuites judiciaires contre certains membres du gouvernement et leurs amis... Le printemps prochain serait le meilleur moment. Tu te rappelles l'avocat que Hyacinthe nous a présenté ? Il est prêt à collaborer avec nous.

Hyacinthe Cocteau a fait sienne cette idée, qu'il ramène sur le tapis à presque chaque rencontre du CRI. Il faut admettre que son dossier sur plusieurs ministres et membres de la garde rapprochée de Duplessis est bien étoffé. Népotisme, élections frauduleuses, les sujets de poursuites ne manquent pas. Il faut cependant un sapré culot pour s'attaquer à ces gens publiquement. Granteuil exprime des doutes : « Ce qui m'inquiète, je l'ai déjà dit, c'est que quelqu'un va devoir se découvrir. On pourra pas seulement faire intervenir des avocats… Il faudra que Hyacinthe, que toi ou moi déposions ces poursuites, que nous allions sur la place publique expliquer, convaincre… Je n'aime pas ça. »

Paul Tarbin arrête de marcher, net, attend que son ami fasse de même. Les traits de l'excitation ont fait place à ceux du doute sur le visage de ce dernier.

— On ne pourra pas toujours rester cachés, Edmond. Le risque fait partie de l'engagement politique. Nous ne pourrons pas demeurer longtemps anonymes.

— Je sais… Je suis d'accord avec toi. Mais pour être honnête, j'ai peur.

Gênés par cet aveu, les deux hommes reprennent leur chemin en silence. Quand ils approchent du boulevard Langelier, Tarbin reprend la parole. Hormis le manifeste et les poursuites, il estime que l'avenir du CRI, comme l'avenir du Québec, passe de toute façon par un projet radical, ambitieux, que la gauche devra bien embrasser un jour.

— Ce n'est pas la première fois que j'en parle, mais d'après moi la meilleure stratégie, dans quelques années, sera de créer un mouvement pour l'indépendance du Québec…

Granteuil semble agacé, incertain.

— Mon espèce… Tu sais que je ne trouve pas cette option très réaliste.

Tarbin n'en démord pas. Il explique que ni les manifestes ni les poursuites, même si ces dernières débouchaient sur des condamnations, ce qui est loin d'être sûr, ne suffiront à se débarrasser de Duplessis. «De toute façon, l'Union nationale n'incarne qu'une partie du problème. Regarde en Asie… l'Inde et le Pakistan… L'Afrique… Ça se fait partout dans les colonies. Il faut se séparer du Canada. Tu admets au moins que le Québec ressemble à une colonie de l'empire anglo-saxon?» Edmond acquiesce. Tarbin poursuit son prêche. L'asservissement au système britannique, la préséance de l'anglais dans le monde des affaires, le peu de contrôle que les Québécois exercent sur l'économie de la province, voilà autant de motifs invoqués pour prôner un changement radical de statut. «Même dans les magasins de Québec, merde, on se fait répondre en anglais. Ma voisine, aussi francophone que moi, me répond en anglais… Ça n'a pas d'allure… Et Duplessis nous vend morceau par morceau aux États-Unis… Les mines dans le nord répondent à la même logique que les plantations de bananes en Amérique centrale. Tu ne penses pas? Les Américains débarquent, exploitent le sol, puis partent avec le profit… C'est pas du colonialisme, ça?»

Edmond n'entend pas ces récriminations pour la première fois. Bien qu'il comprenne la logique derrière les propos de Paul, quelque chose en lui résiste.

— Ah, mon bel idéaliste, fait-il en s'approchant de son ami pour mettre une main sur son épaule. Tu as probablement raison…

Le ton de Granteuil, son visage songeur, ses yeux qui fuient dans la contemplation du trottoir… Aucun doute, constate à regret Tarbin: son ami a peur. Lorsque Granteuil relève la tête, c'est pour volontairement changer de sujet.

— Puisque chacun doit inviter une recrue afin d'élargir le Cercle, as-tu pensé à qui pourrait joindre le mouvement?

— Milot. Le chef éclairagiste au théâtre. J'ai tâté le terrain. Ça lui tenterait.

— Bonne idée… Moi, tu vas me trouver bizarre mais j'ai pensé à Hermine.

— Hermine?! fait l'autre effectivement surpris. Bizarre n'est pas le mot… Il n'y a pas plus catholique… Un peu plus elle coucherait avec l'évêque. Qu'est-ce qui te prend?

— Je pense qu'elle ferait un excellent agent double.

Pris par leur conversation, ils sont passés de Saint-Sauveur à Saint-Roch sans trop s'en apercevoir. Ils marchent maintenant vers le nord sur le boulevard Langelier. La transformation du profil urbain témoigne du changement de quartier. Les petites maisons d'ouvriers tassées de chaque côté de rues étroites laissent place aux manufactures, entrepôts de vêtements et textiles, garages qui se succèdent de chaque côté du terre-plein bordé de grands ormes. L'animation autour d'eux va grandissante à mesure qu'ils approchent de la rue Saint-Joseph. Centre incontesté de la basse-ville, on y trouve plusieurs grands magasins, des banques, des hôtels. Les hommes de théâtre tournent sur Saint-Joseph vers le Théâtre municipal. Manifestement, il y a trop d'oreilles autour pour poursuivre leur conversation. Cela n'empêche pas leurs cerveaux de fonctionner. Ainsi, tout en marchant, Tarbin regarde Granteuil du coin de l'œil, hébété. «Hermine Hérésie», pense-t-il. Chaque fois qu'il entend ce nom de la bouche de son amant, l'aiguillon de la jalousie pique sa chair à vif.

XIV
Réunion au sommet

Vendredi 17 septembre

Disposés en cercle autour de la table basse, occupant le somptueux *chesterfield*, les fauteuils de cuir et les chaises de bois tourné couvertes de brocart, les nœuds papillons sont à égalité avec les cravates et les cols romains. Comme il se doit, ces derniers ornent le sommet de soutanes ecclésiastiques. Les papillons et les cravates donnent un brin de couleur à de sombres complets-vestons. Pas besoin d'un nez exercé pour déceler une forte odeur de pouvoir. Au total, une dizaine de personnes font la conversation : éminences grises, élus et membres du clergé, auxquels il faut ajouter leur hôte, bras droit du ministre de la Justice, qui fait le service de bar. Ce genre de rencontre est habituel. Les principaux membres du cabinet Duplessis en profitent pour remercier leurs alliés pour les travaux accomplis et passer des messages importants en vue de la reprise des travaux parlementaires. Deux rencontres similaires occupent des salles voisines du club privé de l'Union nationale.

Bégin, ministre de la Justice, est député d'un comté de la haute-ville de la capitale provinciale. Ses courtisans proviennent surtout de la région de Québec. Un ecclésiastique a été conduit de Trois-Rivières ; un député représente une circonscription ouvrière de Montréal ; une des éminences grises, vieux collègue de classe, est venu en train de Rimouski. Deux anglophones font le pont avec la communauté des affaires.

On en est encore au prélude. La conversation tourne autour de l'été qui s'achève, dont le climat a été fort agréable. Un petit groupe discute en aparté de sujets chauds de la scène publique : bras de fer avec le gouvernement fédéral sur le nouvel impôt provincial, premiers résultats de la commission Tremblay sur les problèmes constitutionnels ou, pour deux férus d'affaires internationales, des contrecoups de l'étonnante défaite de la France en Indochine. Le conseiller attend que tout un chacun soit servi avant d'introduire le ministre. Vêtu avec goût et distinction, Bégin porte gilet pâle sur veste foncée et pantalon assorti. Deux doigts de sa main gauche sont accrochés au gousset du gilet, d'où émerge une délicate chaîne en argent qui se perd sous le veston. Le politicien n'est ni mince ni corpulent. Droit comme un chêne, surmonté d'une chevelure noire parfaitement coiffée, il en impose. Son entrée est évidemment très attendue. Les phéromones du pouvoir gagnent instantanément en puissance. Un œil avisé, par exemple celui du conseiller, remarque aussitôt plusieurs changements subtils chez les courtisans. Ajustement du maintien, salutation du visage, insistance du regard, léger raclement de gorge, tous à leur façon tentent, discrètement, peut-être inconsciemment, d'attirer un sourire amical du ministre. Ce groupe constitue le premier cercle autour de lui. Mais toujours insatisfait, chacun caresse l'ambition de devenir « favori parmi les favoris ». Plusieurs croient pouvoir prétendre à ce titre officieux, y compris ceux qui le portent déjà, au détriment de qui les mutations prévues auront cependant lieu. Pour diverses raisons, les résultats des derniers mois n'ont pas été à la hauteur. Réaction politicienne normale : le ministre devrait redistribuer les cartes en sa possession.

Le conseiller remet à son patron un double scotch, premier de la dizaine qu'il va siroter d'ici la fin de la soirée, comme tous les soirs qu'il ne passe pas en famille. Restant debout, le ministre se place de telle manière qu'il soit vu de tous. Regardant longuement sa cour en sirotant son verre, il tente de valider une dernière fois la nouvelle donne qu'il s'apprête à dévoiler. L'effet immédiat de cette observation est une augmentation sensible de la tension, surtout chez les courtisans qui, à tort ou à raison, se voient dans une position précaire.

— Chers amis, bonsoir… Bonsoir et bienvenue… Nous avons à peu près une heure avant le souper pour nous parler dans le blanc des yeux… C'est encore une grosse année qui nous attend. On arrive à mi-mandat, il va falloir continuer à bien gouverner la Province, c'est certain… Mais surtout, il va falloir bien s'occuper de notre monde. Les bons électeurs sont des gens satisfaits. Aussi, première priorité cette année, je veux que vous gardiez vos yeux et vos oreilles bien ouverts afin de ne pas rater les occasions de faire le bien autour de vous… Subsides agricoles, bouts de route, mairies de villes et villages, clubs sociaux, patros, en ciblant d'abord là où vous dénoterez la plus légère brise libérale. Ce sont les brises qui engendrent les coups de vent… Je veux que vous soyez à l'affût. Que vous notiez précieusement là où il nous faudra intervenir, en temps et lieu, pour contrer le vent des rouges et faire le plein de bons votes. Vous êtes tous de vieux complices… Vous savez de quoi je parle. La seule façon de conserver le pouvoir, c'est pas de s'endormir sur nos lauriers, mais de ne jamais baisser la garde. L'attaque est la meilleure défensive, comme au hockey.

Cette demande n'a rien d'extraordinaire et l'assemblée acquiesce d'emblée. Le ministre enchaîne sur des dossiers qui relèvent plus spécifiquement de ses prérogatives. Protection de la jeunesse, rémunération des juges, construction de Palais de justice régionaux occupent presque toute l'heure disponible. Il veut entendre ses courtisans sur chacun des sujets afin de prendre le pouls, recevoir leurs doléances, idéalement trouver une idée brillante qui garantira le succès politique et rayonnera sur son crédit personnel auprès du premier ministre. La préoccupation électorale est toujours présente, mais plus dans les intentions que dans le discours même. Cela est particulièrement perceptible quand ils distribuent les projets de travaux publics entre les différentes régions. Sous le couvert d'une logique administrative et judiciaire, c'est bien sûr de la réélection de l'Union nationale qu'on parle.

Le ministre et son conseiller peuvent compter sur une équipe dévouée, prête à beaucoup de sacrifices personnels pour que le gouvernement arrive à ses fins. Les intrigants que les deux politiciens observent de haut savent que leur propre succès dépend de celui du gouvernement... Boucle bouclée... Le sujet que le ministre va aborder maintenant donnera aux deux hommes le véritable pouls de leur fidélité.

— Messieurs, vous le savez, nous avons un problème avec cette organisation rebelle, qui signe ses forfaits du nom ridicule de CRI... Le Cercle Rebelle Intellectuel... Le problème n'est pas encore très sérieux mais il pourrait le devenir. D'après nos informations, ce sont des communistes, des athées, des gens de qui il faut absolument se méfier. Le premier ministre et moi préférons ne prendre aucun risque avec ces avortons... ». Personne n'a vu venir ce sujet de discussion. Aussi la réaction de surprise qu'ont plusieurs favoris éveille satisfaction chez le ministre omnipotent, qui jouit de l'adoration de ses brebis.

«Il y a un an, en septembre 53: drapeaux communistes au Parlement. Deux mois plus tard, à l'Halloween: apparition de ministres déguisés en fantômes au congrès de l'Union nationale. Janvier à mai 1954: lettres ouvertes aux curés, politiciens et notables... Comme moi, j'imagine que vous en avez reçus plus d'une.» Acquiescement général. «Distribuées par tract à nos portes, dans les universités et collèges, évidemment dans les syndicats... Il y a des limites à ce que nous pouvons tolérer. D'autant plus que nous sommes certains qu'ils préparent autre chose. Des actions imminentes, peut-être... plus... disons... spectaculaires... Il faut que ça cesse.»

Le ministre garde délibérément le silence sur le vol des trésors polonais. Il y a trop de risques que la nouvelle fuie dans un journal ou l'autre s'il leur en parle. Après les questions des fidèles, il annonce que le premier ministre et lui cherchent des manières discrètes de contraindre au silence les leaders du mouvement. Or, pour un du moins, il s'agit d'une personnalité connue de Québec: le comédien Edmond Granteuil. L'effet de surprise est redoublé. Nouvelle ronde de questions. Après avoir répondu, le ministre enchaîne avec une demande on ne peut plus claire: des suggestions pour réduire le CRI au silence.

— Nous savons qui sont les autres membres? demande un ecclésiastique.

Le ministre se tourne vers son conseiller. Il explique que, hormis Granteuil, de forts soupçons se portent sur deux ou trois employés du Théâtre municipal, dont le régisseur Tarbin, plus des membres de la communauté universitaire. Le groupe serait restreint; moins d'une dizaine de personnes.

— Je ne vois qu'une solution, lance le curé. Il faut fermer le théâtre. C'est tout.

— On ne peut plus fermer de théâtre sur de tels prétextes, rétorque le conseiller. D'ailleurs nous ne visons pas le théâtre mais ce groupe anarchiste. Le théâtre est une institution municipale, pas un ramassis de voyous. La réaction pourrait ne pas être à notre avantage. Il faut autre chose.

Chacun cherche en silence une solution. Le conseiller ajoute des informations supplémentaires pour nourrir la réflexion. Un jeune chauve arborant un nœud papillon lève finalement la main.

— Si on faisait des menaces discrètes, mais directes, à ces personnes? Nous pourrions envoyer un émissaire ou deux avec un dossier compromettant? Ça se monte, un dossier compromettant…

Le ministre connaît le type depuis la campagne électorale de 1952. Ce n'est pas le genre à se gêner pour attaquer de front les problèmes. Sa proposition en est une nouvelle preuve.

— C'est facile à dire, Bouchard, mais vous avez une idée plus précise?

— Je connais Tarbin depuis longtemps. Nous étions pensionnaires ensemble… Nous sommes sûrement capables de monter quelque chose sur eux… Granteuil et lui ne sont-ils pas homosexuels?

Sur ce dernier mot, que Bouchard sait porteur, deux courtisans s'étouffent en avalant tout rond les petits fours que le conseiller vient de passer. Compte tenu de l'opinion générale sur cette orientation sexuelle, un mouvement d'adhésion spontané se manifeste pour la proposition sur la table. Au lieu de viser directement le CRI, ils mineront la crédibilité des personnes en dénonçant leurs travers moraux. D'abord par des actions discrètes, puis s'il le faut en allant ouvertement sur la place publique. Deux personnes tentent d'imposer des méthodes plus douces: intervention d'amis, de proches, renvoi des deux protagonistes par la direction du théâtre. Mais en moins d'un quart d'heure le chauve rallie à sa proposition une forte majorité de la digne assemblée. L'attaque visera directement l'homosexualité du comédien et du régisseur. Objectif : les affaiblir, les faire chanter jusqu'à ce qu'ils cessent les opérations du CRI. S'ils résistent, ils seront lynchés sur la place publique. L'Église en profitera pour, plus généralement, dénoncer le comportement des artistes. Il y a plusieurs années, croient-ils, le renvoi de Borduas de l'École du meuble a calmé le jeu. Il est temps de sacrifier une nouvelle idole du mouvement d'opposition.

Il serait difficile de trouver meilleur ramassis de canailles. Bien que quatre des courtisans tâtent régulièrement des mâles, ce que les autres savent, ils vont miser sur le fait que le comportement sexuel de Granteuil et Tarbin jouit de l'opprobre de la société. Avec l'appui bien téléguidé de journaux alignés sur le parti, le scandale lèvera tel le sexe de bien des curés devant un jeune élève.

Constatant le succès obtenu par Gontran Bouchard, le ministre pense au jeune homme en faisant semblant d'écouter l'envoyé de l'évêque, qui transmet son credo sur les bonnes œuvres et la morale. Le chauve assis devant lui, qui fait aussi semblant d'écouter, a à prime abord l'air de peu de chose. Assez effacé, il parle peu. Depuis le début de la réunion, il prend continuellement des notes. Son attitude réservée cache toutefois un talent politique rare… Son conseiller et lui n'avaient jamais pensé que la question du CRI, qu'ils avaient hésité à mettre de l'avant, serait résolue avec tant de facilité. Bégin regarde Bouchard, qui écrit encore et dont le crâne luit de satisfaction. Le dernier lève la tête et regarde le ministre droit dans les yeux. Il le salue discrètement, d'un presque imperceptible sourire, avant de replonger dans son carnet.

Bégin est impressionné par sa recrue, l'employé modèle du parti, qui donne l'impression de n'avoir pas douté une seconde du résultat qu'il obtiendrait. L'assurance, la conviction de Gontran Bouchard ont été des éléments décisifs. Se détournant pour aller faire le plein au bar, Bégin se dit qu'il faut tout de même le garder à l'œil ; ces jeunes blancs-becs n'ont pas toujours la maturité voulue.

Il revient pour entendre son conseiller clore la portion « sérieuse » de la soirée.

— Je vous remercie infiniment de votre contribution à cette rencontre, messieurs. C'est toujours un plaisir de vous revoir. N'oubliez pas : dans un an nous serons presque en campagne électorale. Il faut préparer le terrain… Il va de soi que vous gardez le plus strict silence sur toutes les informations sensibles. Vous savez ce que je veux dire… Attention, donc… Nous avons le temps de prendre un autre verre avant de descendre manger… Le bar vous attend.

La conversation reprend sur les sujets évoqués autour d'un gin, d'un scotch ou d'un martini. Le niveau de décibels est assez élevé quand la porte par où le ministre est entré, dans un coin de la salle, s'ouvre sans que personne le remarque. Les amis du ministre se taisent à mesure qu'ils tournent les yeux : Maurice Duplessis, premier ministre, a fait son entrée. Souriant, sûr de lui, prenant à son tour le verre qu'a préparé le ministre à son intention, il regarde tour à tour chacun des courtisans. Pour le ministre de la Justice, voilà certes un bon coup que le premier ministre en personne se déplace. Pour les courtisans, c'est le nirvana. Le chef de l'Union nationale lance de sa voix forte :

— Messieurs, à votre santé ! Et il lève son verre.

L'assemblée trinque.

— J'ai deux nouvelles pour vous, poursuit-il sur un ton badin. Une bonne et une mauvaise… Commençons par la mauvaise… Son ton change d'un coup, ce qui ne surprend guère ceux qui le connaissent. Vous faites une attention extrême à tout ce que vous dites, partout, jour et nuit, même dans vos rêves ou dans votre douche… Surtout dans votre douche quand vous n'êtes pas seul… L'amour délie les langues. L'amour et la fanfaronnade… Mais pas dans l'Union nationale… Vous êtes sous le sceau du secret. Tous… On va avoir la gachette rapide s'il y a des incartades. J'ai tenu à vous en avertir en personne… Aussi, n'oubliez pas que vous êtes nos oreilles, nos oreilles et nos yeux… Des oreilles ça écoute, des yeux ça voit… À vous de juger si ce que vous entendez, ce que vous voyez mérite de nous intéresser. Si oui vous en parlez à Joe. Joe, c'est mon homme à Québec.

Duplessis tape Bégin de sa main dans le haut du dos.

— Au fil des années, vous avez prouvé votre loyauté. N'essayez pas de nous décevoir… Nous ne risquerons pas la crédibilité du gouvernement sur des erreurs de jugement… C'est clair?

Silence embarrassé de l'assistance, d'autant que le PM fixe tour à tour les convives. Mais le *Cheuf* a le tour de changer l'ambiance pour le mieux. Il se met à rire.

— C'était la mauvaise nouvelle… Je suis ici surtout, aujourd'hui, chers amis, pour vous remercier pour votre dévouement, pour votre implication dans mon équipe de gouvernement de la province du Québec… Et pour vous prouver que je sais remercier mon monde. Je trouve que c'est important, nécessaire… Aussi le temps est venu de vous montrer que le parti pense à vous.

Le ministre de la Justice se tient deux pas derrière lui avec une pile d'enveloppes. Il n'attend que ce signal pour la remise des prix. Chacune contient de l'argent. Mais là n'est pas l'essentiel. Deux choses comptent : si le montant a cru ou diminué depuis l'année précédente et le petit mot d'accompagnement. Lors de ces rencontres, année après année, chacun découvre où il se situe dorénavant dans la garde rapprochée du ministre. Évidemment, personne n'ouvre son enveloppe sur place. Reçue avec le sourire, sans rien y laisser paraître qu'une reconnaissance infinie, serrant le plus chaleureusement possible la main du premier ministre, chacun glisse l'enveloppe dans son veston pour en prendre connaissance plus tard. Par exemple, lorsque Gontran Bouchard ouvre la sienne, caché dans la salle de toilette au milieu du repas, il a l'heureuse surprise de compter le double de billets de banque. Puis il écarquille les yeux en voyant le rendez-vous fixé pour le lendemain au bureau même du ministre. Il ne le sait pas encore mais il va devenir la « main à la pâte » de l'opération sur le CRI, expression favorite du ministre pour décrire son exécuteur des basses œuvres et, en cas d'échec, le bouc émissaire.

XV
Conseils d'ami

Lundi 20 septembre

Louis Joubet, metteur en scène, est assis à la table de travail placée au centre de la salle. Il prend des notes fiévreusement. À sa gauche, le régisseur Paul Tarbin pense aux améliorations qu'il doit encore faire aux éclairages. Derrière eux se trouve Sanche, le concepteur du décor et des costumes, qui regarde et prend des notes mentales. Les comédiens de la production sont assis autour, sauf Hermine Hérésie et Jacques Larimont, sur scène, qui répètent le duo de Tarzan et Ciboulette dans l'acte I.

Chevelure ébouriffée, vêtements en désordre, Tarzan fait une entrée nerveuse, haletante. Sur un ton saccadé, il donne l'ordre à Moineau et à Passe-Partout de porter la cargaison de cigarettes dans le hangar. Restée seule avec son chef, immobile, Ciboulette le fixe des yeux. Grand contraste entre les deux personnages. Fascinée par cet homme qu'elle aime et admire, elle devine que son trouble est grand mais ne comprend pas pourquoi. Lui, qui fait d'habitude preuve d'une telle assurance… Le voir ainsi la surprend.

— *T'es fatigué? T'as couru beaucoup?*[*] demande-t-elle, inquiète.

— *J'ai couru beaucoup, ça paraît?* rétorque le chef en masquant mal sa fébrilité.

— *Oui, t'as plus les mêmes yeux.*

Larimont hésite une seconde, manifestement à la recherche de la réplique suivante.

« Ça veut rien dire », beugle Joubet excédé.

— *Ça veut rien dire*, reprend le comédien penaud.

— *Ça dit que t'es fatigué*, poursuit Hermine, absorbée dans son rôle, espérant que son collègue enchaînera.

— *Ça dit que j'ai réussi et que je suis fatigué. Ça dit pas autre chose.*

— *Mais non, ça dit pas autre chose. T'as toute ta fatigue dans ton visage.*

Tous deux se regardent un temps. Pour Joubet, ce moment est d'une extrême importance. Le chef et la jeune fille doivent exprimer des sentiments qui, à la fois, les rapprochent et les éloignent. Ciboulette aime Tarzan mais ne sait comment le lui dire. Lui l'aime en retour, mais se refuse à lui avouer un sentiment qu'il juge faible. Sauf que Larimont n'arrive pas à tenir le regard de la comédienne. Il reprend trop vite et, pire, saute deux répliques.

— *T'inquiète pas pour moi, je reviendrai toujours.*

Joubet se retient, jugeant préférable de les laisser poursuivre. Son soupir de découragement est tout de même perceptible jusque sur scène. Hermine réplique comme si de rien n'était.

— *Je m'inquiète pas, Tarzan. Je m'informe en passant, pour savoir.*

---

[*] Les passages en italique indiquent qu'il s'agit des répliques originales tirées de la pièce *Zone* de Marcel Dubé, Leméac Éditeur, 1968.

— *Alors, pourquoi que t'as des plis sur le front?*[*]

— *C'est comme pour les autres. À force d'attendre que tu reviennes. À force d'avoir peur.*

— *Les autres en laissent rien paraître, tâche de faire pareil. De plus, vous avez pas besoin d'avoir peur. Il vous arrivera rien à vous autres. Je m'arrange toujours pour que vous soyez pas en danger.*

— *C'est vrai, Tarzan.*

La justesse de ton d'Hermine fait presque oublier à Joubet le manque de concentration de Larimont. On pourrait croire ce rôle écrit exprès pour elle.

— *À ton âge faut pas t'abîmer le front… Attends Ciboulette : t'auras tout le temps pour ça.*

— *Veux-tu dire qu'un jour je serai malheureuse?*

— *Je veux dire qu'un jour tu seras* malheureuse…

Joubet interrompt brutalement Larimont : « Pas malheureuse, Jacques… Amoureuse. A-MOU-REUSE… Elle ne t'entre décidément pas dans le coco, celle-là… Quand as-tu lu ton texte pour la dernière fois? L'an dernier? Putain… »

Larimont reprend, de plus en plus distrait.

— *Je veux dire qu'un jour tu seras amoureuse, c'est la même chose.*

Hermine Hérésie détourne la tête vers la salle. Regarde à nouveau Larimont. Voudrait bien poursuivre, mais ne réussit à la place qu'un haussement d'épaules marquant le dépit. Tarbin intervient immédiatement.

— OK, merci tout le monde, lance-t-il en plaçant une main sur le bras de Joubet pour l'inviter au silence. La journée a été longue et n'est pas terminée… On va arrêter ici. Dans cinq minutes, rendez-vous dans la salle de répétition, où les

---

[*] Les passages en italique indiquent qu'il s'agit des répliques originales tirées de la pièce *Zone* de Marcel Dubé, Leméac Éditeur, 1968.

directeurs viennent nous rencontrer avec le père Rochon. Après, pause souper… Ceux que Jeannette a convoqués reviennent ce soir pour les essayages de costumes.

Malgré les erreurs de Larimont, qui manque de concentration et montre une attirance presque déplacée pour Hermine Hérésie, Louis Joubet est assez satisfait du déroulement des répétitions. Du haut de sa petite taille – il mesure à peine cinq pieds, qu'il rehausse avec des chaussures ressemelées pour lui par Jeannette Mance –, il exprime confiance, assurance, pour ne pas dire suffisance. Sur le plateau, son autorité est incontestable. À la manière dont il relève le menton quand il parle, autre manière de contrebalancer sa taille, ses demandes passent généralement pour des ordres. Au Théâtre municipal, cette attitude donne des productions de qualité depuis son arrivée de France six ans plus tôt. Ses mises en scène sont d'excellente tenue, si bien que malgré son caractère, les comédiens apprécient travailler avec lui. Pour ce qui est de sa vie privée, il cultive le secret à un point tel que personne au théâtre n'en connaît le moindre détail. Attirant peu la sympathie dès qu'il quitte la scène ou la salle de répétition, ne sortant avec le groupe qu'après les premières et les dernières, pas grand monde ne s'intéresse de toute façon à la vie personnelle du metteur en scène.

Joubet est enchanté de pouvoir monter *Zone*. Et il devine que la plupart des comédiens ressentent une excitation similaire. Pourquoi ? Ils ont trop rarement l'occasion de monter de nouvelles pièces québécoises. Et l'univers de *Zone* jure brutalement avec les classiques, les drames bourgeois et les comédies de boulevard qui constituent l'essentiel du répertoire. Cette bande de jeunes marginaux vivant de la contrebande de cigarettes marque un réel tournant dans le paysage théâtral dominé jusqu'alors par la figure de Gratien Gélinas. La noirceur du drame dont les contrebandiers sont victimes propose un tout autre registre que le caractère rieur et sympathique d'un Tit-Coq ou de Fridolin. Les assises urbaines du conflit entre ces jeunes épris de rêve et de liberté, qui se heurtent aux forces protectrices et morales de la société incarnées par le trio de policiers, sont inédites sur nos scènes. D'autant que famille et religion n'ont pas leur place dans cette pièce. Au théâtre, Dubé défriche un territoire nouveau.

La mise en scène de Joubet met l'accent sur la nécessité impérieuse de la révolte vécue par Tarzan et ses acolytes. Pour s'affirmer, pour se défaire des pressions sociales, pour vivre ses rêves, il faut risquer jusqu'à sa vie même. Il insiste aussi sur le choix posé par ces jeunes de vivre en marge, seule voie pour atteindre leurs buts. La vieille société bourgeoise catholique n'offre aucune chance de réaliser le rêve d'une vie nouvelle. Décision logique, défend le metteur en scène, et promise au succès n'eût été des agissements erratiques du traître Passe-Partout. «Le succès de la bande repose sur une adhésion absolue au credo du chef, a-t-il expliqué après la première lecture. Ils pourraient tous réussir, incluant le traître. Tarzan maîtrise la situation sauf que Passe-Partout, tenté d'agir seul, est incapable de suivre les ordres. Incapable de respecter l'autorité, il devient le grain de sable dans l'engrenage. Ce seul écart suffit à faire tomber le château de cartes… Tu ne voleras point, dit le commandement… Le succès de Tarzan et de ses acolytes repose sur ce précepte biblique appliqué à leur butin, auquel un seul a désobéi. Passe-Partout est une sorte de Judas réincarné…» L'allusion biblique fait d'ailleurs bien rigoler le metteur en scène, ironique à l'égard des adorateurs de crucifix qui ne manqueront pas de démolir la production autour d'un verre de vin de messe et dans les journaux soutenus par le diocèse.

Situation difficile, le seul comédien réticent à embrasser les choix du metteur en scène est celui-là même qui incarne le rôle de Tarzan. Pour Joubet, il est évident que Larimont préfèrerait jouer au héros. Il ne veut pas voir que *Zone* est un drame moderne, existentiel, tout le contraire d'une œuvre romantique. Joubet lui répète sans arrêt de jouer avec moins d'emphase, que Tarzan est conscient de la fatalité qui s'apprête à briser son rêve et celui de ses amis. Ces instructions traversent le crâne du comédien comme un courant d'air. Reste à espérer que son narcissisme ne le transformera pas en Passe-Partout de la troupe. Enfin… Il reste une grosse semaine avant la première. Joubet préfère croire qu'il y a là suffisamment de temps pour amadouer le jeune homme.

Introduit par Jasmin et Courville, le prélat Rochon fait une entrée conforme à son statut. L'arrogance assumée transpire à travers l'humilité sacerdotale. Bref moment de silence. «Voici venu le sermon de l'année…», murmure en soupirant Granteuil à Tarbin. Celui-ci répond par un clin d'œil complice : «En espérant qu'il ne parle que de théâtre…» Hermine est la première à réagir, comme toujours, possédant avec sa grâce naturelle un sens inné de la diplomatie. En moins de deux, elle invite l'ecclésiastique à s'asseoir. Suivant l'exemple de leur consœur, la douzaine de comédiens et concepteurs s'assoient autour en cercle. Le prélat lance ce qui a effectivement tout d'un sermon bien préparé. Les artistes espèrent que ce soit bref. Sa visite n'est pas une surprise : il vient à chaque début de saison donner ses *conseils*. Mais il n'est pas dupe et voit bien la société du Québec évoluer. Elle se *québécise*, philosophe-t-il, lançant ce terme sans cacher qu'il n'en connaît pas précisément le sens. « L'urbanisation est chose accomplie, au détriment des valeurs traditionnelles de la vie rurale. La société s'organise autrement. La lumière du dieu catholique peut cependant encore éclairer le chemin. Elle en a l'obligation afin de contrer les zones d'ombre qui prolifèrent. Au contraire des campagnes, la ville est moins homogène. On y trouve du pire et du meilleur. La forte concentration de la population favorise l'éclosion de comportements dangereux pour la nation canadienne-française. La ville est plus complexe. » Rochon espère que le théâtre serve à contrôler les comportements déviants plutôt qu'à les exacerber…

— Je ne suis pas vraiment inquiet pour la saison qui débute. Sauf pour *Zone*, en fait… Attention, avec cette pièce de Dubé… Attention de ne pas glisser sur une pente dangereuse, adresse-t-il au duo de directeurs. Et vous, les artistes, je comprends l'intérêt du drame individuel, du conflit personnel qui se joue dans cette pièce, mais ne jugez pas trop sévèrement nos institutions. Surtout, il serait malheureux de répandre le sentiment que le crime, la marginalité sont une attitude acceptable. Quant à vous, monsieur Joubet, nous comptons… comment dire… sur votre sens de l'équilibre.

Pendant que Joubet tète nerveusement une cigarette, Jasmin souligne que le public a besoin que l'on joue une telle pièce. « Le théâtre doit mettre *Zone* à l'affiche », affirme-t-il avec conviction, un peu trop au goût de Courville. « Si les personnages de Dubé incarnent une certaine révolte, un refus de la société dans laquelle ils vivent, c'est que cette révolte gronde, mon père. Cette pièce n'émane pas de l'imagination d'un homme isolé, mais d'un témoin de son temps. La pièce a connu un réel succès depuis sa création l'année dernière.

— Peut-être… Mais faites attention ! C'est mon conseil sur le sujet. Que vous jouiez nos auteurs, parfait. Pas toujours les plus irrévérencieux, s'il vous plaît… Gélinas est de notre temps, et il est moins subversif… Ce n'est pas parce qu'une œuvre connaît du succès à Montréal qu'elle doit absolument être montrée à Québec…

Confirmant la crainte exprimée par Granteuil à Tarbin à son arrivée, le prélat bifurque vers un autre sujet. « Des rumeurs circulent à l'effet que certains d'entre vous pourraient être tentés par certaines actions, certaines voies, qui peuvent être séduisantes sur le plan intellectuel, mais inapplicables dans nos sociétés ». À l'époque où, curé de campagne, il célébrait la messe, cette façon de procéder, un peu brusque, l'aidait à saisir l'état d'âme de ses ouailles. Préparer le terrain, assener l'argument principal, puis attendre la réaction… L'homme d'Église fixe d'abord Granteuil, qui soutient son regard sans broncher. L'archevêché a nommément identifié le comédien, pense-t-il. C'est d'ailleurs le seul nom qu'on lui a donné. Pourquoi un si grand talent risque-t-il sa carrière pour des idées politiques ? Il l'ignore et ce n'est pas aujourd'hui qu'il lui demandera. Sa mission se limite en effet à la menace. Le prélat dévisage les autres tour à tour, cherchant quelque signe. La tension monte. Tarbin, le régisseur, cache mal son mépris. La main droite de Larimont s'acharne sur les ongles de la gauche. Hermine Hérésie sourit, naïve, ce qui pour le père Rochon ne signifie point qu'elle ne comprenne rien à son discours. Elle n'est pas bête du tout, la petite.

— Le communisme et le socialisme sont un véritable cancer, qui ronge les valeurs nationales. Le clergé ne peut laisser proliférer ce microbe. Voyez l'ancienne Russie, l'est de l'Europe, maintenant la Chine… La révolte gronde dans certains pays d'Amérique latine, à Cuba… Le spectre rouge est à nos portes. Il faut nous défendre. Le Canada et les États-Unis doivent élever un rempart pour nous protéger. La foi, indiscutablement, est un matériau de premier choix pour élever ce mur. La foi, plus une vigilance de tous les instants. Vous autant que moi, il faut nous protéger…

Joubet ne peut s'empêcher de remarquer, sourire en coin, que *Zone* n'est pas une pièce sur le communisme.

— Je sais, rétorque le prélat, qui va se faire plus direct. Je ne parle pas de *Zone*. Certains parmi vous connaissent le CRI, le Cercle Rebelle Intellectuel?

Silence. Mais il lui semble nettement que plusieurs acquiescent.

— Une rumeur court en ce moment à propos du CRI. Il se trouve qu'elle est passée par l'archevêché. Que prétend-elle? Quelqu'un parmi vous l'a entendue?… Je le donne en mille: des personnes à l'emploi de ce théâtre sont impliquées dans les actions de ce groupuscule.

Granteuil et Tarbin se regardent discrètement, chacun espérant que l'autre se retienne de parler. Ils entendent le fantôme de Trotski ricaner. Le représentant de l'archevêque poursuit.

— Bien que notre société évolue… et qu'elle doive évoluer… le progrès a des limites. Au-delà de ces limites, les autorités réagissent. C'est normal… D'ailleurs, à nos yeux, le communisme est bien plus une régression qu'un progrès. De vous à moi, je ne vois pas en quoi défier l'ordre établi par des actions aussi futiles que remplacer les drapeaux de l'Hôtel du Parlement peut constituer un progrès… Qu'en pensez-vous Edmond?

L'homme essaie de désarçonner son adversaire par la surprise. Mais le comédien connaît le prélat depuis plusieurs années. Il s'attendait à une question du genre.

— Vous savez, répond calmement Edmond, sans paraître intimidé, notre monde résulte de l'amalgame de nombreuses

tendances. Plusieurs sont antagonistes. Le jeu de ces antago-
nismes permet d'atteindre l'équilibre… la justice… Je suis
d'accord avec vous: remplacer le drapeau fleurdelisé par la
faucille et le marteau relève du coup d'éclat sans lendemain.
Les lettres signées par ce groupe, le CRI, et diffusées au printemps dernier me semblent cependant un phénomène plus
sérieux. Certaines accusations étaient troublantes. Pouvez-
vous discréditer ces lettres tout aussi facilement que les
drapeaux? J'ai l'impression que ce serait blâmer tout un pan
progressiste de notre société. Le mouvement pour l'avancement
de l'éducation, l'organisation du travail et le respect des
travailleurs, auquel plusieurs membres des Jeunesses Ouvrières
Catholiques s'identifient, par exemple… Par crainte de céder
au communisme, il faudrait s'empêcher de dénoncer la corruption avérée de certains partisans trop zélés du parti au pouvoir?
Vous êtes connu comme un fervent défenseur de la justice,
mon père…

— Je l'ai dit tout à l'heure à propos de *Zone* et je le répète:
je vous recommande de faire attention. Attention aux excès,
aux débordements. J'ai toujours apprécié ce théâtre. Je suis un
de vos principaux supporteurs, vous le savez bien. S'il fallait
que le CRI poursuive ses actions et que la police prouve que
certaines personnes au sein de cette compagnie en font partie,
je ne lèverai pas le petit doigt pour vous défendre. Que vous
ayez de la sympathie pour les actions de ce groupe, pour certaines de leurs idées, passe encore. Nous ne sommes pas stali-
niens. Mais suivez le conseil d'un ami et faites attention…

— Qu'est-ce que le CRI a fait d'illégal? demande Hermine.
C'est criminel d'écrire des lettres?

— Ma chère, reprend le prélat, certaines nuances de la vie
politique vous échappent. Voici pour mieux éclairer votre
lanterne, et je terminerai là-dessus pour aujourd'hui. Monsieur

Duplessis et l'archevêché craignent pour les valeurs nationales. Le principal ennemi de ces valeurs est l'idéologie de gauche, qui se propage à grands pas dans les syndicats, les universités et dans certains groupes sociaux. Vous, les artistes, constituez selon nous un terreau fertile pour ces idées… Vous comprenez qu'il est impossible de mettre le cadenas sur les universités. Même chose pour les syndicats. Mais si pour donner une leçon aux intellectuels et autres philosophes athées, qui par exemple lisent trop Sartre et Camus, il est nécessaire d'écraser un groupuscule comme le CRI, croyez-moi, les autorités n'hésiteront pas.

Le prélat se lève. Avant de se diriger vers la porte, il salue à la cantonade. «Bonne saison et, comme vous dites, merde…». Il sort d'un pas décidé suivi des deux directeurs. Le silence glacial que ses dernières phrases a jeté sur la troupe persévère un temps. L'hiver a d'un coup transi la salle de répétition. Jusqu'à ce que Jeannette Mance entrouvre les lèvres pour lancer, peu convaincue: «Allons manger… Il faut revenir dans une heure pour les costumes…» L'embâcle mental cède. Les cerveaux gelés par les propos du père ne retrouvent pas instantanément la parole, mais, en moins de temps qu'il n'en faut pour que fonde un glaçon, tous ont quitté la salle. Pendant le repas, le seul sujet à l'ordre du jour est le sermon du prélat Rochon.

XVI
L'atelier

Mardi 21 septembre

Les membres du CRI siègent autour de la table de l'habilleuse dans l'entrepôt de décor. Chacun s'assied toujours au même endroit. C'est devenu un rituel : Tarbin est à la droite de Granteuil, suivi de Cocteau, Larimont, Fauvert et, refermant le cercle, Gauvreau. En théorie, le groupe refuse d'opérer sur une base hiérarchique. Tous sont égaux devant la cause. Considérant les travers de la chose humaine, un chef a tout de même émergé. Et comme dans toute organisation du genre, même s'il ne s'agit ici que de six individus, tous ne tirent pas dans la même direction. Bref, le groupe écoute Edmond Granteuil avec respect, mais tous ne sont pas du même avis.

La vingtaine a ceci de stimulant qu'elle drape la réalité d'un voile propice aux utopies. À cet âge, tout est possible, d'abord de modeler le monde conformément à ses désirs. Cette attitude a le grand avantage de masquer la difficulté de vivre. On y trouve aussi une fuite en avant commode par rapport aux responsabilités de la vie ordinaire des adultes, dont le spectre désagréable se profile. Changer le monde est certes plus séduisant que faire l'épicerie ou gagner sa vie.

Une énergie puissante guide les jeunes, les anime ; elle permet de passer outre nombre d'obstacles. Cette énergie est nécessaire pour s'arracher à la banalité de l'existence, pour provoquer le changement, pour transposer ses jeux d'enfants dans l'arène du monde adulte. Mais ce comportement engendre un triste effet pervers. Aux yeux de qui est animé par cette force, les autres, par exemple les plus vieux, sont des cons qui ne comprennent rien. Dans cette perspective, Larimont et son copain Cocteau sont de purs spécimens de la jeune vingtaine. Et si Granteuil réussit généralement à orienter la pensée et les actions du groupe, il se heurte à l'occasion aux opinions contraires de l'aile jeunesse, qui privilégie une seule et même stratégie : foncer dans le tas. « Qui n'est pas avec nous est contre nous », lancent périodiquement Larimont ou Cocteau sans laisser planer de doute sur le sort qu'ils vont réserver à ceux qui se dresseront devant eux.

La discussion tourne ce soir-là autour de la nécessité de laisser aux Polonais la primeur d'annoncer le retour chez eux des trésors. Pour Granteuil, Tarbin et Gauvreau, il est essentiel d'attendre cette annonce avant de révéler le rôle du CRI dans la spectaculaire opération. Le groupe y gagnera un maximum de crédibilité et, surtout, les autorités seront embarrassées d'agir contre le CRI si un gouvernement étranger, même communiste, lui offre son appui. Il est d'ailleurs prévisible que tout le bloc communiste manifeste son enthousiasme face aux trésors retrouvés ; même chose chez les progressistes du Canada. Et puisque le gouvernement fédéral reconnaît officiellement celui de Pologne, Duplessis serait isolé. Voyant les choses autrement, les deux jeunes contestent l'accord intervenu avec les Polonais. Selon eux, afin de prendre le cabinet provincial à contre-pied, il est impératif de dévoiler dès maintenant le vol et que le CRI en réclame la paternité. Qui sait ? Québec pourrait rendre publique la disparition des trésors avant qu'ils ne réintègrent le château de Wawel, et accuser de vulgaires bandits de ce vol, ce qui desservirait le groupe. Pourquoi prendre ce risque? Vaut mieux profiter du silence de la province pour relancer l'attaque. Resté jusque-là silencieux, Fauvert donne l'impression d'hésiter ou d'être sur la lune. Il pense, en fait... Son cerveau tourne comme un derviche en transe. Il échafaude des hypothèses, théories, imagine des conséquences s'ils agissaient d'une manière plutôt que d'une autre. Sa conclusion: chacune des deux options repose sur une perception différente des relations publiques. L'antagonisme se résume ainsi: faut-il battre le fer pendant qu'il est chaud ou attendre qu'il refroidisse? Bon journaliste, il sait que le *timing* fait foi de tout. Et la question est de savoir lequel des deux scénarios générera le maximum d'impact. De même, il faut mesurer si le plus grand risque repose dans l'attente ou dans la précipitation. Et il faut aussi évaluer la nature de ce risque. Risque de perdre la face sur la place publique, de trop s'identifier au bloc soviétique, de se faire tomber dessus violemment par Duplessis et ses sbires? De quelque côté qu'il retourne la crêpe, la pâte demeure fragile... Tentant néanmoins de dénouer l'impasse entre ses camarades, il présente son analyse et termine en demandant quelles sont les attentes du groupe, quel est leur but, non seulement avec cette affaire mais dans les mois à venir. «Il ne faut pas oublier une chose fondamentale: le CRI peut compter maintenant sur une cagnotte suffisante pour planifier un ambitieux programme. Si l'on se limite à l'affaire des trésors, une annonce rapide est peut-être préférable.» Il voit d'un bon œil l'occasion s'offrant à eux de devancer une éventuelle action du gouvernement. Est-ce le cas si on pense à plus long terme? Il en doute. Le nœud du problème, conclue-t-il, est de ne pas

savoir ce que Duplessis et son ministre Bégin entendent faire
d'ici l'arrivée du butin en terre de Pologne.

À défaut d'offrir une solution, tous reconnaissent que la
réflexion de Fauvert est juste et que l'épisode des trésors n'est
qu'une étape dans l'histoire du mouvement. Le groupe convient
d'ailleurs de mandater le journaliste pour écrire l'ébauche de
la lettre qui sera rendue publique en temps et lieu. Il faut être
prêt si le vol devait être connu publiquement. Il remettra son
devoir lors de la réunion prévue la veille de la première de
Zone. Il s'agit du seul accord qu'ils obtiennent à ce propos.

Granteuil admet sans problème au sein du groupe certaines dissensions. Le monde meilleur qu'il recherche carbure
à la démocratie et au débat public, pas à la dictature. D'ailleurs
aucune décision importante n'est prise autrement qu'à l'unanimité ou par consensus. Il ne peut cependant s'empêcher
d'avoir des doutes sur les motivations de Larimont et de
Cocteau. Qu'ils manquent tous deux de maturité est une chose
avec laquelle il peut vivre. Leur entêtement belliqueux est
cependant plus inquiétant. Revendiqueront-ils un jour la
violence? Et dans quel but? Cela lui échappe. Le jeunot et
Cocteau, son inséparable copain, ont passé l'été à lire des
ouvrages sur la révolution, sur la lutte des classes, de Marx à
Lénine en passant par Mao et Trotski. Granteuil encourageait
ce programme de lecture, croyant que les deux jeunes en sorti-
raient plus matures… Erreur: ils ont maintenant la tête farcie
de revendications extrêmes et, surtout, voient mal comment
atteindre leur but sans faire appel à la violence. Alors que
Granteuil espérait que le pacifisme de Gandhi leur entre dans
la tête, la folie meurtrière de Staline et de Robespierre
semble y creuser son nid. Trouvent-ils que le mouvement
n'est pas assez radical? Leurs réponses ne sont pas claires.
Tarbin et Granteuil conviennent de surveiller de près leur duo

d'extrémistes. Le CRI avait besoin d'eux, mais pas à n'importe quel prix. Surtout qu'il y a maintenant Fauvert. Avec sa chevelure en broussaille et ses lunettes, son air autant farouche qu'intellectuel, le dosage de raison et de conviction que montre Fauvert est tout à l'avantage du journaliste. Paul et Edmond aimeraient bien trouver le même équilibre chez les deux excités.

La réunion se poursuit sur les projets futurs du mouvement, sur lesquels l'unanimité est plus facile à obtenir. Pour la première fois, le groupe dispose d'argent. Cela ouvre des perspectives jusqu'alors inconnues. Leurs premières actions : drapeaux, fantômes de ministres et lettres ouvertes, ont été réalisées sur des budgets de misère fournis par les membres du groupe à la mesure des économies de chacun. Le soutien financier du gouvernement de Pologne permet maintenant au CRI de passer à la vitesse supérieure. La première chose sur laquelle ils s'entendent est la rédaction et la publication du manifeste. Les principaux éléments en sont d'ailleurs connus, puisqu'à la base de l'action du groupe depuis sa fondation. Bien qu'il n'ait jamais rédigé de document officiel, Granteuil a plusieurs pages de notes sur le sujet. Il est convenu qu'il proposera bientôt une première mouture du Manifeste Rebelle Intellectuel. On parle d'une publication dès le début de 1955 avec distribution de milliers de copies dans les milieux artistiques, universitaires et syndicaux. Des idées sont ensuite lancées pour discussion préliminaire. Ils retiennent celle d'une campagne de dénonciation visant deux ou trois ministres influents du gouvernement Duplessis, les plus corrompus, au premier chef Bégin. Objectif : déstabiliser des proches du premier ministre avant de s'attaquer directement à l'homme. Car par-dessus tout, ce qui fait l'unanimité au sein du CRI est la nécessité de se débarrasser de Maurice Duplessis, qui incarne à leurs yeux tout ce que la société québécoise a de rétrograde et de dommageable. Ce soir-là, on ne parle point de la méthode par laquelle, le moment venu, le groupe se «débarrassera» du chef du gouvernement. Autant chez les orthodoxes que chez les extrémistes, personne ne veut lancer un débat qui, d'évidence, mènera à une nouvelle querelle. Il n'est pas question non plus de l'indépendance du Québec, sujet que Tarbin préfère taire pour le moment.

Quand les six quittent l'atelier, par la porte dérobée du théâtre, Larimont et Cocteau annoncent qu'ils vont rentrer. Rue Notre-Dame-des-Anges, Granteuil et Tarbin se regardent. Fauvert observe la scène; il remarque l'inquiétude chez ses deux collègues, sentiment partagé par Gauvreau qui fume nerveusement une cigarette. Depuis la fondation du CRI, ce sera la première fois que tous n'iront pas ensemble prendre une bière après une assemblée. Perplexe, le journaliste se demande: «Le ver vient-il d'entrer dans la pomme?»

Le quatuor d'anarchistes va vers la rue Saint-Joseph, qu'il traverse pour entrer au grill de l'Hôtel Saint-Roch, localisé en diagonale du théâtre côté nord de la rue. Le grill de l'hôtel chic de la basse-ville est l'endroit préféré de la troupe de théâtre et de leurs amis. C'est là aussi que plusieurs artistes des salles de spectacles du quartier aiment se retrouver. D'autant que, contrairement aux tavernes, les femmes y sont admises. Compte tenu de l'heure, il est près de minuit, un mardi, le bar est tranquille quand les rebelles font leur entrée. L'endroit porte la signature des hôtels de qualité. Banquettes de cuir, fauteuils et chaises de goût, boiseries foncées sur les murs et au plafond donnent un air anglo-saxon typique. Des dizaines de photographies alignées sur les murs font écho à la clientèle. On y trouve une galerie bien garnie de gloires locales ou d'artistes en tournée ayant logé à l'hôtel. Les portraits sont pour la plupart autographiés, dont celui d'Edmond Granteuil, signé l'année précédente, bien en vue sur le mur opposé au comptoir.

De l'entrée, la première chose qu'ils aperçoivent est un piano droit brun foncé, dont le bois est orné de magnifiques garnitures sculptées. Assis sur le banc, un noir égraine un lent chapelet de notes tenant à la fois du jazz et du blues. Les arrivants le voient de dos. Ses épaules couvrent la moitié du clavier du vieil instrument. Sa tête crépue passe du noir au gris en ballottant. Le banc plie sous le poids de l'homme, au moins deux cent cinquante livres enveloppées dans un complet noir élimé, au parfum de cigare et de whisky vieux de trente bonnes années. Piano Jack… Il s'est lui-même identifié sous ce sobriquet à son arrivée à Québec. Personne ne connaît son véritable nom. Six mois plus tôt, un train l'a déposé gare du Palais avec comme seul bagage une minuscule valise. Il a erré par les rues du centre-ville pendant environ une semaine, demandant un peu partout aux passants, dans un français approximatif : « Pianiste cherche piano…, *You know*… Je suis pianiste… *And I look for a piano that looks for a pianist*… Vous connaissez où ? » De jeunes férus de jazz l'ont remarqué et finalement conduit à l'Hôtel Saint-Roch, dont le propriétaire l'a pris sous son aile. Piano Jack y joue depuis six soirs sur sept.

En l'écoutant, la clientèle du bar se plaît à lui inventer une vie hors du commun. Ou encore à tenter de deviner comment ce fascinant musicien a pu aboutir à Québec. « C'est le destin de Jack d'être maintenant ici », répond-il invariablement quand on le questionne sur le sujet. « Le destin de Jack… » Et il fixe une sorte de néant duquel il est impossible de tirer un mot de plus. Cette réponse nourrit sa jeune légende et ajoute à la magie qui émane de son jeu. Sa musique est étonnante,

presque hypnotique. L'air qu'il improvise chaque soir ne
semble avoir ni début ni fin. Il arrive discrètement à neuf
heures, s'assoit et joue sans interruption une longue variation
sur un même thème qui se poursuit d'un soir à l'autre. Après
deux ou trois pauses, il se lève et quitte le lieu, invariablement,
quand l'horloge sonne deux heures du matin. En plus du
balancement du haut de son corps et du charme mélancolique
de l'interminable morceau qu'il pianote, la clientèle assise près
du musicien peut l'entendre chantonner en jouant.

Ce soir-là, donc, le grill est presque vide. Pendant qu'un
jeune couple de voyageurs logé à l'hôtel, collé l'un sur l'autre,
évoque avec tendresse le cottage qu'ils envisagent de bientôt
faire construire dans une banlieue nouvelle, pendant qu'Olivier
le barman fait reluire son zinc avec amour et vigueur, Granteuil,
Tarbin, Gauvreau et Fauvert sont assis et écoutent Piano Jack
jouer, en silence, sirotant de la bière, perdus dans leurs pensées.
Mais écoutent-ils vraiment ? C'est le cas de Gauvreau, qui
refuse de se creuser les méninges à deviner les motifs ayant
poussé Larimont et Cocteau à se dérober au sortir de la réunion. Il compte parmi ceux qui ont recommandé Piano Jack à
l'hôtel. La musique nègre le fascine ; il se laisse emporter sans
retenue. Quand sa pensée le rattrape, c'est plutôt pour rappeler
ses étudiants à son bon souvenir. Professeur recrue à l'école de
sciences sociales de l'Université Laval, il revoit quelques détails
de son cours du lendemain, une initiation à la pensée matéria-
liste qui, si elle a obtenu la bénédiction du père Lévesque,
risque de faire quelques flammèches dans la bonne société
d'où ses élèves sont issus. Il a le même âge que Fauvert, assis à
sa droite, qui, lui, écoute le pianiste à moitié. Le cerveau du
journaliste vagabonde, passant de la musique aux deux jeunes.
Constituent-ils un risque sérieux pour le groupe ? Le pianiste

n'a pas de réponse. Suivant les humeurs de Piano Jack, sa conscience glisse ensuite sur le début de la saison artistique. Il attend depuis des mois le Théâtre National Populaire de Paris, dirigé par Jean Vilar, dont il va voir le *Dom Juan* deux jours plus tard. La semaine suivante, l'Orchestre symphonique lance sa saison la veille de la première de *Zone*, qui lance la saison du Théâtre municipal. À sa gauche, Tarbin se rend à peine compte de la présence du pianiste. Se rappelant les semaines précédentes, il cherche à identifier le moment précis où l'attitude du duo a basculé, à partir de quand ils ont été moins solidaires, leurs propos devenant plus critiques, moins consensuels. Dernier du quatuor, Granteuil, plus porté sur les actions à venir, réfléchit à quoi faire pour que le groupe retrouve sa cohésion. Il se demande si l'attitude des plus jeunes ne trouve pas son origine dans la fortune tout à coup disponible. Cent mille dollars, une fortune... Jacques et Hyacinthe voudraient mettre la main sur l'argent, à tout le moins une partie, pour satisfaire leurs propres ambitions? Devrait-il leur permettre de mener leur propre projet, puisqu'ils en ont fait la demande? Cette hypothèse le rebute mais progresse dans son esprit comme une taupe frayant son chemin dans l'opacité de la terre. La donne a changé, pour le Cercle... Peut-être ne doit-il pas se surprendre si le comportement de certains change aussi.

L'ambiance propice à la réflexion et à l'écoute musicale est interrompue par l'entrée intempestive d'Hermine Hérésie accompagnée de deux amies. Elles composent un trio féminin que Fauvert, jugeant du frisson qui le parcourt, estime fort joli. Hermine se dirige d'un pas décidé vers ses collègues du théâtre. Ses amies et elles n'attendent pas l'invitation du quatuor masculin. En moins de temps qu'il n'en faut pour

titiller le désir mâle, elles sont assises et interpellent le barman,
à qui elles commandent des gin tonic.

— Bonsoir messieurs, lance finalement la comédienne.
Hooo… Belles faces d'enterrement ! Quelque chose ne va pas ?
Trois demoiselles solitaires peuvent-elles vous consoler ?

— Pourquoi pas ? répondent Fauvert et Gauvreau en
chœur, reconnaissants du vent de légèreté qui vient de chasser
leur morosité.

L'arrivée des dames éveille l'espoir d'une fin de soirée
moins déprimante. Gauvreau n'hésite pas à tourner son fauteuil de manière à ne plus faire face à ses collègues mais à
Florence, une amie d'Hermine qui lui est tombée dans l'œil.

Bien qu'il paraisse retiré dans son univers, isolé dans une
bulle, Piano Jack demeure sensible à son environnement et
réagit au quart de tour aux changements d'ambiance. Ainsi,
bien qu'il poursuive toujours la même improvisation, le
rythme de son jeu s'est accéléré. Les dames mettent de la gaieté
dans l'air ; il y aura de la gaieté dans sa musique…

Quinze minutes après l'arrivée d'Hermine et ses amies, le
septuor ferait bonne figure dans une opérette d'Offenbach.
Balayées les pensées sombres sur l'avenir du CRI, oubliés
Larimont et Cocteau… L'heure tardive étant propice aux
confidences, des rapprochements se concrétisent. Gauvreau et
la belle Florence, surtout, jouent du pied sans équivoque en
cherchant chacun de son côté le prétexte qui permettrait de
partir ensemble sans provoquer les sarcasmes de leurs amis.
Autre saynète du même spectacle, Fauvert fait le coq devant
Jacqueline, l'autre amie d'Hermine. De caractère affirmé, se
laissant peu impressionner par la psyché vaniteuse du spécimen
humain assis devant elle, comme par celle de tous ses semblables
d'ailleurs, la Jacqueline en question répond du tac au tac aux
élucubrations du journaliste.

Hermine a profité du départ de Tarbin, parti se coucher, pour s'asseoir à côté du comédien vedette. La relation du régisseur et d'Edmond est connue au sein de la troupe. Pour la comédienne, Granteuil n'en représente pas moins la quintessence de l'acteur et, plus encore, l'homme idéal qu'elle recherche. Beau, grand, intelligent, sincère, engagé, talentueux, sensuel, le flot de qualificatifs ne tarit pas pour son collègue de travail. Son idole… Elle donnerait cher pour une recette pouvant changer son orientation sexuelle; par exemple celle du philtre de Shakespeare dans *Le Songe d'une nuit d'été*, ou le breuvage qui lie les destins de Tristan et Yseult. En fait, elle rêve que le théâtre, pour une fois, donne un coup de pouce concret à la réalité. En attendant ce miracle elle n'hésite pas à manifester son désir, par une sorte de drague douce, et elle profite de l'intelligence de Granteuil pour soutenir avec lui d'agréables conversations, ce qu'ils font maintenant bien calés dans la banquette. Après lui avoir demandé conseil sur une scène de *Zone* qu'ils jouent ensemble, celle de l'interrogatoire de Ciboulette par les policiers, elle demande ce qu'il pense de la visite du prélat Rochon la veille.

— Tu veux dire son sermon, la reprend-il. Pour tout dire, je n'en pense pas grand-chose. Sa mission sur terre consiste à protéger les privilèges de l'archevêché, en d'autres termes à stopper le progrès, à empêcher les humains d'évoluer. Il défend les vues de ses semblables… À quoi s'attendre d'autre? Ce n'est pas en prononçant le vœu de chasteté qu'ils vont faire avancer la cause des droits de l'Homme…

— Méchant… c'est un brave homme, tout de même…

— Là n'est pas la question. Le père Rochon m'a enseigné au séminaire. Il est intègre, honnête… et s'intéressait moins aux jeunes garçons que plusieurs autres… Il trouve que nous flirtons avec des pièces dangereuses, moi je trouve que ce sont ses idées, à lui et aux siens, qui sont dommageables pour l'avenir du Québec. Ça fait deux siècles que le clergé nous étouffe. Tu te rends compte? Deux siècles…

— Tu exagères…

— Tu crois que j'exagère?

— Les historiens prétendent que le clergé a empêché l'assimilation, non? Que si les curés n'avaient pas été là la culture française aurait probablement disparu.

— Peut-être… Mais c'est facile à dire et on n'en aura jamais la preuve. Et tout ça à quel prix? Celui du refus du monde moderne. Nous nous sommes isolés, repliés sur nous-mêmes. En voulant nous protéger, si on veut, les curés nous ont attardés socialement. Qu'est-ce que tu préfères? Être exploitée en français ou t'émanciper dans une autre langue? Le socialisme n'a que faire de la barrière des langues et des cultures… Au Québec, en tout cas, cette barrière a provoqué l'asphyxie d'un peuple au profit de Dieu et des capitalistes. Beau résultat…

Devant de si véhémentes affirmations, la comédienne hésite quant au parti à adopter. Ça se voit dans ses mains, dans ses yeux, qui sont affolés. Hermine veut bien croire les propos de Granteuil. Mais plus que tout elle ne veut pas d'ennemis. Qu'il s'agisse du clergé, des opposants à Duplessis ou de Duplessis lui-même, elle craint les conséquences de prendre position. Appuierait-elle les opposants, ce à quoi sa tendance naturelle et son amour pour Edmond la poussent? Cela vexerait sa famille. Son père serait furieux et il a le bras assez long pour la faire licencier par le théâtre. Défendrait-elle les bien-pensants? Elle a peur de perdre ses amis. Prise entre deux feux, elle se retient pour joindre le camp défendu par les opposants au régime. Aussi, elle hésite à répliquer aux propos de son idole.

— On n'est plus au XIXe siècle, poursuit Edmond. La planète est en ébullition. La religion ne mène plus le monde. Ce sont les idées et la pensée laïque. La Révolution française a cent cinquante ans, tu te rends compte ? Mao et les communistes dirigent la Chine. L'URSS est une grande puissance qui fait trembler l'Occident. Et nous ? Nous on doit toujours demander la permission à l'archevêché pour lire Victor Hugo... T'imagines ? Alors qu'il faudrait lire à voix haute sur les places publiques Rimbaud, Marx, Borduas, Roland Giguère ? C'est insensé. Il faut se battre contre leur pouvoir. Il faut changer la société, s'ouvrir, évoluer...

Hermine prend son courage à deux mains et regarde son idole droit dans les yeux. Elle se retient un instant, puis pose finalement la question qui lui brûle les lèvres.

— C'est pour ça, le CRI ?

Granteuil s'étouffe presque en prenant une gorgée de bière. On dirait un gamin pris à deux mains dans le portefeuille de sa mère. Il demande à sa collègue ce qu'elle sait exactement sur le CRI. Ce qu'elle répond à voix basse, sûre d'elle, fait l'effet d'une bombe sur les certitudes de Granteuil. Alors qu'il croyait réellement avoir réussi à protéger l'anonymat des membres du Cercle, elle lui prouve ce soir le contraire. Qui forme le groupe, où il se réunit, à quelle fréquence. Elle évoque même, à mots couverts, la disparition des trésors polonais. Il la regarde avec des yeux de merlan frit. Comment a-t-elle obtenu ces informations ? De qui ? À sa connaissance, hormis les membres du Cercle, deux personnes sont au courant. Lalande, le gardien du Théâtre municipal, sait que Granteuil et ses acolytes se réunissent en secret dans l'atelier. Ils ne lui ont cependant jamais dit pourquoi. Jeannette Mance, une des meilleures amies de Granteuil et Tarbin, en sait plus, mais elle a sa confiance absolue. Elle ne se serait jamais ouvert la trappe. Il est donc peu vraisemblable que cette fuite vienne du gardien ou de l'habilleuse. Cherchant à comprendre, le cerveau de Granteuil tourne à une vitesse que la science ne sait pas encore mesurer. Il réussit pourtant à afficher un calme étonnant et esquisse un sourire qui se veut racoleur.

— Qui t'a donné ces informations ?

Hermine sent qu'elle vient de gaffer. Qu'elle est allée trop loin. Trop loin trop vite. Elle ne répond pas. Granteuil la regarde longuement sans sourciller. Son regard est de plus en plus dur.

— Larimont ? lance-t-il enfin, comme un appât jeté dans un lac où l'on n'est pas certain de trouver du poisson.

Il sait qu'il a visé juste quand Hermine baisse les yeux, gênée et malheureuse.

— Larimont… répète-t-il.

Au lieu d'en vouloir à la comédienne, il lui est finalement redevable de son comportement. Cela ne simplifie pas la situation, mais au moins il en a dorénavant le cœur net : Jacques Larimont constitue le pire danger du CRI. Une sorte de Passe-Partout, comme dans *Zone*. Aussi, cette sortie d'Hermine éclaire la lanterne d'Edmond sur un autre point : elle n'est pas encore mûre pour joindre le groupe, contrairement à ce qu'il pensait et avait même proposé au groupe. Pas tout de suite. Et derrière ces pensées qui occupent l'avant-scène de sa conscience, il sent dans la sphère émotive, sensible de son cerveau, cet appel ténu mais obsédant qui lui fait tant pardonner à Hermine : « Dieu qu'elle est désirable… »

XVII
Secret d'alcôve

Jeudi 23 septembre

La dernière semaine, les répétitions sont à l'horaire le matin et le soir alors que l'après-midi, la scène est réservée pour le décorateur et la technique. Le matin, les interprètes s'affairent à la manipulation des accessoires, aux ajustements de costumes, aux cours de diction, aux scènes spéciales – combat, chorégraphie ou chant, dépendamment des productions –, bref un millier de petites choses d'apparence anodine pourtant essentielles afin de peaufiner la production. Donner l'illusion du naturel s'avère un processus fort complexe. C'est aussi en avant-midi que Joubet donne ses notes et corrige les aspérités repérées la veille. Chaque soir, la troupe enchaîne le spectacle en arrêtant le moins possible. Assis au centre de la salle derrière la grande table, impérial, Joubet assisté de Tarbin interrompt la répétition en beuglant son « stop » légendaire. Sur scène, la troupe fige instantanément… Toujours en beuglant, Joubet précise une intention, modifie un geste ou corrige la mise en place. Le fait est qu'il a généralement raison. Pour la manière, cependant…

L'enchaînement de la veille, le premier avec costumes et accessoires, a été particulièrement laborieux. Dès son arrivée, tous ont perçu que Joubet bougonnait. Le phénomène est bien connu : il serait plus nerveux de jour en jour jusqu'à la générale de dimanche. Après cette pointe, il se calmerait jusqu'au lendemain de la première. Le metteur en scène a critiqué le jeu d'harmonica de Boissineau dès le lever du rideau. Puis il en a remis dans la première scène de Ciboulette avec Passe-Partout, trouvant Hermine trop moralisatrice et son interlocuteur trop mou. Il a explosé finalement dès l'entrée en scène de Larimont.

Étendus l'un contre l'autre sur le lit de Tarbin le lendemain après-midi, Edmond et Paul se rappellent en riant l'expression outrée du metteur en scène quand Larimont, dès son entrée, a presque trébuché dans le sac des cigarettes de contrebande et, pis encore, lorsqu'il s'est trompé dans une réplique à Ciboulette deux minutes plus tard. Le jeune comédien n'était pas concentré. Joubet a frappé la table de travail de la paume de sa main. Pour atténuer la douleur, il a éructé un chapelet de jurons qui aurait surpris le capitaine Haddock. Malaise et silence sur le plateau. Le metteur en scène s'est alors dirigé vers la scène d'un pas sévère pour lancer à Larimont, devant tous les autres, un sermon qui aurait fait pâlir d'envie une cohorte zélée de propagandistes. Debout sur ses semelles surélevées devant le comédien, il lui a servi une leçon sur l'engagement au théâtre, sur la nécessité de la conviction personnelle, sur le respect des collègues qui, eux, a-t-il insisté, « se fendent en quatre ». Même si Larimont le dépasse d'une tête, Joubet ne s'est pas gêné. Mais alors que la veille les amants ont presque eu pitié de leur jeune collègue encaissant coup sur coup, l'ambiance du lendemain après-midi est encline à la rigolade.

— On dira ce qu'on voudra, reprend Tarbin quand leur fou rire se calme, il n'est pas dans son assiette, le Jacques, depuis le retour des vacances.

— Ouais… Depuis le début des répétitions… Je ne sais pas si son attitude est liée au CRI, au théâtre ou à Hermine, mais ça ne tourne pas rond. La réunion du CRI l'autre soir, la répétition hier… Il vient de glisser sur deux grosses pelures de banane. Va falloir le sortir du marasme où il marine… ou le sortir du Cercle. Je trouve ça inquiétant. Je n'ai pas envie d'attendre qu'il commette une erreur.

Edmond relate alors sa conversation avec Hermine, l'avant-veille au bar de l'hôtel. Comment elle s'était avancée sur le CRI, les choses qu'elle savait et surtout de qui elle les tenait.

— L'espèce, il tisse la corde avec laquelle on va le pendre. Tu ne trouves pas?

— Ça se pourrait… Le fait-il volontairement ou non, j'aimerais bien le savoir.

Devant l'air perplexe de son amant, Edmond continue.

— Est-ce qu'il nous joue dans le dos pour des motifs politiques? En veut-il à l'argent polonais? Veut-il simplement nous montrer qu'il est un homme? Le montrer à Hermine? N'oublie pas qu'il est follement amoureux de notre starlette. Je me demande si son attitude ne découle pas tout simplement de ce noble sentiment.

— C'est vrai, acquiesce Tarbin… Il aurait pu lui avouer son adhésion au mouvement et déballer ce qu'il sait juste pour l'impressionner…

— J'aimerais bien savoir ce que Cocteau et lui préparent… Que peuvent-ils bien vouloir faire seuls? C'est nous qui avons les sous. Comment financeraient-ils une action autonome? Mon petit doigt me dit qu'Hermine est la clé de son comportement. Tout repose sur elle. D'autant plus que, sous ses allures de bonne bourgeoise, elle s'y connaît bien en politique. J'ai l'impression qu'elle cache son jeu pour protéger sa carrière, mais l'autre soir elle m'a impressionné. Tu aurais dû l'entendre. Elle a pourfendu le sermon du père Rochon, la marche des Jeunesses catholiques… Un peu plus elle offrait de joindre le Cercle. J'étais surpris, vraiment… Mais avec ce que Larimont lui a dit, je ne veux pas lui ouvrir la porte trop vite. Il est trop tôt pour l'inviter.

Pendant le silence qui suivit le regard de Paul s'assombrit, ce que décèle Edmond.

— Qu'est-ce qu'il y a, Paul?

L'amant frôle de ses longs doigts fins – plutôt les doigts d'un dandy que ceux d'un technicien de théâtre – le torse puissant du comédien. N'eût été de ce contact physique, il semble à mille milles de la chambre.

— Paul, le relance Edmond.

— Quoi? répond l'autre, irrité.

— Qu'est-ce qu'il y a?

Afin de marquer son insistance, Edmond a appuyé sur chaque syllabe. Son copain est d'une nature réservée. Il ne s'exprime pas facilement sur leur relation. Il ne veut pas forcer la porte mais le malaise qui habite son amant est trop flagrant.

— Paul, dis-moi.

— Quoi?

— Qu'est-ce qui te chicote?

Edmond sent le trouble intérieur chez son copain, la boule nouée dans l'estomac qui monte, étrangle un moment le cœur, bloque la respiration au niveau de la gorge avant de finalement éructer dans un élan de nervosité fébrile.

— Je brûle de te demander une chose depuis longtemps, dit alors Tarbin.

Devant la fragilité de son ami, c'est au tour de Granteuil de rester coi.

— Jure-le! poursuit alors Tarbin.

— Le jurer? Jurer quoi?

— Oui... Je n'accepte rien qu'un engagement solennel... Jure-le sur... sur le théâtre... lance Tarbin comme s'il venait de trouver la solution à un profond dilemme.

— Merde... Jurer quoi? répète Edmond.

Dans une tirade entrecoupée de soupirs et de silences, presque à coup de monosyllabes, Tarbin réussit enfin à exprimer ses craintes, à savoir qu'Edmond finirait un jour par l'abandonner, que la pression deviendrait intenable, qu'il n'aurait pas le choix, pour sa carrière, pour renouer des liens avec sa famille, pour n'importe quoi... Leur relation serait un frein, un risque. Et il tomberait dans les bras d'une femme... Paul avait une peur viscérale que cela se produise... Avec Hermine.

Edmond ne sait trop comment réagir face au trouble qui agite son amant.

— Écoute... C'est vrai qu'elle est jolie, qu'elle a du chien, que malgré son petit côté prétentieux j'apprécie sa conversation et sa présence. C'est vrai qu'elle me voue une admiration troublante. Qu'elle me le montre et me le répète fréquemment. C'est vrai que l'autre soir elle a bien tenté de m'amener chez elle pour la nuit... Et ce n'est pas la première fois... Mais écoute-moi bien. Malgré tout ça, n'aie aucune crainte. Tu devrais savoir après cinq ans... Ce n'est pas les femmes qui m'attirent. Ni Hermine ni une autre.

— Jure-le.

— Bon… OK… Je jure sur ma mère de t'être fidèle, d'aujourd'hui jusqu'à ma mort, et de ne jamais coucher avec une femme… Tu n'as pas plutôt peur que je couche avec un autre homme? Il y aurait plus de chances, non?

— Je ne suis pas jaloux des hommes. J'aurais le sentiment de tout perdre si tu me quittais pour une femme… Ce serait terrible. J'ai moins peur des hommes.

Après un long silence, les doigts de Paul reprennent leur ronde de patinage artistique sur le torse d'Edmond. Celui-ci sent la boule se dissiper, la pulsation du corps collé au sien ralentir. Le calme après la tempête… Ce n'est pas la première fois que Paul manifeste sa jalousie. Une crainte presque panique. Edmond sait trouver les bons mots, la bonne attitude pour redonner confiance. Jusqu'à la prochaine fois… Leur relation est forte, profonde, mais il n'est pas facile de vivre leur amour dans une société si réactionnaire, si réfractaire aux valeurs nouvelles. Ne jamais s'exposer ni montrer de signes de tendresse en public; prétendre qu'ils sont des amis proches, peut-être, mais seulement des amis. N'empêche que rien de tout cela n'est suffisant pour lui faire regretter. Dès son adolescence, il a su. Dès ses premières expériences avec des filles. Ce sont les hommes qui l'attiraient. Il lui est arrivé de coucher avec des femmes, son sexe allumé par un désir spontané généralement provoqué par l'alcool. C'est de ces élans que Paul a peur, mais chaque fois son orientation en est sortie renforcée. Et Edmond en a la conviction: Paul et lui tissent le cocon idéal, qui mérite un engagement total. Il ne peut tout de même s'empêcher de penser que de tels serments, c'est un peu cucul…

— Non… Ce n'est pas ridicule, répond Paul qui se raplombe. J'en ai besoin.

— C'est ridicule, répète Edmond en esquissant un sourire.

— Oui, OK, c'est ridicule… avoue l'amoureux en affichant le même sourire… Mais en même temps c'est important…

— Je promets de t'être fidèle. C'est un plaisir pour moi de le faire… reprend Edmond sans attendre, regard plongé dans celui de son amant.

Paul répond, narquois, qu'il leur reste seulement à trouver une définition commune de la fidélité.

Les doutes et les craintes reculent comme l'ombre devant le soleil qui inonde le lit. La crise s'estompe, repoussée par une charge positive de plus en plus intense, qui n'a plus besoin de paroles, puisque leurs corps prennent le relais dans une étreinte passionnée.

XVIII
Secret de Pologne

Jeudi 23 septembre

Les trésors polonais ont été dérobés au Musée provincial à l'aube de la fête du Travail, le lundi 6 septembre. L'enquête commandée en toute discrétion à Marmet est lancée depuis. La vitesse à laquelle elle avance n'est pas convaincante. Après avoir fait le point avec son inspecteur vedette, le chef de police Jobidon a pris le téléphone d'un air dépité pour faire rapport au ministre de la Justice. Assis derrière son bureau, attendant que la communication soit établie, l'homme qui approche de la soixantaine est préoccupé. Pendant des années, son corps de lutteur a été un atout efficace pour faire sa place. Bâti comme un taureau, après une brève carrière dans l'arène, il a trouvé dans la police un terreau fertile pour exprimer ses velléités de commandement. Avec l'âge, cependant, sa prestance s'est muée en corpulence. Il a moins envie de se battre. Ça tombe bien : il n'en a plus la force... Son crâne dégarni et les rides profondes qui sillonnent son front témoignent de son inquiétude. L'exposé de la situation au ministre est bref, après quoi ce dernier y va de ses commentaires et désidératas. En écoutant les vociférations retenues et les acquiescements mitigés qu'émet son supérieur, ponctués de rares questions, Marmet devine qu'il ne sera pas enthousiasmé par les propos du politicien. En réponse aux tics de Jobidon, qui frotte obsessivement le rebord de son bureau de chêne ou replace pour la xième fois sa plume fontaine, Marmet se triture le visage avec la main gauche et se tortille les sourcils.

— Alors? demande-t-il dès que Jobidon a raccroché.

— Nos amis politiciens s'impatientent, le premier ministre en tête… Nous devons aboutir à des résultats concrets. Et ça presse… Bégin ne comprend pas que nous ne soyons pas plus avancés. Pour être plus précis, il ne l'accepte pas…

— C'est qu'il ne veut pas comprendre, si vous voulez mon avis… Encore faudrait-il qu'il nous donne les moyens d'agir. Comment voulez-vous que Groleau et moi débusquions le lièvre quand on a pieds et poings liés? A-t-il déjà essayé?… Le service a déjà réussi des enquêtes discrètes, à l'abri des journalistes, mais celle-ci bat tous les records… On a tiré tout ce qu'on pouvait des deux gardiens, qui n'avaient d'ailleurs à peu près rien à dire. Idem avec le camion réapparu à proximité du musée le lendemain du vol. La seconde tournée de vérification donne le même résultat que la première : les empreintes relevées n'apparaissent dans le fichier d'aucun service de police au Québec. Et puisqu'on ne peut pas plaider l'urgence, discrétion oblige, ça va prendre encore plusieurs jours avant de savoir si elles sont fichées au Canada ou aux États-Unis. L'autre voie qu'on a explorée vise le réseau des voleurs spécialisés, qui nous semblait à prime abord seul capable de réussir ce genre de coup pour ensuite écouler le butin. Encore là, rien… Personne parmi nos informateurs n'a entendu parler des trésors ni d'aucune œuvre d'art ou objet qui proviendrait de Pologne. Ils vont nous contacter s'ils apprennent quelque chose… Et depuis, le ministre de la Justice en personne refuse que nous avancions sur notre piste principale… la seule qui reste, en fait… celle des ressortissants polonais. Qu'il s'agisse de ceux chargés de la garde du trésor ou des représentants du gouvernement communiste, niet, interdiction formelle de leur parler. Vous savez pourtant autant que moi qu'il ne reste plus qu'eux pour nous aligner sur la bonne voie.

— Je sais… Je sais.

La plume bouge de nouveau pendant que Marmet tortille un sourcil.

— À croire que le ministre et ses sbires font exprès pour nous empêcher d'avancer… Vous ne trouvez pas?

Jobidon comprend la réaction de son homme. Mais d'après ce que Bégin vient de lui dire, le premier ministre fait une telle maladie du vol des trésors, une telle poussée de paranoïa, qu'il oblige tout le monde au silence. Surtout vis-à-vis des Polonais, à qui l'idée d'annoncer cette disparition équivaudrait à un terrifiant constat d'échec. D'un côté le silence, de l'autre les obligations d'une enquête. Tous deux sont incompatibles. D'où le mur qui se dresse devant les policiers. Travailler de cette manière ressemble à creuser un tunnel sous le fleuve avec une cuillère…

— Je sais, Marmet… Leur attitude est contraire à nos méthodes. Le ministre a semblé comprendre, mais il n'y peut rien. Il n'a sûrement pas envie d'aller donner une leçon de logique à monsieur Duplessis…

— Vous savez quoi?

Jobidon sait d'instinct ce que l'inspecteur va dire.

— Plus j'y pense, plus j'ai la conviction que le ministre bâillonne volontairement notre enquête. Il est illogique, complètement illogique qu'on nous interdise de parler aux Polonais. Y a quelque chose qui cloche…

— C'est possible. J'y ai pensé, mais je n'ai pas l'intention d'aller à l'encontre des ordres du ministre. Du moins pas pour le moment. Désolé…

— On fait quoi, maintenant?

— Quand ils constateront que rien n'avance, ils finiront bien par admettre qu'on n'a pas d'autre choix que d'interroger les Polonais… Je vais reparler au ministre au début de la semaine prochaine.

— Et d'ici là?

— Oubliez les trésors. Concentrez-vous sur les autres enquêtes du service…

XIX
Scène au Café

Mardi 28 septembre

Il est trois heures de l'après-midi au Café Saint-Joseph. Edmond et Paul engloutissent respectivement un demi-poulet barbecue et un hot chicken accompagnés de frites avec, dans un petit bol à côté, une purée de légumes trop cuits. Ils boivent du café. Le grelot de la porte tinte, annonciateur d'un groupe de jeunes issus du même moule : veston sombre, chemise blanche cravatée avec pantalon gris et souliers noirs. Dernier du groupe, Gontran Bouchard, l'employé de l'Union nationale récemment promu dans le cercle restreint du ministre de la Justice, est toujours aussi chauve. Il se démarque de ses collègues par le port du nœud papillon. Les gens de théâtre et les militants de droite se connaissent. Dans une ville de la taille de Québec, à cette époque, les jeunes du même âge ayant suivi le cours classique et fait l'université se sont à peu près tous croisés sur les bancs d'école, à un stade ou l'autre de leur éducation. Granteuil et le plus vieux des militants, un gringalet à l'air insipide dont il a oublié le nom, ont partagé la même banquette inconfortable en Philo I et II au Collège des Jésuites. Les deux s'observent un moment, constatant mutuellement que leurs idéaux divergents ont irrémédiablement miné leur amitié d'alors. Après des saluts de convenance, le groupe va s'installer dans le coin opposé du restaurant.

Tarbin reprend la conversation là où l'arrivée des «microbes», comme il les surnomme, l'a suspendue. Entre deux bouchées, il affirme être persuadé que *Zone* sera bien reçu par le public du Théâtre municipal. Le sujet de la pièce est si actuel, si nouveau au théâtre; il éveillera la curiosité. Et comment ne pas être sympathique aux contrebandiers de Dubé? De beaux personnages... Le régisseur trouve l'ouverture franchement magnifique. «Moineau perdu dans ses pensées avec son harmonica... C'est très poétique... Puis l'entrée de Ciboulette, l'ingénue, l'humanité incarnée. Et puis encore l'arrivée de Tarzan, le héros tragique dans sa jungle urbaine.» Tous ces personnages sont bien mis en valeur par Passe-Partout, qui porte en même temps le masque du méchant et celui du pauvre bougre. «Tous sont de pauvres bougres, ajoute-t-il, dont le rêve heurte de plein fouet la réalité. Ce genre de destin devrait éveiller la sympathie du public... Vous jouez bien, franchement. Même Larimont y est parvenu... Ça va marcher... Joubet a fait du bon travail.» Granteuil donne son aval aux propos de son amant, quoiqu'il n'exprime jamais d'opinion définitive sur une production dans laquelle il joue. Il répond surtout sur Larimont, dont le comportement s'est effectivement replacé du côté théâtre mais pas tout à fait aussi bien du côté CRI. Quand le groupe s'est revu, la veille, le jeune comédien a demandé pour Cocteau et lui une part du fonds versé par la Pologne. Tous deux vont réaliser un projet qu'ils seront bientôt prêts à exposer en détail au reste du groupe. Ils ont besoin d'un budget, veulent en être responsables. Larimont a clamé que la donne a changé, que les deux jeunots n'ont plus envie d'être seulement les exécutants des projets des autres. La discussion a été vive et franche. Fauvert et Tarbin doutent des motifs des jeunes. Ils veulent aussi s'assurer qu'il n'y aura pas de violence. C'est là que Larimont et son acolyte ont patiné le plus... et le moins convaincu leurs collègues. Finalement, malgré des réserves, la majorité ne s'est pas opposée à la proposition du duo. Granteuil plaide pour leur donner une chance ; Tarbin appuie. Ils pourront toujours reculer lorsque le projet sera dévoilé. Un budget a été accordé. Le CRI décidera si l'action va avoir lieu, et quand, lorsque Cocteau et Larimont livreront leurs plans. L'argent sera versé à ce moment. Pour finir, Granteuil souhaite sincèrement que le projet de Cocteau et Larimont réussisse. Il ajoute en guise de bémol ne pas avoir totale confiance. Pour obtenir son accord, ils devront dissiper les doutes qui subsistent. Cocteau et Larimont, sûrs d'eux, ont rétorqué ne pas avoir de craintes quant à leur capacité à convaincre leurs collègues.

En terminant leur pouding chômeur, Tarbin et Granteuil sont convaincus d'avoir pris la bonne décision. En donnant l'occasion à Cocteau et Larimont de réaliser un projet, ils ne font qu'obéir aux principes de base du CRI. S'ils sont incapables de promouvoir l'égalité entre tous au sein d'un groupe de six, ou encore de faire confiance à des jeunes, leur vision d'un monde neuf, celle d'une réelle démocratie à préoccupation sociale est morte dans l'œuf. Le groupe ne succombera jamais au dirigisme. En ce sens, tous deux conviennent que la dictature du prolétariat passe plutôt mal l'épreuve du réel. Les nouvelles de Staline en URSS sont accablantes. Du côté de Mao, après cinq ans au pouvoir, on voit poindre avec le culte de la personnalité des signes inquiétants que le chantre du Petit Livre rouge ne deviendra peut-être, à terme, qu'un empereur nouveau genre. Dans cette perspective, il aurait été inconcevable de ne pas donner une chance aux initiatives des membres.

Mais la politique et le CRI ne sont pas leur principale préoccupation, ce jour-là. Dans moins de quatre heures, le rideau s'ouvre sur *Zone* et la nouvelle saison du Théâtre municipal. Ils se lèvent dès la dernière gorgée de café pour se diriger vers le théâtre. Pour atteindre le comptoir et payer l'addition, ils doivent passer près des militants de l'Union nationale. Comme si Bouchard attendait cette occasion, l'employé de l'Union nationale lève la tête. Son crâne luisant rayonne de suffisance et de prétention.

— Messieurs du théâtre, bonjour… lance-t-il d'un ton langoureux, ratoureux, qui irrite Edmond illico.

— Messieurs, répond Granteuil froidement.

— Prêts pour la nouvelle saison ?

— Évidemment. Que croyez-vous ?

— Pour être franc, que vous perdez votre temps à boire de la bière en attendant l'inspiration, répond-il, fier de pavaner devant ses camarades qui gloussent de rire.

Edmond fusille le chauve du regard : « Je ne travaille pas pour l'Union nationale, où il est de notoriété publique que le recrutement d'électeurs passe par les tavernes. » Les rires s'éteignent. Le chauve ne relève pas le sarcasme.

— Vous commencez la saison avec *Zone*, une nouvelle pièce de Dubé, c'est ça ? reprend le nœud papillon.

Edmond acquiesce.

— C'est un peu risqué, non ? Vous n'avez pas le sentiment de jouer avec le feu ?

Le comédien rétorque en demandant comment le fait de jouer le rôle d'un policier tentant de ramener un jeune dans le droit chemin peut équivaloir à jouer avec le feu.

— Vu sous cet angle, en effet. Mais la pièce ne fait-elle pas l'apologie de la contrebande ? De la marginalité, du sentiment de révolte chez les jeunes ?

— Vous serez, j'imagine, à la première de ce soir ? demande Edmond, qui reçoit une réponse affirmative. J'ose croire que vous êtes assez intelligent pour vous forger une opinion par vous-même…

— Nous aurons une opinion, ne vous en faites pas… Mais, à part le théâtre, dis-moi, Paul, reprend-t-il cette fois à l'endroit de Tarbin, ça va ?

Cette dernière question surprend Edmond, qui questionne son amant du regard.

— Il n'y a pas que le théâtre, dans la vie… On a d'autres occupations, poursuit Bouchard.

Sur la défensive, le régisseur ne répond pas.

— La politique, les mouvements… sociaux…

— Et alors ? Nous ne défendons pas les mêmes idéaux, c'est tout ! finit par rétorquer Tarbin.

Bouchard garde le silence un moment, dévisage Paul et Edmond tour à tour.

— Ce n'est pas tout à fait la même chose… Je veux dire…

Il hésite.

— Allez, dites ! le provoque Edmond.

Avant de répondre, le chauve toise encore les deux hommes. Il s'assure que ses amis écoutent avant de lancer : « Certains comportements sont plus acceptables que d'autres. »

— Je m'excuse, mais vous n'avez pas le monopole de la connaissance, ni celui de la vertu d'ailleurs… Hormis mes prestations sur scène, qui sont déjà bien assez scrutées par les journalistes, ma vie ne regarde que moi. Je ne vous autorise pas à porter de jugement…

Bouchard interrompt le comédien.

— Il y a une limite que nous pouvons tolérer. Que vos amitiés soient d'un style douteux, passe encore, en autant que le tout soit bien discret. Pour ce qui est de la politique, ou de l'agitation sociale, vous devriez faire plus attention. Les autorités apprécient moins, ai-je entendu dire ces derniers jours. Paul et vous n'êtes pas des exemples... Certains pourraient vous le reprocher.

Déstabilisés, Paul et Edmond ne veulent pas faire paraître leur trouble, ce qui est plus facile pour le comédien que pour le régisseur. Un subalterne proche du pouvoir vient de les accuser presque ouvertement. Une semaine après le prélat, c'est la seconde fois que leurs activités sont visées d'une manière si précise. Ils en déduisent une même chose : l'identité des membres du CRI n'est plus un secret dans certaines officines du pouvoir. Et les propos de Bouchard, qui mêlent volontairement, et en public, leur action sociale et leur orientation sexuelle, ressemblent aux premiers signes d'une campagne de salissage en règle.

Après avoir réglé l'addition, les deux hommes se dirigent vers la porte sans plus regarder les fifres du pouvoir. Avant de sortir, ils entendent Bouchard clamer dans leur dos, assez fort pour que les clients et le personnel du café entendent : «Vos agissements sont surveillés, messieurs. Soyez prudents...» Ils ne répondent pas, ne se retournent pas, préférant sortir au plus vite du café. Une fois dehors, Paul ne peut se retenir.

— C'était prémédité, Edmond. C'est clair. Ils devaient savoir que nous mangeons souvent au café les jours de représentation. Gontran nous a provoqués volontairement. C'était trop précis.

— Tu connais cet imbécile ?

— Gontran Bouchard... Nous avons étudié ensemble, au collège. Il m'a laissé de très mauvais souvenirs... J'ai l'impression d'être scruté au microscope sur la place publique... Que ce soit pour le CRI ou pour nous deux, il est prévisible qu'un jour la rumeur commence à circuler. Il faut tirer une leçon du fait qu'elle nous parvient sur plusieurs fronts. Certaines personnes savent ; il va falloir faire face… Pour le père Rochon, la semaine dernière, c'était moins une surprise. Mais je me demande bien comment ça se fait que le deuxième coup de semonce émane d'un tel subalterne. Bouchard. Sa réapparition m'inquiète… Il faudrait savoir pour qui il travaille exactement, ce qu'il fait au bureau de l'Union nationale… Il y a fort à parier que des gens haut placés savent que nous militons au sein du CRI… À partir de maintenant, il va falloir être sur nos gardes. La partie se corse, mon beau. Va falloir revoir les consignes de sécurité et s'assurer d'une cohésion totale dans nos actions. J'espère que Cocteau et Larimont vont collaborer. Nous ne pouvons nous permettre de conflits internes.

Tous deux affichent une mine préoccupée en arrivant au théâtre. Le concierge, qui donne les derniers coups de chiffon, leur ouvre la porte et les salue. Aux antipodes de l'humeur des rebelles, la marquise brille de tous ses feux pour la soirée d'ouverture de la nouvelle saison.

XX
Les limites de la séduction

Pendant que Granteuil et Tarbin mangeaient au café voisin, Hermine Hérésie était déjà au théâtre. Elle y était entrée une heure plus tôt qu'à l'habitude, un peu malgré elle, à la demande expresse de Larimont. Non pas qu'elle aurait voulu être ailleurs qu'au théâtre. Au contraire : les jours de première, il faut presque lui barrer l'accès à la loge, aux coulisses, au plateau, où elle adore se promener, attirée par la force gravitationnelle de la scène. C'est là qu'elle a le sentiment de *devoir* être. Pourquoi malgré elle, alors ? À cause de Larimont, qui l'indispose de plus en plus. Elle est flattée par son empressement, son désir pour elle. En coquette qui se respecte, il n'est que normal de céder un peu de terrain à ses prétendants. D'autant qu'il s'est traduit à l'occasion par des orgasmes bien sentis. Le fait est que les sentiments qu'elle éprouve envers le jeune homme, de quatre ans son cadet, sont de plus en plus ambigus. Voilà ce qui la dérange. Une part d'elle s'habitue à sa présence, trouve graduellement du plaisir à le fréquenter, alors que l'autre s'y oppose farouchement. Va-t-elle bientôt succomber à ses avances, pousser cette relation plus loin que leurs ébats occasionnels ? Elle en a peur. Aussi, quand Jacques lui a donné rendez-vous, elle a accepté son invitation pour, espère-t-elle, clarifier la situation. Car si elle succombe pour de bon à ses avances, elle devra oublier l'autre, Edmond. Elle n'est pas prête à dégonfler ce rêve. Elle doit au moins cette honnêteté à Jacques.

Ils sont seuls, assis à peu près au milieu de la salle faiblement éclairée. Devant eux, sur scène, le décor est perdu dans le noir. Hermine sait néanmoins précisément où se trouvent le trône de Tarzan, les cloisons de bois délimitant le territoire des contrebandiers, l'entrée de leur entrepôt. Malgré l'obscurité, elle devine leurs contours et leurs masses. Dans son esprit se bousculent de nombreux flashs des scènes qu'ils vont enfin jouer ce soir devant du *vrai monde*. Le personnel du théâtre plus quelques amis ont assisté à la générale. Mais pour la comédienne, le sentiment de jouer pour du *vrai* public ne se manifeste que le soir de la première. Ce soir, le rideau va se lever. Elle sera entièrement, totalement Ciboulette. Et elle ressent un trac fou. Elle ne sait pas expliquer son état émotionnel, s'il provient du rôle, de la pièce ou d'autre chose. Mais le bouillonnement nerveux qui l'agite n'a jamais atteint une telle ampleur.

Larimont l'écoute parler de ses états d'âme comme une nonne contemple une apparition de la Vierge. Plein d'illusions sur la réciprocité de son sentiment pour elle, il croit que ce trac exceptionnel lui est dû. C'est à cause de lui qu'elle est si nerveuse, pas à cause du théâtre. Il en bave de désir. Il lui murmure à l'oreille de longues tirades de Roméo, Cyrano de Bergerac et Tristan. « Je les ai apprises pour toi », clame-t-il, visiblement transporté, ébloui d'amour pour Hermine. Trouvant son prétendant à la fois candide et pathétique, elle lui explique trois fois plutôt qu'une qu'il doit garder ses distances, que le sentiment qu'elle éprouve pour lui n'a pas évolué, que le comédien se leurre sur ses intentions. Rien n'y fait. Le jeune homme est un nouvel Ulysse charmé par les sirènes. Il sent inconsciemment que son labeur du dernier mois va bientôt porter fruit, que les propos de sa flamme sont commandés par la résistance, qu'il faut persévérer, percer la cuirasse tel Siegfried traversant le rideau de flammes entourant Brunehilde. S'il a pu à quelques reprises déjà profiter de son corps, l'esprit et l'âme d'Hermine lui échappent toujours. Derrière son visage ovale, ses petits yeux gris et ses lèvres sensuelles, se cache une âme qu'il désire pour lui seul.

— Tu vas m'aimer un jour, non? finit-il par demander, craintif.

Elle rit. Un rire sympathique, ouvert, avant de retrouver un faciès sérieux et d'adopter le ton de la confidence.

— Je vais te révéler deux secrets… Voici le premier… Quand tu es arrivé dans la troupe, l'an dernier, je te trouvais prétentieux, ambitieux, détestable. Ce sentiment n'a pas beaucoup évolué pendant la saison. Quand tu y mets l'effort, tu es un excellent comédien. Je reconnaissais au moins cela. Mais pour le reste… Pour tout dire, je trouvais que tu manquais dangereusement de maturité… Puis quand tu m'as fait ta déclaration, à la rentrée, j'ai commencé à te voir différemment. J'ai mieux perçu tes qualités. Ta candeur, ton besoin de rêve, ta volonté de changer le monde pour le mieux. À chacune de nos rencontres j'apprends à te connaître… Mais… et tu le sais, Jacques, on n'a pas toujours ce qu'on veut dans la vie… Et voilà mon second secret… Je te le révèle parce que j'ai confiance en toi, confiance en ton silence… Il est essentiel que tu respectes ce que je vais te dire. Je te dois cette honnêteté… Ce à quoi j'aspire, moi, depuis des mois, ce que veux par-dessus tout, c'est une chimère, une utopie… L'homme que je désire n'est pas disponible. Car moi aussi je suis amoureuse… d'un homme qui malheureusement n'aime pas les femmes… Je me prends au jeu d'y croire… Pendant que tu penses à moi, je pense à un autre… C'est triste, mais c'est comme ça…

Bouche bée, le comédien. Elle en aime un autre.

— Un prêtre? demande-t-il.

— Non…

— Qui, alors…?

Elle observe l'inquiétude labourer un profond sillon sur son front. Peut-elle lui révéler de qui il s'agit? Il doit pourtant savoir qu'Edmond et Paul sont amants. Tout le monde au théâtre le sait. Mais il ne semble pas faire le lien entre le couple homosexuel et l'aveu qu'elle vient de livrer. Préfère-t-elle qu'il l'apprenne d'elle ou de quelqu'un d'autre? Cette qualité la dessert à l'occasion, mais Hermine est la transparence incarnée.

— J'aime un homme qui est aux hommes… Un homo-sexuel… J'aime Edmond…

Larimont garde le silence. Hermine sent les sanglots monter chez son prétendant. L'émotion amoureuse, positive, toute portée une minute plus tôt vers la femme aimée, reflue maintenant avec violence vers sa source. À cause de l'aveu dévastateur, cette émotion referme ses crocs puissants sur sa conscience et son cœur. Hermine voit Jacques se décomposer devant elle, son beau visage prend les traits de sa candeur blessée, de son amour écorché, de son désir retourné comme un gant. Elle ne sait quoi dire. Qu'y a-t-il à dire de toute façon? Sa main se porte au visage du jeune homme afin d'essuyer les larmes qui coulent de l'œil droit. Elle prend une main de Jacques, la serre fort, la porte à sa bouche, la caresse sur son visage, ses joues, ses lèvres. Une sorte d'excuse… Elle lui fait la bise avant de se lever, mal à l'aise. La tournure des événements était prévisible. Elle avait anticipé cette réaction. Ce n'est manifestement pas le cas pour le pauvre Jacques. Hermine recule de quelques pas vers l'allée. Alors qu'elle va se retourner, pour ainsi dire tourner la page, mettre un terme à ce triste moment de sa vie personnelle, elle entend Larimont se racler la gorge.

— Hermine… Si tu savais comme je t'aime… La raison principale pourquoi je voulais te voir cet après-midi, avant la première, ce n'était pas pour te parler de mon amour… C'était pour parler du CRI. Avec Cocteau, j'ai obtenu du groupe le mandat d'organiser une action. Ce sera une action d'éclat… Je voulais te l'annoncer, t'en parler, avoir ton avis…

La métamorphose du visage de Larimont se poursuit. Après la candeur de la joie amoureuse, après la tristesse éprouvée au bord de l'abîme, l'ombre du désespoir et de la colère recouvre son visage et durcit sa voix.

— Quand je pense que tu en baves pour Edmond… Je te souhaite de jamais l'avoir…

XXI
Toast à la saison

Les comédiens ont travaillé fort pour convaincre la direction de produire *Zone* pour la rentrée 1954-55 du Théâtre municipal. Quand Edmond Granteuil a proposé la pièce, l'hiver précédent, les codirecteurs ont émis de sérieuses réserves. Leur opinion a peu évolué après la lecture organisée par les comédiens. Le public est-il mûr pour un drame de ce genre? Dubé a-t-il l'étoffe des classiques? Les personnages vont-ils réussir à s'imposer? Jasmin et Courville ont longtemps été sceptiques. Chacun leur tour, les membres de la troupe ont plaidé avec insistance pour ce nouveau texte. Surtout les jeunes, Hérésie et Larimont en tête, qui se voyaient dans les premiers rôles. Le succès remporté à Montréal, jumelé aux prix prestigieux, a fini par convaincre les codirecteurs.

En ce jour de première, Jasmin est terriblement anxieux de connaître la réaction du public. Il ne doute pas de l'accueil que lui réserveront les jeunes, qui composent une portion appréciable des amateurs. Ceux et celles qui fréquentent le théâtre, en majorité progressistes, représentent les principaux agents de changement de la société québécoise. Ils vont applaudir au propos de Dubé. Ce que le codirecteur espère secrètement, plus encore, c'est de provoquer des réactions d'inconfort chez

les notables bourgeois de la capitale. La révolte des jeunes
contrebandiers, sur laquelle Joubet a appuyé à gros traits,
s'oppose au pragmatisme dur des policiers. Le tout compose
un mélange bien épicé qui ne laissera pas les bien-pensants
indifférents. Pour le codirecteur, le succès dépend de leur
réaction. Qu'ils se sentent provoqués, oui, mais pas outrés…
Le défi repose sur le difficile équilibre entre la qualité théâtrale
de la production, dont il ne doute pas, et l'ouverture du public
à recevoir la critique sociale transposée dans le drame personnel
de Tarzan, Ciboulette et leurs amis. L'art théâtral a l'obligation,
à l'occasion, de brasser un peu les bonnes consciences.

La fonction de Courville exige qu'il voie les choses dans
une perspective financière. Obsédé par la santé budgétaire de
la compagnie, il n'a rien contre les odeurs de scandale, dans la
mesure où elles aident à remplir le théâtre et, surtout, à ne pas
faire fuir les abonnés. Il n'éprouve pour le moment aucune
inquiétude. Au guichet, la série de représentations s'annonce
bien. Les journalistes proches du théâtre ont suscité l'intérêt
du public par des articles positifs, des entrevues avec l'auteur
et les principaux comédiens, fruit d'invitations ciblées au
restaurant accompagnées de cadeaux bien choisis. La
modernité du sujet semble plaire aux amateurs qui veulent
aussi avoir le sentiment d'être dans le coup. *Zone* a défrayé la
manchette la saison précédente à Montréal ; ce n'est que justice
de jouer maintenant la pièce à Québec. La réussite de
l'opération dépend dorénavant des échos dans la presse au
lendemain de la première et de la vigueur que prendra le
bouche à oreille. D'ici là, malgré la fébrilité bien perceptible à
« l'étage », Courville ne peut qu'attendre. Il a fait ce qu'il a pu,
aux artistes de livrer la marchandise.

L'ambiance est fébrile, mais positive, lorsque le duo descend au salon des artistes, à cinq heures pile, pour le traditionnel

toast à la nouvelle saison. Le sourire aux lèvres, tous deux accueillent avec un bon mot chacun des membres du personnel. Champagne aidant, le salon déborde bientôt d'énergie. On parle fort, discutant à qui mieux mieux de sujets artistiques et d'actualité. Les rires fusent. Le flux de la conversation noie le trac. Les techniciens rigolent avec les préposées à la billetterie. Les directeurs parlent de l'avenir du théâtre avec le metteur en scène. Granteuil discute de la saison avec la costumière et le décorateur. Les autres éclatent de rire à répétition en écoutant les blagues de Lalande, le vieux gardien. Bref : la compagnie s'amuse. Sauf près d'une des fenêtres, où Larimont a isolé Hermine pour demander des explications. Ayant perçu le caractère intime de leur conversation, les autres les laissent tranquilles. Malgré la finale dramatique de leur échange de l'heure précédente, le jeune acteur s'est calmé. Il demande seulement à comprendre, en d'autres termes, à se faire répéter le caractère inéluctable de la décision annoncée par sa flamme. C'est du moins l'impression que laisse Larimont à Hermine, après une quinzaine de minutes de conversation, quand il se retire dans sa loge.

Granteuil a observé avec inquiétude le petit manège entre ses partenaires de scène. Il espère que leur conversation n'aura pas d'incidence fâcheuse sur la prestation du soir. La production repose sur Hermine et Jacques, qui tiennent les rôles principaux de *Zone*. Si les deux comédiens s'empêtrent dans des problèmes personnels, le reste de l'équipe, tout autour, ramera davantage pour tenir le navire à flot. Pour en avoir le cœur net, Edmond s'approche d'Hermine.

— Bof… offre-t-elle comme seule réponse, soucieuse.

Elle n'a surtout pas envie d'expliquer que, à demi satisfaite de l'attitude de Jacques, qui semble comprendre, elle doute sincèrement de sa propre attitude. Qui risque l'échec, sinon elle-même? Car si son prétendant accepte la situation, ça ne règle pas son problème, personnifié devant elle, plus beau que jamais… Elle n'a surtout pas envie de répéter avec Edmond, en inversant les rôles, l'après-midi qu'elle vient de passer avec l'autre.

— Pour ce soir, ça va aller? Vous serez quand même deux heures ensemble sur scène.

— Oui… Ne t'en fais pas. Ça va aller… Va me chercher un verre, demande-t-elle en se levant, déterminée à chasser les démons du sentiment de son environnement immédiat.

Edmond s'empresse d'obtempérer. Quand il revient avec une flûte de champagne, Hermine s'est jointe au groupe suspendu aux histoires du gardien. Elle rit avec les autres, mais il voit bien que le cœur n'y est pas. Et il ne sait quoi faire pour la requinquer. Troublé par la situation, éprouvant de la culpabilité envers la comédienne, il sait pertinemment que lui aussi joue un rôle dans ce magma sentimental. Sa conduite par rapport à la jeune femme n'est pas dépourvue d'ambiguïté. Il faudra bien un jour se tirer de cette impasse… En pivotant pour changer de groupe, il réalise qu'il n'est pas seul à réfléchir sur ce sujet. À l'autre bout du salon, faisant semblant de participer à la conversation de l'équipe technique sur les dernières avancées en matière de sonorisation et de bruitage, Paul Tarbin fixe son amant. Edmond entend clairement la question qui laboure sa conscience: quelle place occupe Hermine Hérésie dans la vie affective du comédien vedette?

Ne sachant plus où se mettre, Edmond fuit le casse-tête en allant voir comment Larimont se tire d'affaire. Il quitte le salon des artistes et se dirige vers la loge de Tarzan. En plus des problèmes amoureux du jeune comédien, la nature des projets qu'il caresse avec Cocteau pour le CRI, toujours inconnue des autres membres du cercle, préoccupe évidemment Granteuil.

Larimont en a beaucoup sur les épaules. De nature émotive, souvent impulsif, en a-t-il trop? Granteuil ne veut pas le juger. Il tient cependant à l'encourager, à le rassurer, peut-être afin de se rassurer lui-même. La porte de la loge est entrouverte. Assez pour que Granteuil s'aperçoive que le comédien n'y est pas. Poussé par la curiosité, il entre. L'odeur de tabac est âcre. La lumière émise par la lampe torchère, découpée par la fumée, accuse un éclairage dramatique. Une pile de papiers trône sur la table de maquillage devant le miroir. Indiscret, Granteuil s'approche pour lire. Ce n'est pas un texte de théâtre. Croyant deviner des notes sur le projet du CRI, sa curiosité est instantanément piquée. Il n'a cependant pas le temps de lire car Larimont entre. Surpris, mécontent de voir quelqu'un penché sur ses documents, ce dernier dévisage son collègue.

— Que fais-tu là? demande-t-il sur un ton résolu. Tu m'espionnes?

— Non… Je veux savoir comment tu te sens… Tu… Tu t'es esquivé après ta conversation avec Hermine. Ça m'a inquiété… Tu es sûr que ça va? Tu te sens d'attaque pour ce soir?

Larimont semble survolté, au point où Granteuil se demande si le jeune comédien ne va pas l'attaquer. Mais Jacques n'a pas cette intention. Pas physiquement, en tout cas. Ce qu'il aimerait bien savoir, par contre, c'est si Edmond a eu le temps de déchiffrer les papiers sur son bureau.

— Je te remercie de te préoccuper de ma personne. C'est gentil. Mais faut pas t'en faire… Ça va très bien… Je suis en plein contrôle… Toi aussi, j'espère!

Le ton est cassant, cynique.

— Écoute, Jacques… Je n'y peux rien si le cœur d'Hermine a tiré mon portrait. Elle est mignonne, c'est certain, mais ce n'est pas mon genre… Tu le sais, d'ailleurs. Et je serais le plus heureux des hommes si elle tombait dans tes bras... Je suis désolé. Sois patient... Tu t'en fais beaucoup pour cette histoire. Peut-être trop... On a une grosse première, ce soir. Et tu as des projets pour le groupe... Fais attention de ne pas bousiller tout ça pour une histoire de sentiment.

Larimont se retient à trois mains pour ne pas sauter à la gorge d'Edmond.

— Ça fait un an, Edmond, qu'on fait du théâtre ensemble. Depuis six mois, j'ai joint le CRI... Et depuis deux mois, je suis amoureux fou d'Hermine... Ça fait exactement trois motifs pour lesquels ta vie et la mienne se croisent à peu près tous les jours... Si tu savais comme tu m'emmerdes... Sors d'ici, s'il te plaît...

— Fais attention, Jacques. Ne carbure pas sur de fausses impressions. Dans *Zone,* c'est toi qui joues le premier rôle. Dans le CRI, Cocteau et toi tenez les guides d'une de nos prochaines actions. Pour ce qui est d'Hermine, c'est elle qui patauge dans les illusions... Fais attention. Je ne suis pas ton ennemi...

— Sors de ma loge, Edmond.

Quand Granteuil revient au salon des artistes, les directeurs ont commencé leur laïus. Sur un ton satisfait, ils annoncent que les dirigeants de la ville se sont déplacés le matin même pour signer le protocole annuel garantissant le financement du Théâtre municipal. «Avec augmentation de traitement pour tous à la clé», lance Courville sûr de son coup. La réaction de joie est en effet unanime et spontanée. Le moment est bien choisi pour porter un toast, ce que Jasmin et Courville font en souhaitant une grande saison à tous. La tradition le voulant, l'aîné de l'équipe technique prend le relais pour un second toast. Enfin, le doyen des comédiens, Saint-Laurent, qui joue dans *Zone* un petit rôle de policier, prend la parole au nom des artistes de la compagnie pour un troisième et dernier lever du coude avant que chacun ne retourne à ses préparatifs.

XXII
Rideau

— Dix minutes, crie Tarbin du bas de l'escalier côté cour, d'où les comédiens à l'étage des loges aussi bien que l'équipe technique entendent les appels du régisseur. Dix minutes avant le lever de rideau sur *Zone* et la nouvelle saison.

Côté jardin, en coulisse, Boissineau joue de l'harmonica en attendant le signal du régisseur de se placer. L'air lancinant et nostalgique qui ouvre le spectacle préfigure l'échec final des contrebandiers. Tel un appel du destin… Belle et triste, la musique se répand à l'arrière-scène comme un fluide, à l'image d'une rivière qui coule en érodant les aspérités de son lit. Dans sa bulle, Boissineau fait abstraction de la fébrilité des techniciens occupés aux derniers préparatifs. Il ne s'aperçoit pas que sa musique a un effet d'apaisement. Qu'elle a l'effet d'un baume salvateur sur les tensions des derniers jours, une dernière pause avant le début de la représentation. À ce stade, il n'y a plus rien à faire qu'attendre. Ce que fait Paul, qui regarde travailler sa petite équipe d'un œil paternel. Il a toute confiance en son monde. Le léger inconfort qu'il ressent ne vient pas d'un éventuel oubli lié à la production. De ce côté, la situation est parfaitement maîtrisée. Il a vécu tant de premières, inauguré tant de saisons qu'il ne ressent plus, dans le registre de la nervosité, que l'agréable vibration de l'excitation. C'est son estomac qui le dérange. Depuis un moment, de curieux gargouillis troublent son intérieur. De violentes crampes. Provoquées par quoi? Il n'en a pas la moindre idée. Viande moins fraîche? Trop de frites? Allez savoir... Le champagne ou les bouchées offertes par la direction? Il n'a touché ni à l'un ni à l'autre. Le thé bu une heure plus tôt avec Edmond et Jeannette Mance?

Dans sa loge, Edmond se masse le ventre à cause des mêmes crampes que son amant. Il accuse aussi le poulet du Café Saint-Joseph, auquel il ajoute pour sa part les deux coupes de champagne, le thé et les biscuits au chocolat. Phénomène bien connu chez lui: le trac ne fait pas bon ménage avec les cocktails. Même si la sagesse croît avec l'âge, il constate en souriant à demi que certaines leçons sont plus longues à assimiler que d'autres... Assis à sa table, à six pouces du miroir, il retouche maquillage et coiffure en espérant que les crampes passent avant son entrée en scène au deuxième acte. Il éprouve une grande fébrilité, proche du tremblement, mais pourtant son trac n'est pas plus fort que d'habitude. Un état qu'il n'a jamais ressenti. C'est alors que le premier élancement lui traverse le bas ventre de part en part. Une image apparaît sur le coup, nette et claire: un samouraï faisant hara-kiri. La grimace reflétée dans la glace témoigne de la douleur ressentie. L'inquiétude née des gargouillis et des crampes se mue en doute sévère. Depuis ses premiers rôles professionnels, il ne se rappelle pas avoir vomi un soir de première.

Chaque membre de la distribution a sa méthode particulière pour contrôler le trac. Travaillante, Hermine visualise ses déplacements sur scène en tournant rapidement les pages annotées de son texte. Une sorte d'italienne mentale de ses mouvements. Jacques, dont le trac surpasse celui de ses collègues, fume cigarette sur cigarette en se projetant tant bien que mal après la représentation. Plusieurs lui reprochent cette façon de faire, jugée peu orthodoxe et contre-productive, mais le principal intéressé n'en a cure. « Je sais qu'après la représentation le trac aura disparu, explique-t-il, c'est pourquoi je veux me rapprocher dès maintenant de cet état. » Hormis ce trio et Boissineau, l'harmoniciste en coulisse, les autres sont au salon des artistes et discutent de tout et de rien. L'image de cinq comédiens hors contexte sous les traits de leurs personnages a quelque chose de curieux et d'émouvant. La nervosité de tout un chacun flotte dans l'air, énergie plus ou moins canalisée. Bien que les personnages soient fort différents, pour ne pas dire antithétiques – ne s'agit-il pas de trois policiers plus deux contrebandiers ? –, une solidarité chaleureuse émane du groupe.

— Cinq minutes… Merde à tout le monde, entendent-ils provenant de l'escalier.

Une ambiance de grand soir règne dans le foyer du Théâtre municipal. La première de *Zone* correspondant au lancement de la saison artistique dans la capitale, la soirée est particulièrement courue. Les cinq cents places du théâtre, toutes occupées, occasionnent une circulation dense dans les aires d'accueil. D'autant que les invités de première ont la fâcheuse habitude d'arriver à la dernière minute. Notables, politiciens, gent artistique et journalistes, massés à l'entrée, dans l'escalier et au foyer du parterre, participent à un ballet fort instructif construit sur de savantes manœuvres de relations publiques. Il y a là riche matière pour les observateurs patentés. D'une part les stratégies de déplacements divisent l'auditoire en deux groupes importants : les apôtres du rapprochement, à la recherche de faveurs, et ceux de l'évitement, détenteurs du pouvoir et possibles dispensateurs des faveurs quémandées. Dans cette mouvance, l'exiguïté des lieux provoque nombre de coups de coude et de pieds écrasés. Le ton des salutations est aussi révélateur, notamment sur qui use de flatterie, salue par obligation ou oppose de manière détournée, maniant la politesse comme une arme, une fin de non-recevoir. Tout autour de ce corps de ballet improvisé, l'autre moitié de l'assemblée est aussi partagée en deux factions : les voyeurs impénitents, toujours à l'affût de potins croustillants, composés notamment de la majorité des journalistes, et ceux qui s'en foutent… Ces derniers forment indéniablement une minorité. Ils regroupent les familles et les amis de la troupe, auxquels s'ajoutent quelques spécimens rares : les amateurs de théâtre.

Placés en haut du grand escalier menant au foyer du parterre, Courville et Jasmin nagent comme ils peuvent dans cet aquarium bondé. Nonobstant la taille, leurs tenues de soirée sont identiques : complets-vestons noirs, nœud papillon, chemise blanche. Malgré cette ressemblance, tous deux n'apprécient pas également ce genre d'exercice. Courville y nage à l'aise, profitant de l'occasion pour entretenir ses contacts. La bonne réputation du Théâtre municipal repose en partie sur cette habileté qu'il a de ne pas avoir d'ennemis. Rien de mieux qu'une soirée inaugurale pour le vérifier. En réponse à ses boniments, l'homme attire sourires et compliments. À l'opposé, Jasmin se morfond deux jours avant chaque première. Il ne comprend pas pourquoi il doit s'astreindre à tant de minauderies et de phrases creuses. Pour lui, les soirées de première constituent à ce chapitre le championnat toutes catégories de l'affectation et du mensonge. Saluer un tel, complimenter son épouse, se rappeler à la vitesse de la lumière les noms et prénoms de tous ces imbéciles est pour lui un pensum qu'il ne consent à subir qu'après les pressions intenses de

Courville. «Il faut que tu le fasses… C'est pour le théâtre…»,
insiste son collègue directeur. Voilà bien le seul motif qui
réussit à l'y contraindre, auquel il ajoute de bonnes rasades
d'alcool avant de descendre de son bureau. «J'aimais mieux
les retenues du samedi matin au collège.»

Malgré leurs humeurs contrastées, tous deux constatent
avec bonheur que *Zone* attire un aréopage de qualité. Tous les
journalistes importants y sont, ce qui augure une large couverture de presse. Le maire est là, jouissant du bain de foule.
D'humeur plus sombre, son épouse semble moins apprécier la
proximité des courtisans. Plusieurs conseillers municipaux se
tiennent en effet proche de leur patron. Ils parlent fort, rient
de même, agissant comme s'ils étaient chez eux. Ne s'agit-il
pas de leur théâtre? Le gouvernement de la province et l'Union
nationale – du pareil au même – sont aussi fort bien représentés.
Les ministres de la Justice et du Revenu se sont déplacés. Un
contingent de députés et d'attachés politiques volète autour,
essaim de mouches en chasse. Le festival des joueurs de coudes
atteint son climax quand le duo de ministres entreprend d'aller
saluer le maire. C'est quand même lui qui les a invités. Leur
rencontre a lieu au centre du foyer. Empruntant des airs
faussement solennels, tous trois échangent des inepties de
circonstance sous l'œil blasé de leurs épouses et celui envieux
des courtisans. Leur attitude contraste drôlement avec les
jurons enfumés de la partie de poker jouée quelques jours plus
tôt chez madame Gertrude, maison très privée où notables de
la capitale se réfugient une ou deux fois par semaine pour se
détendre, notamment en compagnie de jeunes filles triées sur
le volet pour leur connaissance des choses de la vie.

À huit heures trente, heure prévue du lever de rideau,
plusieurs dizaines de personnes ne sont toujours pas assises.
Devinant que les comédiens se rongent les sangs à l'arrière-scène,

Courville, Jasmin et leur secrétaire pressent les retardataires avec le plus de diplomatie possible. Ils savent pertinemment que Tarbin ne tardera pas à lancer la représentation, public assis ou non. « Prêt pas prêt, on démarre à neuf heures moins vingt-cinq », clame-t-il de son air buté chaque soir de première. Dans la salle, l'atmosphère frise la cacophonie. Les comédiens ont l'avantage de profiter des bonnes conditions acoustiques ; on peut les entendre partout, même quand ils murmurent. Lorsque le rideau est baissé, que cinq cents personnes font la conversation, la rumeur devient assourdissante. Alors qu'approche le début de la pièce, le volume baisse graduellement. Les spectateurs réagissent sans s'en rendre compte à l'éclairagiste, qui diminue degré à degré le niveau de lumière. Il crée un sas ayant pour objet de mener le public de la réalité vers le théâtre.

Madame Belley attend toujours ce moment précis pour faire son entrée. Passionnée de spectacle, et surtout, convaincue elle-même de jouer un rôle, le rituel de cette dame excentrique, bien connue des amateurs de la capitale, est parfaitement huilé. De connivence avec la direction et les ouvreuses, elle attend la dernière seconde pour apparaître. Emblèmes du kitch, sa robe, sa coiffure et son chapeau, toujours très originaux, ont de quoi surprendre. D'un pas chaloupé oscillant entre la nonchalance et l'excès précieux, elle emprunte l'allée lentement, regardant tout autour. Sous les applaudissements de l'auditoire, à travers lesquels percent rires et quolibets, elle va s'asseoir tout en avant à sa place habituelle. Dès qu'elle est assise le public fait silence. Au signal du régisseur, quelques secondes avant que lève le rideau de scène, Moineau, confortablement calé sur la mezzanine du décor, entonne son air à l'harmonica.

La saison 1954-55 du Théâtre municipal vient de commencer.

XXIII
Manifeste de l'Alliance

Vendredi 1er octobre, dans la nuit

Marmet ouvre les yeux. Assis dans le salon, la première chose qui s'imprime sur sa rétine est l'ampoule de la lampe de lecture. Suit le carnet de Granteuil ouvert sur ses cuisses, sur lequel il baisse les yeux. Les aiguilles de l'horloge murale affichent deux heures trente. Émerge du brouillard le souvenir qu'il s'est endormi en lisant les notes écrites par le comédien en vue du manifeste de l'Alliance. Une sorte de brouillon. Pas que ce carnet soit endormant, au contraire, mais la journée a été longue. Ses lectures aussi. Il a passé la soirée à lire, relire les textes, la correspondance abondante, les magazines et livres, un impressionnant contenu. Les gorgées de whisky ont servi d'invitation à Morphée.

Marmet va à la salle de bain se mouiller le visage et boire un grand verre d'eau. Il revient s'asseoir. Il attaque la lecture du plus long texte de Granteuil, qui semble être en fait le premier brouillon à peu près complet du manifeste, daté dans son cahier du mois d'août 1954.

Contre le caractère antidémocratique
du gouvernement Duplessis;

Contre les mensonges sur lesquels la
religion assoit son autorité;

Contre la compromission des élites
canadiennes-françaises face au
capitalisme;

Contre l'étouffoir social et individuel
que constitue le mode de production;

Contre le bâillon imposé aux forces
du changement;

Devant l'obligation de réagir;

Devant la nécessité de l'éducation,
surtout pour la jeunesse;

Devant la nécessité que la justice soit
dispensée équitablement à tous;

Devant la nécessité du rêve, de
l'imagination et de l'art;

Pour un monde meilleur le plus
rapidement possible;

Nous appelons sans délai l'ALLIANCE de tous les travailleurs, intellectuels, étudiants et artistes du Québec. Cette ALLIANCE aura pour mission de transformer la société québécoise. Comment? Une mutation idéologique et sociale profonde sera engagée, fondée sur l'éducation, la sensibilisation et l'imagination. Une pratique nouvelle du pouvoir prônera la justice pour tous, agira pour faciliter la résolution des conflits, abolira les privilèges des nantis.

L'ALLIANCE interviendra selon un plan défini axé sur l'échange et la négociation, un plan qui prône la résolution pacifique des tiraillements entre les composantes de la société humaine. Nous irons au devant des heurts. Comme cela aurait toujours dû être, le dialogue deviendra le moteur du progrès. La dynamique de la discorde d'où naît la lutte des classes sera désamorcée de telle sorte que le gouvernement pourra enfin oeuvrer pour le bien-être de tous les citoyens.

Le premier ministre Duplessis se gausse sur la place publique d'avoir rapatrié des points d'impôt au gouvernement fédéral. Il prétend se battre pour une plus grande autonomie de la province de Québec. Son combat n'a cependant rien à voir avec l'avènement d'une société moderne ni avec le progrès des idées ou des moeurs. Le Québec dont il rêve est conservateur, arriéré, rétrograde. Son nationalisme est un étouffoir. Les structures économiques dont il fait la promotion garantissent la mainmise du grand capital — surtout celui des États-Unis — sur nos richesses naturelles et sur nos entreprises manufacturières. La propriété de nos industries? Le profit? Pas pour nous. La morale judéo-chrétienne s'y oppose car le profit est sale, dangereux, mène en enfer... Cette vision est absurde, amorale, irresponsable.

Dans le monde que nous appelons de nos voeux, le rôle de la religion et du clergé seront radicalement modifiés.

Trop d'atrocités ont été commises depuis deux mille ans au nom de Dieu. Si le besoin d'une vie spirituelle pour chaque individu ne peut être contesté, de même que la force que représente la foi, il en va autrement des dimensions sociale et politique de la religion, comme du pouvoir illégitime que se sont arrogés le Vatican et ses représentants. C'est pourquoi il est essentiel d'en réduire l'impact social, d'en limiter la portée à notre vie personnelle. Une des missions de l'ALLIANCE sera d'imposer une refonte majeure premièrement de la religion catholique. La portée du catholicisme ne sera plus politique. Elle deviendra morale, philosophique et humaniste. Personne ne sera obligé de participer au culte ou d'obéir aux imprécations des religieux. Le clergé ne pourra plus décider quels livres peuvent ou non être lus. La religion deviendra une pratique personnelle, individuelle.

Afin de nourrir le sens moral et de favoriser l'éclosion des talents individuels, la philosophie et l'art se substitueront à la pratique religieuse dans le corps social.

La mission de l'ALLIANCE consiste à tracer le chemin d'une révolution globale, qui s'adresse autant à la société qu'aux individus qui la composent. Le carburant de cette révolution est un subtil mélange de justice, de raison, d'émotion et de désir. Philosophie et art en seront les guides. Au rendez-vous: l'avènement d'une société meilleure, où chacun sera respecté, écouté au sein d'institutions démocratiques représentant l'ensemble des catégories sociales: enfance, jeunesse, masse étudiante, force de travail manuel et intellectuel, moyens de production, artistes, fonction publique, clergé, notables, aînés, malades. Autant les femmes que les hommes. Autant les Canadiens-français, les Indiens, les Anglais que les immigrants. Autant les propriétaires que les locataires, les producteurs que les consommateurs.

Une période de transition sera nécessaire entre le moment où l'ALLIANCE sera constituée et celui où elle imprimera sa marque définitive sur les affaires de la société. Cette transition favorisera une remise en cause fondamentale. Pour nous assurer des résultats, une assemblée constituante de révision nationale sera instituée. Elle regroupera l'ensemble des composantes de notre société. Sa tâche: faire le procès de notre monde, de ses fondements, de ses institutions, du rôle de chacun et de l'exercice du pouvoir. Le jugement que rendra cette assemblée retentira comme un signal déclencheur de la métamorphose tant attendue.

Notre ALLIANCE reposera sur la légitimité incontestable que représente le rassemblement volontaire des principales composantes de notre société. Cette légitimité sera notre force. Unis autour de la même idée, de la seule cause juste, fondée sur le partage, nous deviendrons invincibles.

Cercle Rebelle Intellectuel

Marmet en a lu et consulté assez ce soir pour se faire une meilleure idée de Granteuil et de son groupe.

Il doit reconnaître que le comédien a du style, du panache. Un bon leader. Mais la vision qu'il propose est utopique et naïve. Il repense aux socialistes de l'Ouest, qui furent les premiers au Canada ; se rappelle de leurs manifestes écrits vingt ans plus tôt. Leurs propositions à eux étaient applicables. Avec le CRI, malgré une belle envolée, des convictions, on est loin d'une proposition sérieuse. La faiblesse de Granteuil, finalement, est le côté irréaliste de cette révolution qu'il appelle. Son Alliance n'a aucune chance de voir le jour. Et il serait mort pour ça…

Quand la mort se dévoile ainsi, le temps est venu d'aller se coucher.

XXIV
Interrogatoires

Vendredi 1ᵉʳ octobre

Marmet explique à Groleau comment la mort a sûrement évité au rebelle les affres d'un profond désarroi. D'après le ton des notes et le sérieux des démarches anticipées, Granteuil croyait sincèrement qu'il réussirait à construire autour de son projet une alliance solide. Réformer la société sur la base d'une justice équitable, qui intervienne avant le politique, constitue une théorie séduisante. Plus encore si la politique doit avoir pour fonction de chercher le bien-être collectif au détriment des classes depuis tant de siècles privilégiées. Le gouvernement comme arbitre suprême... Le gouvernement devenant lui-même le principal appareil de la justice, avant les tribunaux. C'est à un sérieux retournement de perspective que Granteuil invitait ses concitoyens. Il poussait à l'extrême la Déclaration des droits de l'homme adoptée par l'ONU six ans plus tôt. Malheureusement, advenant que son système voit effectivement le jour, probabilité qui demeurait infime, et connaissant la nature humaine, il y avait tout à craindre qu'il finisse en dérive totalitaire. Sans compter le procès que Granteuil voulait faire à la religion, qui aurait heurté de plein fouet le clergé. La réaction des élus de Dieu aurait été féroce. Ces erreurs de débutant classent définitivement le projet de manifeste au rang d'œuvre littéraire plutôt qu'à celui de texte fondateur d'un mouvement politique. Et Granteuil n'aura peut-être été, finalement, qu'un révolutionnaire de salon.

Assis à son bureau face à son bras droit, Marmet ne peut s'empêcher de remarquer que la mort de Granteuil et Tarbin, au-delà du drame humain et malgré la naïveté du discours, marque un triste jour pour l'action sociale québécoise. Après de premiers gestes sympathiques mais sans grandes conséquences, la portée des actions du CRI a pris de l'ampleur le printemps précédent avec la série de lettres ouvertes aux bienpensants. Il a d'ailleurs retrouvé le ton et l'esprit de ces lettres dans le projet de manifeste. En marquant l'intégration du groupe à la mouvance socialiste internationale, le vol des trésors polonais donne une tout autre envergure à son programme. Il frôle maintenant l'anarchie, utilise le moyen du crime et d'après Fauvert, le journaliste interrogé deux jours plus tôt, l'opération a été très payante. Le CRI peut donc maintenant compter sur un réseau, des appuis et des moyens financiers. Cela aurait pu se traduire par des opérations de plus en plus sophistiquées et, peut-on croire, déstabilisatrices pour le gouvernement. Aucun autre mouvement, organisé ou non, affilié aux syndicats ou à la gauche catholique, n'a adopté ce type d'approche. Le fait que le CRI soit mené par des artistes explique en partie son sens élevé du spectacle et du coup d'éclat. Plus présents sur la place publique, leurs gestes auraient fini par marquer l'imagination populaire. Mais tout cela est mort de sa belle mort.

Une alarme sonne alors dans le cerveau de Marmet, qui le ramène au soir de la première. Il ouvre le tiroir *Interdit d'oublier* et se rappelle comment l'attitude des politiciens a semblé infiniment plus louche que celle de la gent artistique. Comment expliquer cette perception? Un début de réponse émerge du tiroir. Le gouvernement a tout intérêt à museler l'opposition incarné par le CRI. Certains membres du gouvernement ou des proches du pouvoir ont très bien pu parvenir à la conclusion que le CRI est responsable de la disparition du trésor polonais. À partir des quelques indices qu'il a découverts et transmis à Jobidon, qui s'est sûrement empressé d'informer le ministre de la Justice, c'est possible. Sauf que lui n'a jamais mentionné le CRI à son supérieur. Pour une raison très simple: il n'a fait le lien que l'avant-veille, lors de la déposition du journaliste Fauvert. Convaincu qu'il fallait fouiller la piste polonaise, il n'avait jamais pensé qu'un groupe politique local aurait pu être impliqué dans l'affaire des trésors.

Jusqu'aux révélations du journaliste, son enquête a pataugé dans le flou. S'introduire dans un musée pour y dérober des œuvres de cette nature? Il ne trouvait pas de motif. Il devait y avoir un lien avec la Pologne, un motif national ou patriotique quelconque. Il ne savait cependant pas lequel. Devait-il chercher vers les représentants de l'ancien gouvernement, actifs depuis des années pour empêcher que le trésor ne tombe aux mains des communistes? Du côté du clergé, qui partage des motifs semblables? Peut-être. Mais qui? Les communistes au pouvoir à Varsovie ont aussi de bonnes raisons pour mettre la main sur le trésor. En fait, Marmet sait qu'il n'est pas devant un simple vol qualifié, mais il ignore quelle piste suivre pour pousser d'un cran son enquête. D'autant qu'il est sans moyens et, surtout, bâillonné par la discrétion dictée par le bureau du ministre. Les résultats sont donc demeurés minces, jusqu'à ce que Fauvert avoue que le CRI a perpétré le vol et remis le trésor aux communistes. Mais cet aveu est venu *après* les deux morts violentes. Si le gouvernement, sur la base de soupçons visant le CRI, a quelque chose à voir dans l'empoisonnement de Granteuil et Tarbin, ce n'est sûrement pas sur la seule foi des informations que lui, Marmet, a transmises à son supérieur. Quelqu'un d'autre fait enquête. En parallèle. Quelqu'un ayant réussi à convaincre le gouvernement que les deux membres de la troupe, aussi membres du CRI, devaient disparaître. Cette hypothèse est pour le moins farfelue. Mais si elle se confirme, son petit doigt lui dit que l'affaire se dirige vers un enterrement de première... Et que la justice de ce bas monde se tient décidément aux antipodes du programme rêvé par Granteuil et ses amis.

L'inspecteur et Groleau trouvent Hermine Hérésie et Jacques Larimont assis côte à côte dans la petite salle de repos, buvant nerveusement du café. Leur teint est cadavérique. Les événements des derniers jours sont gravés autour de leurs yeux hagards. Larimont fixe devant lui le cendrier chaud des innombrables cigarettes qu'il écrase une à une, sans s'en rendre compte, utilisant son mégot pour allumer la suivante. Du vrai théâtre... La comédienne semble moins troublée, du moins extérieurement. Dans une telle situation, chargée et émotive, l'inspecteur est toujours surpris de découvrir sur le visage des témoins ou des suspects des traits précis de caractère. La jeune femme lui apparaît franche, sûre d'elle, convaincue qu'elle n'a rien à se reprocher. C'est la première fois que Marmet voit la comédienne de près. Il ne peut s'empêcher de remarquer qu'elle est belle. L'autre est plus nerveux, et pas seulement parce qu'il pompe comme une cheminée. L'agressivité transpire de son regard, de ses doigts, de sa chevelure. Le comédien est tendu, sur le point de casser. Il a la rigidité et la fragilité de la porcelaine. C'est un bagarreur, mais qui ne se bagarre pas longtemps. Les traits de son visage, d'une beauté aussi remarquable, ne dégagent pas la même énergie que sa collègue.

— Madame, monsieur, je suis l'inspecteur Marmet. Merci d'avoir accompagné l'inspecteur Groleau, mon adjoint. Vous comprendrez qu'interroger les proches de Paul Tarbin et d'Edmond Granteuil fait partie de la routine de notre enquête… Je tiens aussi à vous informer que nous n'avons présentement rien contre vous.

— Que voulez-vous dire? bondit Larimont, prêt à mordre.

— Rien de plus que ce que j'ai dit. Vous êtes considérés comme des témoins. C'est tout…

— De toute façon, qu'avez-vous contre moi? Qu'est-ce que j'aurais pu faire qui soit répréhensible? Du théâtre?

— Nous y viendrons, monsieur Larimont. Nous y viendrons… Vous pouvez avoir un minimum de confiance en nous. Nous ne sommes pas de gros méchants prêts à vous bouffer tout rond…

Larimont maugrée une réplique incompréhensible avant de se taire, doutant de la sincérité de l'inspecteur autant que de l'existence de Dieu. Les croyances et opinions du jeune rebelle le prédisposent mal envers les forces de l'ordre.

Groleau mène les comédiens dans deux cellules voisines donnant sur un corridor. Chacun va faire sa déposition sous serment et la signera après lecture. Sortant de la pièce, il glisse les panneaux qui cachent les fenêtres permettant de voir les comédiens à leur insu par un miroir sans tain. Marmet est situé de telle manière qu'il peut observer les deux témoins. Groleau et lui conviennent des questions qu'ils poseront et dans quel ordre. La limite entre déposition et interrogatoire baigne dans un flou artistique qu'ils vont exploiter, surtout dans le cas de Larimont. Il faut d'abord «attendrir la viande

qui semble plus coriace », celle du rebelle. La comédienne va
servir d'appât pour provoquer l'autre, idéalement pour le
prendre en défaut.

Marmet n'a pas envie de passer une heure à cuisiner le
type seulement pour lui faire avouer qu'il fait partie du CRI.
D'entrée de jeu, il conte à Larimont ce que la police connaît à
son propos : ses frasques universitaires – il était membre actif
de la Fédération étudiante et avait ouvertement contesté, à
répétition, le doyen de la faculté des lettres sur l'index des
livres interdits – puis ses débuts au théâtre, trois ans plus tôt,
dans une minuscule troupe qui s'est essayée à Beckett et
Ionesco. La police était intervenue le troisième soir pour
fermer l'embryon de théâtre, sous couvert d'une accusation de
non-perception de la taxe sur les divertissements. Personne ne
s'y était trompé : il s'agissait d'une intervention téléguidée de
l'archevêché, qui ne croyait pas la ville de Québec mûre pour
ce répertoire. L'inspecteur révèle qu'il a vu ce spectacle, ce qui
arrache un premier soupir à Larimont. Il dit enfin que la police
est au courant que sa carrière de comédien sert aussi pour
masquer qu'il milite au niveau politique et fait partie d'une
organisation jugée dérangeante par l'État.

Tout compte fait, Marmet a déballé son cv en moins de
deux minutes. Le jeune homme est bouche bée de découvrir
que les policiers en savent autant. Quand il les défie, frondeur,
Marmet exhibe la déposition du journaliste Fauvert. « Il nous
a dit plusieurs choses sur le CRI. Les vérifications faites depuis
recoupent sa déposition. Au moins sur les membres du groupe,
dont vous… » Larimont résiste un moment avant d'avouer.
« Oui… OK… je fais partie du CRI… » Il retrouve cependant
vite son aplomb : « À ce que je sache, ce n'est pas un crime. »
Marmet répond qu'à prime abord, non. Le CRI n'est pas
nommément proscrit par la loi. Pour l'instant, il n'a pas

l'intention de demander à un juge de statuer en ce sens. Certains faits sont quand même embêtants, entre autres la découverte au Théâtre municipal de documents établissant les liens du mouvement rebelle avec la gauche, une gauche assez radicale. Les revues cueillies lors de leur visite au théâtre la veille en témoignent.

— Vous connaissez la loi du cadenas?

— La loi de la censure, vous voulez dire? brave Larimont, interprétation que ne relève pas son interlocuteur.

— Nous avons ce qu'il faut dans la pièce voisine pour la faire appliquer dès aujourd'hui et fermer le théâtre.

— Salaud! crache le comédien avec mépris.

— Je viens de vous dire que je n'ai pas l'intention de le faire… Pourquoi fermer un théâtre? Ce qui importe, c'est d'éclaircir les mobiles et les circonstances de deux décès. Fermer le Théâtre municipal détournerait l'attention des journalistes. Pourrait soulever un tollé inutile sur la place publique. Nous n'avons pas besoin de ça. D'autant que Courville et Jasmin n'ont pas l'air très mouillés dans vos histoires politiques. Qu'est-ce que ça donnerait, de fermer le théâtre? Et puis j'aime le théâtre… Non. Nous avons deux morts violentes à expliquer et, je crois bien, une organisation dérangeante à réduire au silence.

— Vous allez museler le CRI?

— Vous croyez que mes patrons me laisseront le choix?… Remarquez, avec les décès de Granteuil et Tarbin, la muselière s'est attachée d'elle-même. Vous ne trouvez pas? Deux membres sur combien? Six ou sept? C'est énorme. Et ils avaient quand même du poids, tous les deux, non?

Le jeunot se calme tranquillement. Marmet, qui donne l'impression de penser à haute voix, devient peu à peu plus sympathique à ses yeux. Mais il ne répond pas.

— C'étaient eux les leaders, non?

Resilence.

— Vous allez tenter de prendre leur place, maintenant, de prendre le contrôle du groupe?

Reresilence.

— Et l'argent versé par les Polonais… Il y a un compte en banque? Vous y avez accès? Ou bien la somme est cachée dans un endroit qui vous demeure inconnu? Et si on parlait du vol en lui-même. Vous étiez au musée le matin de la fête du Travail?

Le jeune homme se referme comme une huître menacée par un pêcheur de perles. Marmet ne s'en formalise pas. Les questions lui viennent à l'esprit de manière un peu anarchique et il laisse aller, volontairement, sous le regard admiratif de Groleau. «Attendrir la viande…»

— Je vois que vous n'êtes pas encore prêt à coopérer. Prenez votre temps pour réfléchir. Vous connaissez maintenant certaines des questions qui nous intéressent…

— Ne sommes-nous pas ici pour parler de la mort d'Edmond et de Paul?

— Vous avez raison… Je m'excuse… Serez-vous plus bavard à leur sujet?

Des traits de douleur apparaissent spontanément sur le visage du jeune homme. Une douleur sincère, qui remplace le masque d'assurance qu'il porte depuis le début de l'interrogatoire et lui délie la langue. À l'instar des autres, ceux du cercle d'amis, les proches, il est dépassé par la tragédie survenue à ses deux collègues. Il s'exprime lentement, fixant toujours le cendrier devant lui, le visage frôlé par les volutes de fumée des cigarettes qui jaunissent ses doigts.

— Écoutez… Leur mort est tellement inattendue… Ça fait trois jours qu'on se creuse les méninges. Qu'on cherche…

— Qui, «on»?

— Les membres de la troupe… C'est tellement absurde.

Il lève un visage défait vers Marmet.

— Vous devez savoir mieux que nous, monsieur l'inspecteur, ce qui leur est arrivé? C'est votre travail. Expliquez-nous. Qu'est-ce qui s'est passé?

— Vous le saurez quand nous le saurons, monsieur Larimont, répond Marmet en soupirant… D'après vous, pourquoi quelqu'un aurait voulu empoisonner vos collègues?

Il n'en a aucune idée. Granteuil avait ce qu'il faut pour susciter l'envie, la jalousie, mais de là à vouloir sa mort… Quant à Tarbin, on ne lui connaissait aucun ennemi. Malgré ses sautes d'humeur, tout le monde l'appréciait au théâtre et il était généralement très réservé. Qui aurait pu vouloir sa disparition?

— Avez-vous pensé, poursuit l'inspecteur, soucieux qu'il va jouer sa première carte d'atout, que l'empoisonnement aurait pu viser non pas un comédien plus un régisseur mais deux membres importants du CRI? Qu'il pourrait s'agir d'assassinats politiques?

Marmet ne sait pas comment interpréter le sourire de Larimont.

— Assassinats politiques? Malgré le respect que j'ai pour sa mémoire, Granteuil n'était pas Trotski, quand même… Qui aurait pu vouloir éliminer deux membres d'un groupe à peu près inconnu d'intellectuels contestataires? Et pourquoi?

— Je vous pose la question… Avec le coup des trésors polonais le groupe a atteint une tout autre stature… Des gens que ça dérange auraient pu vouloir se venger. Vous n'avez rien remarqué dans le comportement de vos amis, ces dernières semaines, qui mériterait notre intérêt? Des menaces qu'ils auraient reçues. Un commentaire de leur part… Ils ne vous ont rien dit ?

— Non. Franchement, non…

Marmet fait bifurquer l'interrogatoire vers un autre scénario qui l'intéresse.

— Selon vous, il serait plausible que Granteuil et Tarbin se soient suicidés, ou alors que l'un des deux ait empoisonné l'autre avant d'attenter à ses jours ?

— Ce n'est qu'une intuition, mais je crois que oui…

Le jeune homme se réfugie dans le mutisme. Marmet n'interrompt pas ce silence. Il sent que Larimont va ajouter quelque chose.

— Vous savez… vous savez qu'ils formaient un couple ?

— Granteuil et Tarbin ? Oui, nous le savons. D'après vous, il y a là un motif suffisant pour vouloir mourir ?

— Ce n'est pas facile d'être homosexuel. Et je ne suis pas certain que leur couple se portait très bien.

— Vous avez été témoin d'incidents, de conversations qui étayent vos propos ?

Larimont explique alors aux policiers ce qu'il sait des problèmes amoureux que vivait le couple homosexuel. Ses propos, un peu confus, ne reposent pas sur des éléments très solides. Les policiers déduisent que Granteuil faisait preuve d'une certaine ambivalence sexuelle. Larimont prétend en effet à mots couverts, enrobant son discours d'une fausse pudeur dont les enquêteurs se seraient bien passés, que le comédien décédé ne pouvait s'empêcher de reluquer les femmes et même, à l'occasion, de traverser la clôture.

— Il couchait avec des femmes ?

— Je n'en ai pas la preuve mais c'est une rumeur qui circulait régulièrement. Beaucoup de femmes craquaient devant son charme, étaient attirées par son charisme. C'était une vedette. Il succombait à l'occasion.

— Vous en êtes sûr ?

— Non, mais que ce soit vrai ou non je sais au moins une chose : ces rumeurs déclenchaient chez Paul une assez forte jalousie.

Larimont a été témoin de scènes assez tendues entre les deux amants, qu'il relate à la demande de l'inspecteur.

— Vous croyez que, sur la base de cette jalousie, Tarbin aurait pu vouloir la mort de Granteuil ? Ou encore que Granteuil aurait pu vouloir se débarasser d'un amant devenu encombrant ? Pensez-y bien avant de répondre. La question est très sérieuse. Nous cherchons le mobile d'un meurtre.

Le jeune homme n'hésite pas longtemps.

— Non… Je ne crois pas… Je demeure incapable d'imaginer ça. Pour les avoir côtoyés quand même très régulièrement depuis l'an dernier, au théâtre et au sein du CRI, je ne vois pas comment l'un ou l'autre aurait pu en arriver à une telle extrémité.

— De là l'hypothèse du pacte mutuel de suicide…

— Peut-être… Peut-être…

— Les avez-vous déjà entendus parler de poison ?

Dépassé par son incapacité à comprendre, Larimont se réfugie dans les larmes. Marmet et Groleau laissent le comédien seul avec ses hypothèses, son désarroi et ses petits secrets. Car s'il n'a pas nécessairement menti, les policiers voient bien qu'il est habile dans l'art de tourner autour du pot.

Après avoir attendri la viande, il est préférable de la laisser mariner un moment. Les larmes cumulent les propriétés d'une marinade efficace.

Par le miroir sans tain, les policiers découvrent Hermine Hérésie, affaissée sur sa chaise, comme une chandelle qui aurait coulé, fragile, à la limite du désespoir. La vitesse à laquelle la jeune femme se ressaisit surprend les deux hommes car quand ils entrent elle a retrouvé sa prestance. Exit la fatigue et la tristesse, elle les fixe d'un air décidé. Une métamorphose étonnante… Au contraire de son camarade, elle répond avec franchise aux questions des policiers. Cela dit, le début de sa déposition ajoute peu à ce qu'ils savent déjà. Elle connaît du CRI ce que Granteuil et Larimont ont bien voulu lui en dire ces dernières semaines. Avec Granteuil, ses échanges ont été surtout d'ordre philosophique. Ils parlaient des fondements du mouvement, de sa pertinence, de sa nécessité sociale et politique pour faire avancer le Québec. Il avait rarement été question des actions réalisées ou à venir. Avec Larimont, la jeune femme explique que les choses étaient différentes. « Jacques utilise le CRI pour se valoriser à mes yeux, explique-t-elle. Depuis le début des répétitions pour la nouvelle saison, il me fait une cour empressée. Mais je ne succombe pas à ses avances, du moins pas autant qu'il voudrait. Son adhésion au mouvement lui sert… comment dire… à brosser un portrait plus favorable de sa personne… Il sait que je suis sympathique aux actions du CRI… Il voudrait que je transfère une partie de cette sympathie sur sa personne. »

— Vous êtes sympathique aux actions du CRI… Que voulez-vous dire ?

La comédienne ne répond pas vraiment. Elle sympathise avec eux, mais ne s'est pas engagée. Elle admire ceux qui empruntent une telle voie. Ce n'est pas tant la cause qui compte que l'engagement même. Elle ajoute que les opinions de Granteuil, qu'elle n'approuvaient pas toujours, bien au contraire, démontraient une vision très personnelle et originale. Sa volonté de s'opposer au gouvernement et aux bien-pensants était pour elle un réel objet de fascination.

Marmet résume : « Si je comprends bien, ce n'est pas tant la cause qui vous impressionne que l'homme… Que l'engagement dont faisait preuve Granteuil… » La jeune femme acquiesce.

— Que savez-vous des trésors polonais ? demande Marmet sans crier gare.

— Les quoi ?… Les trésors polonais ?… Parlez-vous des œuvres d'art conservées au Musée provincial par le gouvernement ?

— Oui.

— Pas grand-chose… sinon que la Pologne voudrait récupérer son bien mais que Duplessis refuse… Les journaux en parlent à l'occasion…

— Vous croyez que Duplessis a raison ?

— Pour être franche, je trouve son attitude plutôt ridicule. De quel droit peut-il empêcher cette collection de rentrer chez elle ? Ça n'a pas d'allure… Son obsession anti-communiste tient de l'enfantillage… Pourquoi me parlez-vous de ces trésors ?

— Pensez-vous que le CRI aurait pu être tenté de commettre un coup d'éclat afin de remettre les trésors au gouvernement de Pologne ?

— Récupérer les trésors pour la Pologne ? C'est ce que vous voulez dire ? J'en ai jamais entendu parler…

— Nous avons trouvé une allusion dans un cahier de notes déniché chez Granteuil.

La surprise qu'affiche la comédienne n'est pas feinte. Marmet conclut qu'elle ne sait pas. Elle reprend le fil de sa déposition sans qu'il lui demande. « Hormis ce dont nous avons déjà parlé, je sais peu de choses sur le mouvement. J'en sais un peu plus sur les personnes… » Ici, elle hésite. Atteint-elle une zone plus sensible ? « Je vous ai dit que Jacques est amoureux de moi… Je crois aussi qu'il était jaloux d'Edmond.»

— Jaloux parce que Granteuil était le chef du CRI ?

— Peut-être, mais il y a autre chose… Jacques était aussi jaloux d'Edmond à cause de moi…

Marmet touche le bois de la table dans l'espoir que la comédienne fasse une révélation significative. Aussi superstitieux que son supérieur, Groleau se croise les doigts d'une main tout en continuant à prendre des notes de l'autre.

— Dans les jours précédant la mort d'Edmond et de Paul, Jacques m'a révélé que lui et Cocteau allaient préparer une action d'envergure. Qu'avec cette action, qui serait spectaculaire, publique, le CRI serait à l'avant-scène, deviendrait incontournable. Il ne m'en a pas dit plus… Je n'ai pas insisté, d'ailleurs. J'aime mieux ne pas trop savoir… Je suis sympathique à leurs idées, mais moins à leurs méthodes… Leur groupe est isolé. Ils n'ont pas vraiment d'impact… Où s'en vont-ils avec ça, le CRI ?… Mardi, dans l'après-midi, Jacques et moi nous sommes rencontrés. Il était particulièrement fébrile, nerveux. J'ai mis ça sur le dos de la première. Il m'a annoncé que le grand jour s'en venait, que j'aurais l'occasion d'être fière de lui… Qu'il montrerait à Edmond et Paul de quel bois il était capable de se chauffer… Mais notre rencontre s'est mal terminée. J'ai… J'ai freiné ses ardeurs amoureuses car bien que j'apprécie sa présence, ce n'est pas lui que j'aime…

Hermine Hérésie a perdu de sa superbe. En témoigne l'ongle qu'elle ronge sans égard pour ses interlocuteurs. Marmet va intervenir quand elle reprend la parole.

— Pour tout vous dire c'était Edmond… J'étais amoureuse d'Edmond… Quand j'ai révélé mes sentiments à Jacques j'ai senti une nette poussée de jalousie. Tout à coup, il avait deux raisons d'en vouloir à Edmond. Il s'est braqué. Le rendez-vous s'est mal terminé… Il est venu me voir pendant le cocktail des directeurs. Il voulait comprendre… Mais vous le savez comme moi, ce n'est pas facile de comprendre quand on est troublé émotivement. Ce n'est pas facile de comprendre quand on est jaloux…

Marmet laisse porter le silence un moment avant de reprendre la parole.

— Que savez-vous des parents d'Edmond?

— Ses parents? rétorque-t-elle, surprise. Rien… Il ne parlait jamais de ses parents. Un oncle, oui. Il était proche d'un de ses oncles, où il est allé d'ailleurs au mois d'août, à Kamouraska. Mais jamais je ne l'ai entendu parler de son père ni de sa mère.

— Vous affirmez que Larimont avait deux motifs d'en vouloir à Granteuil. Qu'il était jaloux de lui à titre de chef du CRI et par rapport aux sentiments que vous éprouviez… Il aurait été jaloux au point de désirer sa mort? Au point d'orchestrer l'empoisonnement?

— Je n'ose pas y croire… C'est invraisemblable, mais je n'arrête pas d'y penser…

— Et pourquoi faire aussi disparaître Tarbin? Vous avez une idée là-dessus?

— Non… Là, honnêtement, je ne sais plus…

Marmet invite la jeune femme à préciser la nature des sentiments qu'elle éprouvait pour Granteuil. Connaissait-elle son homosexualité? «Oui.» Et elle l'aimait quand même? «Oui.» Avait-elle tenté de le séduire? «Plusieurs fois depuis deux ans.» Avait-elle réussi? La machine à réponse casse à ce moment précis. La blessure est trop vive. À force de gratter la plaie, la comédienne se réfugie à son tour dans les sanglots. Marmet respecte d'ailleurs cette réaction, qui lui semble plutôt saine. En fait, il est surpris de la réserve affichée jusqu'alors par la jeune dame, surtout considérant ce qu'il vient d'apprendre. Granteuil n'était pas seulement un collègue, mais l'objet du désir d'Hermine Hérésie. Son attitude, son contrôle, montrent qu'elle fait preuve d'une force de caractère assez incroyable. Ou qu'elle est une menteuse de première catégorie.

— Reposez-vous un moment, madame Hérésie. Nous allons revenir. Voulez-vous un café? Une boisson?

Incapable d'articuler un mot, elle fait non de la main. Marmet voit bien qu'elle lutte afin de retenir ses larmes. Il voit bien, aussi, qu'elle ne réussit qu'à demi. Quand Groleau et lui sortent, libérée de la présence des autres, seule avec sa douleur, elle s'effondre à nouveau sur elle-même, accoudée sur la table, et pleure en hoquetant. Avec la mort de Granteuil, son théâtre vient de basculer dans le cauchemar.

— Quelle est la nature de vos sentiments pour madame Hérésie?

— Que vous a-t-elle dit?

— Oubliez ce qu'elle a dit.

Le ton employé par Marmet n'a plus rien à voir avec le patinage de fantaisie, il est l'heure pour Larimont de passer aux choses sérieuses. Le comédien ne s'en est pas tout à fait encore rendu compte.

— Mes sentiments pour Hermine?… Je l'aime bien…

Le jeune homme tombe presque en bas de sa chaise quand le plat de la main de Marmet frappe la table. Il comprend que leur conversation a pris un tournant. Hermine a dû s'ouvrir la trappe, se fait-il la réflexion.

— Je l'aime… Je l'aime passionnément…

— Et Granteuil… Quels étaient vos sentiments pour Granteuil? Vous l'aimiez aussi passionnément?

Le regard de l'inspecteur a la même texture que sa voix : du marbre noir et froid doublé d'une pointe de carbone qui, au fil des années, a percé bien des carapaces. Groleau est impressionné chaque fois. Le coup de la main sur la table, suivi de ce regard, a suffi pour chasser le brouillard de plusieurs cerveaux confus. Après la première phase de l'interrogatoire, plus empathique, suivi de la marinade, le changement de style est d'une efficacité redoutable.

— Non… Je l'aimais moins. Du respect, oui… Mais sûrement pas de l'amour.

— Avec quelques onces de jalousie, peut-être ?

— De la jalousie… répète le comédien sur le ton de la méditation. Peut-être, dans le fond. Pourquoi pas. Cet homme avait tout : talent, gloire, idées, pouvoir. Il aurait eu toutes les femmes s'il avait tâté de ce pain-là. Et quoi encore ? Comment ne pas être envieux ?… Quand j'ai découvert que la femme que j'aime n'en avait que pour lui, oui, j'ai eu une réaction de jalousie…

— Pourquoi n'avez-vous pas parlé à madame Hérésie du vol des trésors polonais ?

— Parce que… Parce que le groupe n'a pas encore décidé quand ni comment nous l'annoncerons… Pour réduire le plus possible le risque d'une fuite.

— Vous avouez donc savoir que ce vol a été réalisé… Vous y avez participé ?

Le comédien regarde Marmet, puis Groleau, sachant qu'il vient de se faire avoir. « Je conduisais le camion. »

— Sur quel coup êtes-vous, avec Cocteau ? poursuit Marmet sans laisser à sa proie le temps de souffler.

Dans l'air enfumé, Larimont tente de faire la part des choses entre ce qu'Hermine a pu révéler et le bluff des policiers.

Il aurait bien aimé entendre la conversation tenue dans la pièce voisine.

— Elle vous a dit quoi, Hermine ?

Le ton de cette simple question, où pointe le doute, ouvre une brèche dans l'assurance du comédien. Hermine l'a trahi ? Bien que Larimont fasse un grand effort pour que ça ne paraisse pas, Marmet perçoit le trouble qui mine sa pensée.

— Laissez faire ce qu'a pu dire Hermine. Elle se pose des questions sur votre comportement mais, si ça peut vous rassurer, elle ne vous a accusé de rien. De toute façon, ce qu'elle a pu dire ne compte pas. Ici vous êtes seul avec votre conscience. Les autres ne sont d'aucune aide. Tout ce qui compte, c'est la vérité…

Larimont fixe à nouveau Marmet et Groleau. Ce dernier opine du chef, confirmant la véracité des propos de son supérieur. Le regard de Larimont aussi est dur. Du moins en surface. Et Groleau se fait la réflexion suivante : « La situation va bientôt se retourner contre lui. »

— Je l'ai dit, je vous le répète : je n'ai rien à voir avec la mort d'Edmond et Paul.

Marmet ne croit pas qu'il ait pu perpétrer ces deux meurtres. Il répète sa question : « Qu'est-ce que vous planifiez de faire, avec Cocteau ? »

— Pourquoi je vous le dirais ?

— Parce que le CRI est mort et enterré. Parce que si un geste d'éclat visant la classe politique était perpétré, dans les mois ou les années qui viennent, où que ce soit dans la province, vous serez aux premières loges sur la liste des suspects. Parce que, même si par moment je suis sympathique à vos idées, j'ai le devoir de protéger la population et la société contre les agissements inconsidérés de groupuscules utopistes.

— Si le CRI est mort et enterré, comme vous dites, quel intérêt que je vous dévoile nos projets ?

— Je sais que vous vouliez publier un manifeste. Les autres projets m'intéressent aussi. Tout peut être utile dans une enquête. Si vous ne répondez pas à la question, je ferme le théâtre…

— Salaud…

— Soyez raisonnable, Larimont. Vous avez deux prises contre vous, n'attendez pas que je lance la troisième.

— Deux prises… Vous vous prenez pour Cy Young ?

— Un, vous faites partie du CRI. D'après l'aveu que vous venez de faire et le témoignage de Fauvert, confirmé par plusieurs indices, vous avez participé au vol du trésor polonais au Musée provincial. Juste pour ça je pourrais vous foutre en taule pour des années. Duplessis en personne pourrait décider de vous pendre en public… Deux, vous êtes jaloux de Granteuil, ce qui pourrait devenir un mobile suffisant pour remplir la taule en question de merde jusqu'à remplir vos petites narines… Vous ne pouvez pas savoir comment la jalousie est un motif populaire d'actes criminels… Les journaux et la population adorent. Et je peux vous garantir que cela n'a rien à voir avec le théâtre… À vous de choisir la suite.

Larimont va céder. Cela se voit dans les mouvements incessants qui l'agitent sur sa chaise, ceux d'une marionnette au bout de ficelles. Cela s'entend dans le débit de sa respiration, dans le bruit de ses ongles entrechoqués à répétition ; se devine dans le fait qu'il ne fume plus. Son cerveau est trop occupé pour donner l'ordre d'en allumer une… Marmet ne croit pas Larimont capable d'empoisonner Granteuil et Tarbin. Et il ne souhaite pas l'accuser formellement d'appartenir au CRI. Essentiellement, il veut lui faire peur. Assez pour qu'il parle le plus possible et pour qu'il perde toute envie, après la mort des deux leaders, de lancer le groupe dans des actions radicales, qui pourraient être suicidaires. Il a aussi besoin de savoir, afin de protéger adéquatement la classe politique. Dans son for intérieur, plusieurs membres du gouvernement ne méritent pas qu'on les protège. Mais il est loyal à sa profession et c'est son métier de protéger les autres.

— Monsieur Larimont… Combien de temps allez-vous tenir si je vous enferme?

Silence. Les policiers entendent leur proie avaler de travers.

— Ça va… Ça va…

Le comédien lève une main pour faire taire l'inspecteur.

— Cocteau et moi, on voulait kidnapper Bégin, le ministre de la Justice.

— Vous l'auriez relâché en échange de quoi?

— Abolition de la loi du cadenas, reconnaissance formelle du droit d'association des groupes politiques et sociaux, fin de l'index…

— Kidnapper un ministre… Vous avez de l'ambition. Vous pensez que vos collègues auraient approuvé?

— Nous aurions agi sans leur permission. Et revendiqué publiquement l'enlèvement au nom du CRI. Edmond, Paul et les autres n'auraient pas eu le choix de suivre.

— Vous vouliez passer à l'action quand?

— En octobre.

— Et vous pensez sérieusement que le gouvernement aurait obtempéré à vos exigences?

— Oui. Bégin est un rouage essentiel de la machine unioniste. Duplessis a besoin de lui. Surtout ici, à Québec. C'est un des ministres les plus influents au cabinet et dans la région. Il contrôle les activités de corruption qui aident à financer le parti.

— Et si le gouvernement avait refusé d'obtempérer à vos demandes?

— Nous avions plusieurs idées pour les amener à céder…

Marmet doit reconnaître que Bégin est une grosse pointure. Il le sait d'autant qu'il s'agit du ministre responsable de la police. Un émule du premier ministre qui attend son heure. Prendre un ministre en otage… Les rebelles sont plus décidés que Marmet ne l'a cru. Si l'idée est défendable, les chances que leurs revendications soient acceptées sont quand même infinitésimales. Ils se seraient cachés où? Comment auraient-ils communiqué leurs revendications? Combien de temps auraient-ils pu tenir? Était-il pensable qu'ils puissent vraiment déstabiliser le gouvernement? Les questions affluent, mais Marmet n'a pas l'intention de mener cet interrogatoire plus loin.

De retour au bureau, l'inspecteur et son adjoint font le point sur les interrogatoires de la journée en sirotant un café. Plus tôt, Groleau et un collègue ont recueilli la déposition de Jeannette Mance, l'habilleuse, puis celles des techniciens qui étaient sur scène le soir du drame. Tous sont évidemment sous le choc et flottent dans un état d'hébétude peu propice aux grandes révélations, si bien que les policiers apprennent peu de choses de ces témoins. Idem pour Lalande, le gardien du théâtre, qui a révélé ses petits secrets lors de la visite de la veille.

L'habilleuse était très proche des deux morts. «Une amie intime», a-t-elle précisé. Groleau l'a informée que le poison a été introduit dans les sachets de thé de ses amis et l'a questionnée sur leur provenance. Elle a expliqué le plus simplement du monde, sans exprimer ni doute ni remords, où et quand elle a acheté la boîte la veille de la première. Quand Groleau a demandé comment le poison a pu se retrouver dans les sachets, elle a répondu l'ignorer.

— La dame semble d'une sincérité à toute épreuve. À prime abord, je n'aurais pas tendance à la considérer comme suspecte. Peut-être plus tard, si l'enquête n'avance pas.

— Et Cocteau? demande Marmet à son adjoint, l'air d'émerger d'un songe.

Les policiers partis à la recherche du professeur sont revenus bredouilles. L'associé de Larimont dans un projet du CRI étouffé dans l'œuf a quitté la ville. Il a avisé ses voisins le lendemain du drame, le mercredi, qu'il partait faire des recherches à l'Université de Montréal. Il ne s'y est jamais pointé. Face à la tornade, il a vraisemblablement opté pour la fuite. Les recherches se poursuivent. Il réapparaîtra bien un jour.

Réfléchissant aux interrogatoires qu'ils viennent de terminer, l'inspecteur et son adjoint ont tendance à croire les comédiens, ne serait-ce que par les recoupements de leurs dépositions. Ils ont dit la vérité, ou presque… Hérésie et Larimont ont sûrement caché ou déformé certaines informations. La comédienne est plus directe mais semble plus ratoureuse. Avec un tel pseudonyme… En outre, ils ne croient pas qu'elle ait tout raconté sur son histoire avec Granteuil. Larimont est trop émotif pour bien mentir. Second facteur: aucun des deux n'offre un profil criminel. «Même Larimont?» questionne Groleau, ce à quoi son supérieur répond qu'il ne faut pas commettre l'erreur de confondre activisme politique et crime de droit commun. Marmet n'imagine pas Larimont assez déterminé dans ses sentiments pour Hermine Hérésie, ni assez impliqué dans le CRI, pour empoisonner de cette manière deux concurrents. Marmet affirme même sans hésiter que l'enlèvement de Bégin n'aurait eu selon lui aucune chance de se réaliser même si Granteuil et Tarbin étaient toujours vivants. Il ne connaît pas Cocteau, mais il est convaincu que Larimont se serait dégonflé. «Il n'a la trempe ni d'un assassin ni d'un terroriste… Il a peur.»

Pendant que Groleau dactylographie les dépositions d'Hérésie et de Larimont, Marmet s'enferme dans son bureau. La situation se résume comme suit. Aucun des trois motifs : mort politique, double suicide, meurtre et suicide, n'emporte le morceau. Il lui manque une preuve, un élément solide de preuve. Au moins l'enquête sur le vol du trésor polonais avance. Par chance, peut-être, mais elle avance. Même qu'elle est à toutes fins utiles close. Et une troisième pensée se fait jour, d'abord par un faible écho dans son radar, après que le tiroir *Interdit d'oublier* s'est ouvert. En sort l'image du ministre de la justice, Jérôme Bégin, caïd de la capitale. Émerge aussi de son passé lointain une photographie qui, avec ce qu'il a appris les derniers jours, prend une signification nouvelle. Le cliché date de la fin des années 30. Marmet n'était pas encore policier. Il rêvait d'une révolution socialiste canadienne, d'un océan à l'autre, qui ne repose pas sur le précepte de nation. À l'époque, il pressentait le mur vers lequel se dirigeait sa révolution, qui venait de l'Ouest du pays, arrivait au Québec en passant par Toronto et Ottawa. Sauf que ce mouvement social ne prenait pas chez les Canadiens français, qui préféraient le nationalisme. C'était là le hic. Le fossé identitaire défini par le chanoine Groulx et Félix-Antoine Savard, pressenti par d'autres, nié maintenant par les tenants de Cité libre, avait fait en sorte que le groupe de Québec, dont il faisait partie, avait fini par abandonner. C'était à cause de la guerre, principalement à cause du mouvement contre la conscription, qui était une manifestation claire du grand besoin d'identité des francophones. Marmet avait adhéré aux théories de Woodsworth et Coldwell. Il avait mordu dedans. Et il sourit à l'idée qu'il se rappelle d'eux pour la seconde fois depuis quelques jours. Sur le plan social et politique, les socialistes de l'Ouest avaient raison. Pas les opposants à la conscription. Enfin… L'idée naissante d'une nation du Québec avait primé sur le socialisme.

Sur la photo, prise lors d'une partie de pêche, apparaissait une brochette de représentants du courant politique auquel il s'opposait farouchement. Un collègue l'avait exhibée lors d'une réunion, en dénonçant les pratiques de corruption et de népotisme ayant cours dans la première mouture de l'Union nationale. 1936-40. L'ex-militant s'en rappelle clairement. Jérôme Bégin et Adam Edouard Redmore, députés fiers et arrogants. Gaston Bouchard, paternel de Gontran, présent le soir de la première au Théâtre municipal. Et enfin, Jules Cloutier, directeur dudit théâtre. Caché derrière, comme s'il ne voulait pas qu'on le reconnaisse, tout jeune, le père Paul Rochon.

Marmet ne sait pas dans quel genre de merdier il vient de tomber, ni sur quoi il risque maintenant d'aboutir, mais il y a assurément un tas de choses à glaner sur le sujet. D'abord, retrouver la photo dans ses vieilles boîtes le soir même. Et demander à Groleau de s'intéresser à Bégin, Bouchard, Redmore et compagnie.

Une heure plus tard, Groleau a fait lire et signer leurs dépositions aux comédiens. Avant de les libérer, Marmet se poste dans le corridor de manière à les apercevoir. Parmi ses lectures des derniers jours, pour se familiariser avec le dossier, il a lu *Zone*, la pièce de Dubé. Le deuxième acte lui revient en mémoire. Le chef de police et ses assistants cuisinent la bande de contrebandiers, surtout Tarzan, jusqu'à ce qu'il avoue le meurtre du douanier. Marmet confond Hermine Hérésie et Jacques Larimont avec Ciboulette et Tarzan. Il ne peut s'empêcher d'avoir pitié. Ce ne sont pas des personnages de théâtre.

XXV
Matinée funèbre

Samedi 2 octobre

L'*Événement-Journal* titre à la une que le comédien vedette
et le régisseur du Théâtre municipal ont été empoisonnés. Des
journalistes de la section des faits divers et de la vie mondaine
publient deux textes mélangeant faits avérés et insinuations.
Marmet devine facilement que leurs informations proviennent
de proches des victimes, d'employés du théâtre et de contacts
bien entretenus au service des enquêtes et à la morgue. Le
réseau habituel… Le premier article traite des effets du poison
lui-même, l'alcaloïde du colchique. Quelques traits drama-
tiques embellissent l'extrait du rapport du médecin légiste.
Au-delà des circonstances comme telles, le journaliste met à
peine le pied sur le terrain glissant des mobiles. Qui a pu
commettre un tel crime ? Pourquoi ? La tâche délicate de
répondre à ces questions est laissée à la police. Sous forme de
question, sans risquer la moindre allusion aux relations intimes
entre les deux morts, le scribe aborde du bout des lèvres la
thèse du double suicide. Le second papier ajoute de nouveaux
paragraphes au concert de louanges généralisé dans les
journaux et à la radio depuis la mort du comédien vedette.

Une phrase évoque l'engagement politique du comédien, sans toutefois mentionner son appartenance à quelque groupe que ce soit. Pour finir, l'article invite la population à rendre un dernier hommage à Granteuil et à son collègue lors du service commun célébré le matin même à l'église Saint-Jean-Baptiste, proche du faubourg Saint-Louis, où habitait l'homme de théâtre depuis des années.

Jusqu'à la dernière minute, Marmet a hésité. La police n'est généralement pas bienvenue aux obsèques de victimes d'enquêtes en cours. Mais la tentation a été plus forte que sa réserve. Idem pour la logique : si les hommes de théâtre ont été assassinés par un proche, le meurtrier va probablement assister au service.

Le parvis de l'église est bondé de proches, de badauds et de notables attirés par la notoriété du comédien. À son arrivée, Marmet affronte le tir groupé des journalistes qui, pour la plupart, ont lu les mêmes articles que lui. L'annonce de l'empoisonnement, qui confirme le caractère criminel de l'affaire, ajoute de la chair vive au fait divers de la rentrée. S'agit-il de meurtres ? La police a-t-elle identifié des suspects ? Penche-t-on plutôt pour l'hypothèse de suicides, telle que soulevée dans le journal ? Si oui, pourquoi un comédien de la trempe de Granteuil a-t-il pu en venir à cette extrémité ? Les questions fusent en une succession rapide, véritable feu d'artifice. Cela est à l'avantage de Marmet, qui préfère répondre le moins possible. Il réussit sans trop de peine à préserver les données sensibles de son enquête. L'arrivée du duo de corbillards et des proches joue aussi en sa faveur en détournant l'attention des journalistes. Il se retrouve seul devant Bertold Fauvert, les mains dans les poches, qui a l'air dépité.

— Comment allez-vous ? demande Marmet.

— J'ai l'impression de faire cent-vingt de fièvre en permanence, d'être attaché dans une cage étouffante, de ressentir toute l'impuissance du monde… Le pire est de se résoudre à la résignation… Admettre que Edmond et Paul ne réapparaîtront jamais… C'est incroyablement difficile…

— Il y a toujours une raison. Nous ne savons pas encore laquelle, mais il y en a forcément une… Généralement, les suicides, comme les homicides, s'inscrivent dans une logique implacable… Elle peut être émotionnelle, ou irrationnelle, lorsque la folie entre en jeu, mais c'est rare qu'il n'y a pas une relation de cause à effet.

— C'est facile pour vous d'être logique… Pas pour nous.

— Je comprends, dit le policier avec empathie. Personne n'est à l'aise face à la mort. Surtout la mort violente de proches…

— La thèse de l'empoisonnement est confirmée? questionne Fauvert.

— Oui. Une forte dose, qui ne laissait aucune chance. En ingérant ce poison, vos deux amis n'avaient pas d'autre issue que la mort… C'est évident.

— Laquelle des pistes favorisez-vous: suicide ou assassinat?

— Notre enquête progresse… Désolé, mais je ne peux vous en dire plus.

— Ouais…

Bien qu'il soit attaché aux arts et spectacles de *L'Événement-Journal*, Fauvert ne couvre pas ce dossier. Comme il est de coutume chez les notables du temps, le chef de police Jobidon a informé le propriétaire du journal qu'un employé est considéré témoin dans l'affaire, même qu'il a été appréhendé le soir de la première. Pour éviter de faire des vagues, l'éditeur a fait muter le jeune critique de théâtre à la correction des épreuves.

— Honnêtement, je préfère ne pas couvrir le décès de Paul et Edmond. Je ne saurais pas quoi écrire. Avec ce que je sais, surtout sur le CRI, je n'aurais d'autre choix que mentir… C'est probablement une bonne chose que je sois détaché du sujet… D'un autre côté, je trouve ça dégueulasse d'avoir été muté sans respect pour mon opinion ni pour mon travail de journaliste. Quand le patron m'a signifié mon transfert, je m'apprêtais à aller voir l'éditeur pour demander moi-même de ne pas couvrir cette affaire. Ils auraient pu au moins me laisser l'actualité artistique… Voilà un exemple flagrant du pouvoir que s'arrogent les patrons au détriment des travailleurs. C'est inadmissible… Vivement le syndicalisme dans les journaux…

— C'est Jobidon, le chef du service de police, qui a appelé votre patron.

— Je sais.

— Je crois tout de même que c'était la meilleure chose à faire.

— Cela explique pourquoi je suis dans le CRI et vous dans la police…

Un silence inconfortable s'installe entre les deux hommes. Marmet regarde Fauvert. Il se retient de lui dire qu'il partage son opinion sur la nécessité d'implanter le syndicalisme à grande échelle dans la société québécoise. Ce n'est ni le lieu ni l'heure pour une telle conversation. Fauvert fixe le sol devant lui, perdu dans son souvenir des disparus. Hésitant, l'inspecteur pose finalement la question qui lui brûle les lèvres.

— Écoutez… Ce n'est pas le bon moment, mais… mais pouvez-vous me dire jusqu'à quel point les projets de Larimont et Cocteau, au sein du CRI, étaient appuyés par le reste du groupe?

Fauvert lève le regard vers son interlocuteur.

— Ils n'ont jamais présenté leur projet au groupe… On se méfiait, mais nous avions convenu d'attendre qu'ils nous le présentent avant de passer au vote…

— Larimont avait des motifs d'en vouloir à Granteuil et Tarbin?

— Vous ne pensez pas que Jacques aurait pu empoisonner Edmond et Paul? rétorque, surpris, le journaliste. Jamais… Jacques est trop mou. Il n'a pas la couenne assez dure pour agir de la sorte.

— Et Cocteau?

— Il est discret, difficile à cerner… Je ne sais pas… Il est encore jeune. Le même âge que Larimont. Tous deux sont les plus, comment dire? Les plus exaltés… Cocteau est impulsif, c'est sûr. Jusqu'à commettre un crime? Je ne crois pas… Larimont, Gauvreau et moi ne sommes que des rebelles de salon. Je les connais peu mais c'est mon opinion… Edmond et Paul étaient plus impliqués, plus engagés. C'étaient de vrais révolutionnaires… Cocteau est le seul qui, je crois, brûle de la même flamme. Mais sans Granteuil et Tarbin, jamais le coup des trésors n'aurait été pensable…

Malgré le soleil d'automne, qui inonde le parvis d'une lumière cristalline, l'ambiance est sombre et triste. Une bulle de silence traversée seulement de murmures en mode mineur isole l'endroit des bruits de circulation sur la rue Saint-Jean. Granteuil, élevé à l'orphelinat, n'a pas de famille connue. Ses proches sont les artistes du Théâtre municipal en plus de quelques amis. Vêtus de noir, une dizaine d'entre eux forment une ligne à droite de la porte centrale de l'église. Marmet y reconnaît Hermine Hérésie, Jeannette Mance, Courville et Jasmin. Sur la gauche, on trouve les quatre frères et sœurs de

Tarbin, venus ensemble de Portneuf avec leurs conjoints. Son père est mort ; sa mère, impotente, a été incapable de faire le trajet. Avant d'entrer pour assister au service, les amis, collègues, notables, journalistes et admirateurs offrent leurs condoléances de l'un ou de l'autre côté. Comme il y a foule, ce cérémonial dure un bon moment. Plusieurs admirateurs du comédien vedette passent rapidement, intimidés, limitant leurs témoignages de sympathie à un salut de la tête ou une brève poignée de main. Viennent ensuite les amis de la communauté artistique. Plusieurs comédiens, écrivains, peintres et musiciens de la capitale connaissent les deux disparus. Ils rivalisent de rhétorique ou d'étreintes pour exprimer leurs condoléances. Arrivent enfin les notables et politiciens, monsieur le maire en tête, qui a tenu à se déplacer. Il témoigne sa sympathie aux directeurs du théâtre. Son épouse salue plutôt Hermine Hérésie, dont elle est admiratrice. Suivent quelques mécènes du monde des arts, des bourgeoises de la Grande-Allée, plus quelques spécimens du monde politique.

Alors que les dernières personnes présentent leurs condoléances, juste avant que la haie d'honneur ne soit aspirée dans l'église, un homme âgé se dirige vers Hermine Hérésie et demande à lui parler en privé. Elle ne le connaît pas. Mince, grand et fier, il est d'une prestance étonnante malgré son âge – il a sûrement près de quatre-vingts ans. Sa chevelure blanche et clairsemée part dans tous les sens. Elle encadre deux yeux vifs surmontés de sourcils aussi fournis qu'une touffe de graminées sauvages. Son allure aristocratique cache cependant mal une tristesse profonde, sévère ; l'homme semble être la proie d'un grand drame intérieur.

— Excusez-moi, mademoiselle, débute-t-il avec un accent qui dénote une origine anglo-saxonne. D'abord, recevez mes plus sincères condoléances. Et j'apprécierais que vous les transmettiez aux collègues d'Edmond et de Paul.

— De la part de qui, s'il vous plaît ? demande Hermine.

— De la part d'un ami, d'un admirateur… Comme vous voulez… Il n'est pas utile que vous sachiez mon nom… Écoutez… Pour des raisons que je préfère ne pas dévoiler ce matin, je suis très touché par le drame survenu au théâtre. Je tenais simplement à vous le dire… Je vous écrirai bientôt… Vous comprendrez…

Hermine Hérésie fixe l'homme avec curiosité. Les yeux verts, le visage ovale, ses traits lui rappellent quelqu'un.

— Vous êtes le père d'Edmond.

— *Yes…* répond-il faiblement, sanglotant, avant de reprendre rapidement contenance. J'aimerais vous rencontrer la semaine prochaine.

— Si vous voulez… Mais pour le moment je dois entrer. Le service va commencer.

— *Yes… Yes…*

Hermine réussit à cacher qu'elle est aussi décontenancée que son interlocuteur. Elle hésite avant de se diriger vers la porte. Doit-elle le prendre par le bras, l'amener avec elle ? Elle décide finalement que non. Le trouble de l'homme est trop grand. Et elle ne sait pas comment les proches d'Edmond réagiraient à cette apparition. Jamais Edmond ne parlait de son père… Elle entre donc seule. Le père reste sur le parvis, indécis sur le parti à prendre, avant de pénétrer dans l'église pour s'asseoir au tout dernier rang.

XXVI
Dans les beaux quartiers

Dimanche 3 octobre

Marmet marche lentement en humant l'air de la haute ville. Les feuillus offrent un spectacle éblouissant. Des millions de taches rouges, jaunes et marron contrastent avec la pureté de l'azur. D'autant qu'avec la transparence de l'air et l'absence de vent, il a l'impression de distinguer chacune des feuilles. Il règne une ambiance tranquille, qu'enlumine le carillon des églises des environs. En route pour la messe ou de retour, les promeneurs, surtout des résidants du quartier, sont assortis à l'architecture cossue. Vestes, chapeaux et gants de qualité témoignent du niveau de vie des environs, au même titre que les spacieuses résidences de brique et de pierre ou les terrains paysagés à l'anglaise. Sur le chemin Sainte-Foy, les couvents ajoutent une touche de sérénité. Quand il tourne sur l'avenue des Braves, où habite Jobidon, Marmet ne peut faire autrement que remarquer l'écart entre deux mondes qui cohabitent à moins d'un mille d'intervalle. En montant la côte de la Pente douce puis la rue Belvédère, il a changé d'univers. Quelques enfants se roulent dans les feuilles déjà tombées sur les pelouses. Et même dans le comportement de cette jeunesse insouciante, le citoyen de Saint-Sauveur devine un vernis différent de son quartier d'origine.

Ce n'est pas la première visite de Marmet à la résidence de son supérieur. Depuis que Jobidon est chef, il a reçu à quelques reprises l'équipe d'inspecteurs. Et c'est la seconde fois que Marmet se rend chez lui tôt un dimanche pour travailler. Deux ans plus tôt, c'était pour obtenir l'assentiment de son patron avant de lancer un contingent de policiers aux trousses d'un homme d'affaires, connu et respecté, accusé d'avoir détourné quelques centaines de milliers de dollars avec la complicité de hauts fonctionnaires. Le procès de ces hommes défraie encore la chronique. Marmet a le pressentiment aujourd'hui que leur rencontre débouchera aussi sur une action spéciale. Groleau et lui ont passé la journée complète du samedi à éplucher certains éléments de leur enquête sur la mort de Granteuil et Tarbin. La situation se corse ; il doit en parler à son supérieur.

Une allée bordée d'hydrangées roses mène de l'avenue à la résidence. Pensant au petit immeuble de deux logements qu'il partage avec sa cousine, Marmet ne peut s'empêcher d'avoir une pincée d'envie. À la vue du domestique qui ouvre la porte massive, il repense au but de sa visite. Suivant l'homme jusqu'au bureau de Jobidon, il admire la classe de la décoration, la rigueur du style, toutes considérations qui marquent la richesse et le bon goût. La fortune ne vient pas tant de Jobidon que de sa femme, héritière d'un industriel du vêtement. Marmet ne voit pas madame ; sa griffe est néanmoins visible peu importe où va son regard.

— Marmet ! lance avec emphase son supérieur en se détournant de la bibliothèque.

La relation qu'entretiennent les deux policiers est empreinte de respect, quoiqu'un peu difficile. Cela s'explique par le passé et les idées politiques de Marmet, bien sûr, d'autant qu'il ne s'est jamais gêné pour exprimer haut et fort sa façon de penser. Ses éclats ne plaisent évidemment pas au pouvoir, dont Jobidon est un serviteur. Depuis que ce dernier est son supérieur, toutefois, Marmet se sent protégé par son chef. À quelques reprises, il a osé demander pourquoi. Jobidon a répondu évasivement, affirmant admirer sa compétence et sa loyauté. De plus, les idées que défend Marmet n'effraient pas autant le chef de police que les proches de Bégin et Duplessis. Moins idéologue que pragmatique, Jobidon n'a jamais confondu les communistes et les socialistes canadiens avec de dangereux bolcheviks. Si bien que les deux hommes font fi depuis des années de cette tache au dossier de Marmet dans leurs relations personnelles. À cette époque, on ne se tutoie toutefois pas, surtout entre représentants de classes sociales différentes.

— Monsieur…

— Prenez un cigare.

— Pourquoi pas? Merci.

— Assoyez-vous et racontez-moi. Vous en êtes où? Lorsque vous venez me voir à la maison le dimanche, ce n'est pas pour m'annoncer qu'une enquête est close…

Marmet prend le cigare, l'allume au briquet que tend son hôte et s'assied. Il sort son carnet de notes et une bonne pile de documents de sa mallette. Il passe ceux-ci à Jobidon et lui demande de les feuilleter pendant son exposé. Il s'agit du projet de manifeste de Granteuil, de revues, journaux de gauche et documents en polonais sur les trésors. Vingt minutes plus tard, les grands traits de l'affaire flottent à travers les volutes de fumée. Marmet a fait état de ses nouvelles connaissances sur le CRI. Il a abordé le lien que Groleau et lui font entre la disparition du trésor polonais puis la mort des hommes de théâtre. Gardant volontairement sous silence l'hypothèse qui mouille le gouvernement, il évoque la piste Larimont-Cocteau et celle du crime passionnel. Quand il a terminé, Jobidon le regarde un bon moment. Marmet a le sentiment de voir tourner le cerveau du chef à travers la boîte crânienne dégarnie. La réflexion est dubitative.

— Très bien, mon cher. Très bien… On a fait du chemin… Pas mal de chemin… Surtout sur le trésor polonais. Ça confirme la piste du groupe extrémiste. J'avais plutôt tendance à pencher pour les catholiques, moi, ceux exilés à Ottawa… Vous croyez sincèrement qu'ils ont tout remis aux Polonais?

— Oui. Larimont et Fauvert sont catégoriques.

— Bon… Si on lie les deux affaires, ça change la donne… Nous avons élucidé le vol du trésor, peut-être, mais il ne s'agit plus seulement de retrouver ceux qui l'ont volé. Il faut trouver le trésor lui-même… Et il faut encore expliquer les deux décès… En faisant converger les deux enquêtes, les cadavres deviennent plus encombrants…

— J'en conviens. Mais c'est trop évident que ces dossiers sont liés.

— Je veux bien. Et c'est ce qui m'inquiète. Pour le vol au musée, on pourra clore, j'imagine. Si les témoignages que vous avez entendus sont répétés en cour… Encore faudra-t-il que le premier ministre accepte un jour de piler sur son orgueil et de rendre le vol public… La situation demeure plus brumeuse pour les deux décès… Vous croyez que Larimont, le jeune comédien, aurait pu tuer ses deux collègues?

— Non… Je considère cette piste sur la seule foi des doutes émis par Hermine Hérésie. Honnêtement, je ne crois pas ce jeune homme capable d'une telle violence. Nous n'avons toutefois pas encore parlé à Cocteau, son complice au sein du CRI. Il a probablement quitté la ville… Granteuil et Tarbin étaient peut-être prêts pour les grandes ligues, mais pas Larimont. Même si lui et Cocteau avaient de grands projets.

— Que voulez-vous dire ?

— Larimont devait réaliser le prochain coup du mouvement… Avec Hyacinthe Cocteau, autre membre du CRI et professeur à l'Université Laval.

— À l'école du père Lévesque, je gagerais.

— Et vous gagneriez. Il enseigne en effet en sciences sociales… Nous ne savons cependant pas qu'est-ce qu'ils mijotaient. Fauvert prétend ne rien savoir et Larimont n'a pas vraiment répondu à la question lors de sa déposition.

— Bon… Voyons l'autre piste. Suicide et crime passionnel, c'est plausible ?

— Oui et non… En l'absence de mobiles conduisant vers le meurtre, on n'a pas vraiment le choix d'émettre cette hypothèse… Mais nos deux révolutionnaires n'ont pas laissé d'indices en ce sens. Ni un ni l'autre n'a écrit de lettre… Nous avons épluché les documents trouvés au théâtre, chez Granteuil ou chez Tarbin… Pas l'ombre d'un penchant pour le suicide. Même leurs collègues ne croient pas au suicide… Le dossier est bancal.

— Résultat : vous avez deux pistes mais zéro preuve. Larimont aurait un mobile ? Ou au contraire un alibi ?

— Pas d'alibi. Il était dans le théâtre comme tous les membres de la compagnie au moment de l'ingestion du poison et lors des deux décès. Un mobile ? La jalousie, peut-être, comme je vous ai dit.

— Que sait-on des circonstances des deux empoisonnements ?

— Le poison a été fait à base de colchique. Un alcaloïde très puissant. Une préparation européenne, probablement.

— Vérifiez bien, car certains colchiques poussent au Québec… Savez-vous le nom latin de la plante? demande Jobidon, ce qui surprend à demi Marmet, qui sait son interlocuteur versé dans l'horticulture.

Marmet consulte le rapport légiste.

— Attendez… Le colchique, *colchicum autumnale*, de la famille des liliacées. C'est de la même famille que le lilas. Ça se peut?

— Non, corrige le chef. Liliacée, ce sont les lys, les tulipes, des plantes à bulbes… L'ail, aussi, je crois. Le colchique ressemble au crocus, sauf qu'il fleurit à l'automne.

Penaud, Marmet replonge la tête dans le rapport.

— Une petite dose entraîne des irritations graves, des spasmes douloureux. Les viscères brûlent, littéralement, ce qui entraîne des désordres nerveux, des convulsions. Il y a normalement du délire, mais personne n'a remarqué un comportement semblable mardi soir. Ni dans un cas ni dans l'autre. À moins que le tout ait été intériorisé. La mort survient… «par paralysie vasomotrice et respiratoire». Ils sont tombés tous deux de ne plus pouvoir bouger ni respirer. Pendant ce temps c'était vraisemblablement un délire grandissant entre leurs deux oreilles, mais sans moyen de l'exprimer… D'après Gagnon, cette substance n'a pas d'antidote spécifique.

— Des traces de ce poison à Québec?

— Pas dans les annales judiciaires. Le poison a été mélangé au thé bu avec l'habilleuse une heure avant le début de la pièce. Comment? Par qui? Quand? Aucune idée. Jusqu'à preuve du contraire, nous estimons que l'habilleuse, Jeannette Mance, est au-dessus de tout soupçon. Même si elle a préparé et apporté le thé dans la loge de Granteuil. Elle n'a vraiment aucun motif. Le comédien est décédé pendant le deuxième acte. Vous en avez été témoin comme les autres spectateurs…

Tarbin a survécu une heure de plus. Le légiste ne sait pas comment le régisseur a pu résister si longtemps.

— Et l'habilleuse, pourquoi n'est-elle pas morte?

— Elle boit du café… Tous les sachets de la boîte de thé ont été modifiés. Cela implique que quelqu'un savait que ces deux hommes buvaient du thé. Et qu'ils étaient les seuls à boire du thé dans cette boîte… Le thé a été acheté la veille, lundi dernier, par madame Mance. Admettons que la boîte ait été remplacée par un tiers, la substitution a nécessairement eu lieu entre le moment de son arrivée au théâtre lundi après-midi, après avoir acheté le thé, et le moment de l'ingestion mardi une heure avant le lever du rideau. C'est entre ces deux moments que le poison a été introduit dans l'atelier de l'habilleuse, où elle range le thé depuis des années. Personne parmi celles et ceux qui étaient dans le théâtre la veille et le jour de la première, avant le service du thé à sept heures trente, n'a d'alibi fiable. Tous auraient pu remplacer les sachets ou la boîte.

— Vous soupçonnez les gens du théâtre, forcément.

— C'est difficile de faire autrement. Sauf que nous avons rencontré tous les employés, deux fois la direction, les comédiens de la troupe, l'équipe technique. Et personne dans le théâtre n'a la tête pour porter le chapeau. Il va finir par trouver preneur, ce foutu chapeau, mais je ne sais pas encore sur qui.

Ils tirent quelques bouffées de cigare. Marmet laisse Jobidon réfléchir. Ce genre de discussion passionne le chef de police, qui finit par aller dans le même sens que son inspecteur. «J'ai le même sentiment que vous… L'impression que ça ne marche pas. Ni l'un ni l'autre scénario.» Il regarde Marmet dans les yeux.

— Des fois on se trompe, je sais, mais en général l'intuition nous met sur la bonne piste… Je suis incapable pour le moment de vous suivre, sur aucune des pistes… Cherchez autre chose… Comment voulez-vous rencontrer un juge pour obtenir un mandat d'arrestation sur un tel dossier ?

— J'ai quelques éléments clés, en fait… Mais sur une autre piste…

— Cachottier, rétorque son chef en souriant… J'aurais dû gager que vous ne veniez pas me voir un dimanche matin pour me présenter un si faible dossier.

L'exposé dure moins de dix minutes, après quoi Jobidon reste coi. Il marmonne, en fait, fulmine à voix basse contre le ciel et l'enfer réunis, qui viennent de foutre en l'air ce magnifique dimanche d'automne. Lui qui prévoyait ramasser des feuilles avec ses petits-enfants.

Après avoir conduit Marmet à la porte, il revient d'un pas décidé à son bureau. Il place le téléphone devant lui et fixe l'appareil comme si c'était une incarnation de la vérité. Par des appels laconiques, il convie pour le lendemain cinq personnes. Si ses services ont raison, il faudra une cellule de crise particulièrement puissante. L'hypothèse échafaudée par Marmet n'est pas beaucoup plus solide que les deux autres. Sauf que les conséquences pourraient être dévastatrices. Son inspecteur vedette a le don de débusquer des affaires tordues. Contrairement aux autres scénarios, cependant, Jobidon sait exactement à qui demander des précisions.

XXVII
Les évangélistes

Lundi 4 octobre

La salle de réunion de l'archevêché sent l'arrogance des hommes de bonne volonté. Des tableaux d'épisodes de la vie des saints ornent les murs. Deux cierges et une bible historique reposent sur autant de piédestaux torsadés. Des tentures lourdes de brocart aux armoiries locales cachent les fenêtres, auxquelles s'ajoutent les boiseries fraîchement peintes aux couleurs du Vatican. Au centre de ces icônes de la foi trône une table de chêne entourée de chaises magnifiques. Tout y est pour créer une ambiance de qualité, y compris le parfum de l'argent requis pour se procurer de tels biens terrestres. Pour quiconque y pénètre, l'endroit a quelque chose de rassurant. Mais si ce même visiteur pouvait extraire des murs la quintessence des propos tenus là depuis des décennies, il aurait vite perçu que le vernis de la foi ne résiste pas toujours aux obligations du règne des apparences.

L'angélus de midi sonne à la radio quand Jobidon fait son entrée. Le chef de police reconnaît les deux principaux conseillers du ministre de la Justice, un représentant du premier ministre, le prélat Rochon, responsable des arts et de l'index

– celui-là même qui a visité le Théâtre municipal deux semaines plus tôt – plus un de ses collègues du diocèse, directeur du séminaire responsable des basses besognes de l'archevêché. Représentant du cardinal, le prélat entreprend d'animer la réunion, dont il précise d'entrée de jeu le caractère confidentiel. Pour garantir la discrétion, il demande que personne ne prenne de notes, invitant les convives à plutôt savourer le repas préparé par la cuisine de l'archevêché. Le vin provient du cellier particulier du cardinal, qui a insisté pour servir de bonnes bouteilles offertes l'année précédente par son collègue bordelais. Le prélat marmonne le bénédicité par automatisme.

Jobidon et Rochon se sont vus la veille, après que Marmet eut bousillé le dimanche de son chef. Considérant que Marmet ne dit jamais les choses à la légère, la pertinence d'une mise au point s'est imposée. Et si une personne connaît, sur terre comme au ciel, les liens que la politique a peut-être avec la mort des gens de théâtre, elle siège parmi les convives entourant le prélat et le chef de police. Le père Rochon attaque après une bouchée de saumon fumé.

— Quelqu'un peut me dire si une action a été entreprise pour nuire au Cercle Rebelle Intellectuel?

Un silence embarrassé s'installe. Embarrassé mais limpide comme l'air qu'ils respirent: quelqu'un sait.

— Mathieu? poursuit le prélat en regardant l'homme à sa gauche, conseiller du ministre de la Justice, qui ne pipe mot.

— Jean? demande-t-il au voisin et collègue du premier, qui fixe Rochon aussi en silence, attitude que répètent les deux suivants: Marc et Luc, respectivement du bureau du premier ministre et de l'archevêché. Dans la sphère rapprochée du pouvoir, ce quatuor porte le surnom cynique des *évangélistes*.

Quand la situation le commande, ils se transforment à merveille en chevaliers de l'Apocalypse.

— Cela n'a aucun sens, reprend le prélat… À vous voir, on croirait que vous savez tous sauf Charles et moi.

La nature du silence confirme l'intuition du prélat. Le chef de police constate les dégâts en même temps que lui.

— Parlez, quelqu'un, s'échauffe la soutane… Que s'est-il passé?

— OK… OK, commence Jean. La mort de Granteuil et Tarbin résulte d'une bavure… Une lamentable bavure. Un jeune employé du parti a été mandaté au printemps pour essayer d'infiltrer le CRI. Il devait jouer le rôle d'informateur et tenter de déstabiliser le mouvement. Au pire, intimider ses membres… Après quelques tentatives, il n'a pas réussi à infiltrer le groupe. N'arrivant pas aux résultats escomptés, il a cru qu'on le désavouerait. Sans nous en parler, il a décidé que l'intimidation ne suffisait pas.

— Ce n'est pas sérieux, siffle le policier, qui cache mal sa mauvaise humeur. Vous êtes en train de me dire qu'une bavure idiote s'est terminée par deux morts, un soir de première au Théâtre municipal, devant le gratin et les journalistes réunis au grand complet?

— Oui, reprend, piteux, le second conseiller du ministre de la Justice. Nous nageons dans la merde assez pour enterrer ces piédestaux, ajoute-t-il en toisant les trois objets décoratifs.

On croirait entendre voleter les anges du ciel. L'ingestion de telles nouvelles coupe net l'appétit de Jobidon. Ceux qui le connaissent se doutent bien qu'il risque d'exploser. «C'est pas sérieux… dites-moi… non… »

Mathieu tente de le calmer. Peine perdue. Le chef de police les asperge d'un sermon comme il en possède le secret. Vif et cinglant, chirurgical de logique froide, bref mais dévastateur.

Le prélat réussit à lui fermer le clapet en remplissant son verre et en le portant presque de force à la bouche du survolté.

— Fais attention à ton cœur, Charles. Ça suffit. Se fâcher ne donne rien, tu le sais… Voyons plutôt ce qu'on peut faire.

Jobidon prend une grande inspiration, s'adosse et expire bruyamment avant d'acquiescer. Le prélat reprend l'initiative.

— Trop d'ambition? demande-t-il au père Luc, son collègue de l'archevêché.

— Je dirais, oui… Un mélange d'ambition et d'incon-science. La volonté de jouer au héros. La certitude que sa stratégie donnerait de meilleurs résultats que la nôtre, que la vie de deux communistes, de surcroît des artistes homosexuels, ne vaut pas grand-chose… Que la fin justifie les moyens…

— On s'est fait avoir comme des enfants… Un jeunot désobéit aux ordres et empoisonne deux personnes dont une vedette de théâtre. C'est lamentable. J'espère que vous l'avez interné pour de bon à Saint-Michel-Archange.

— Attends… attends… Ce n'est pas aussi simple, reprend Mathieu. Notre homme a mis à exécution un plan qu'il pré-tend avoir exposé début septembre à une réunion tenue au ministère. Il avait commencé à surveiller le CRI. Il devait faire rapport s'il entendait quoi que ce soit sur des projets futurs, ce qui nous permettrait de les épingler. À cette réunion, il a émis quelques idées que nous n'avons pas retenues. Sauf qu'ensuite, il a cru qu'on avait accepté son plan d'attaque. Il s'est pris au jeu… Attention: ce n'est pas un imbécile, le p'tit torrieux… Il reconnaît qu'il est allé trop loin. Comme il veut sauver sa peau et sa carrière, il pourrait nous être utile…

Le prélat Rochon et Jobidon sont pour le moins dubitatifs. Un sérieux travail sera nécessaire pour les convaincre. Rochon aborde le second motif de leur rencontre.

— Savez-vous que, selon toute vraisemblance, des membres du CRI ont volé le trésor polonais ?

— Oui, répond Marc, l'homme du premier ministre.

— Pourquoi l'auraient-ils volé, d'après vous ? teste le prélat, à demi surpris par cette admission.

L'homme ne répond rien. Les conseillers du ministre de la Justice expriment par une moue déçue qu'ils ne savent pas. Idem pour l'éminence grise de l'archevêque.

— Charles, demande le prélat au chef de police, tu peux répéter pour nos amis ce que tu m'as expliqué hier ?

— D'après nos informations, il est probable que les caisses voguent en ce moment même vers la Pologne. Le vol aurait été effectué afin de remettre les trésors aux communistes en échange d'un appui moral, logistique et financier aux activités du groupe rebelle.

La réaction autour de la table est spectaculaire. Hauts cris, jurons… Comme si Staline ressuscitait de l'enfer pour chiper le bordeaux. Seul le conseiller du premier ministre reste calme.

— Vous ne saviez pas ? poursuit Jobidon. Ça m'étonne…

Le demi-sourire affiché par le chef de police n'a rien de comique. Il reprend à l'endroit du conseiller du PM.

— Vous ne vous êtes pas gênés pour enquêter en parallèle de mes services, carrément dans mon dos…

— Nous savons tout, admet enfin sèchement le représentant du PM. Dès que monsieur Duplessis a eu des indices sérieux que le CRI avait perpétré le vol, ça lui suffisait… Vous le connaissez. Nous avions cinq noms : Granteuil, Tarbin, Larimont, Gauvreau et Cocteau. Nous savions que Granteuil et Tarbin étaient au musée dans la nuit de la fête du Travail. C'est à peu près tout et, comme j'ai dit, ça suffisait. Le premier ministre a ordonné qu'on suive les deux bandits à la trace.

— Pourquoi avez-vous enquêté dans mon dos? Qui a mené votre enquête?

L'évangéliste poursuit: «Vous savez pertinemment que notre niveau de confiance envers vos services est excellent. Sauf pour Marmet, à cause de ses accointances avec le syndicalisme et la gauche… Je sais, c'est votre meilleur enquêteur. Nous ne reviendrons pas sur ce sujet… Mais le premier ministre a pris le vol des trésors de manière très personnelle. Quand il a su que Marmet était sur l'affaire, il a exigé qu'il y ait une seconde enquête. Duchesneau, de la Sûreté provinciale, s'en est occupé. Il suit ce dossier depuis le début. Vous vous rappelez? C'est lui qui a coordonné le transfert du trésor du monastère des Augustines au musée en 1946. C'est un des rares hommes à bénéficier de la confiance totale de Duplessis.

— La confiance règne, en effet…

L'homme du PM poursuit: «Duchesneau a fait rapport trois jours après le vol. Il savait qui et pourquoi… J'aurais dû vous appeler à ce moment-là.»

— Et nous aurions travaillé ensemble, complète le chef de police avec un énorme soupir. À la place, vous avez mis tout ce que vous pouviez de bâtons dans nos roues, afin que notre enquête piétine. C'est pitoyable.

— Peut-être… Le premier ministre préférait que les deux enquêtes évoluent en parallèle. La vôtre a nourri celle de Duchesneau à votre insu. Le fait est que nous avons découvert très rapidement qui a commis le vol. La méthode était peut-être un peu tirée par les cheveux mais nous avons solutionné le problème.

— Avec deux morts sur les bras, je doute fort de votre *solution*, comme vous dites…

— Au moins, nous avons récupéré le trésor.

Nouvelle flambée d'exclamations autour de la table, incluant cette fois le prélat et le chef de police. Le conseiller savoure son effet en anticipant les questions de ses collègues.

— Duchesneau a tout de suite flairé la piste de la Pologne communiste. Il est donc allé voir les aristocrates polonais en exil. Ensemble, ils ont rapidement localisé un entrepôt de la basse-ville loué par des prête-noms connus. Il faut dire que parmi les communistes polonais en poste au Canada, quelques informateurs loyaux à l'ancien gouvernement nous ont été très utiles. Nous avons appris en espionnant l'endroit que le CRI était mêlé à l'affaire et quand un camion est venu charger les caisses, à la mi-septembre, l'intercepter sur la route vers Montréal a été un jeu d'enfants. Les trésors ont réintégré la voûte du musée la semaine dernière.

— Dieu du ciel et de la terre ! lance le prélat pour meubler un silence qui s'éternise, après quoi il tourne la tête vers Jobidon.

Celui-ci se retient à deux mains après la table pour ne pas sauter à la gorge du conseiller. Son cœur bat la chamade, lui rappelant sa condition précaire. En quarante ans de carrière, les politiciens lui en ont fait baver régulièrement, mais jamais il n'a essuyé un tel affront.

— Vous savez, finit-il par dire d'une voix qu'il veut la plus neutre possible, avec des gens comme Duchesneau et vous, le Québec n'a plus besoin de police municipale. Le gouvernement pourrait économiser beaucoup.

— Monsieur Jobidon… J'admets que notre façon de faire a été, disons, peu orthodoxe. Mais j'ai bien peur que personne, dans les circonstances, n'ait été en mesure de contester la volonté d'agir de monsieur Duplessis… Vous comprendriez mieux si vous aviez été présent quand je lui ai annoncé que le trésor avait disparu du musée… N'oublions pas : c'est lui qui

a interdit de divulguer le vol. Ni le ministre, ni moi ni un autre
conseiller. Duplessis personnellement… Dès cet instant, je
crois qu'il savait que les caisses réintègreraient la voûte. Qu'il
réussirait à étouffer l'affaire. *Wishful thinking*, disent les
Américains. Et vous savez comment monsieur Duplessis
apprécie les Américains…

Nouvelle ronde de silence autour de la table, propice aux
échanges de regards, où l'on peut lire sans risque d'erreur la
même et unique question : comment faire maintenant pour se
sortir de ce merdier ?

Le prélat propose finalement une suite.

— Vous ne croyez pas qu'il serait temps d'entendre
Gontran Bouchard ?

— C'est qui, lui ? rétorque Jobidon avant que les traits de
son visage ne s'illuminent. Notre jeune mégalomane ?

— Oui.

— Il attend à côté depuis dix heures ce matin. Je lui ai
suggéré fortement de prier pour son pardon.

La tension monte d'un cran.

— Je vais lui en faire, moi, du pardon…

Après une entrée en matière dominée par les questions
insidieuses et les invectives larvées du chef de police – l'effet
est libérateur et il a le sentiment de remettre à leur place le
jeune homme plus ses employeurs –, Jobidon doit reconnaître
au moins deux choses : Gontran Bouchard a de la suite dans
les idées et il est franc. Ce dernier reconnaît sans regimber sa
responsabilité directe dans l'empoisonnement de Granteuil et
Tarbin. Toujours en réponse à l'interrogatoire de Jobidon,
Bouchard explique comment il a procédé pour suivre les
membres du CRI et glaner des informations sur le groupe et
sur les habitudes des victimes, jusqu'à savoir qu'ils buvaient

du thé avant chaque représentation. Il décrit ensuite quel subterfuge il a mis au point pour s'introduire dans le théâtre, le matin de la première, afin de glisser incognito le poison dans la boîte de thé achetée la veille par l'habilleuse. Surtout, fier de lui, il affirme être convaincu de n'avoir éveillé les soupçons de personne. Dans la foulée, par quelques commentaires et explications, il cherche à atténuer, aux yeux des autres, son entière culpabilité dans l'affaire. Avec les années, s'il contrôle mieux ses actes, le jeune homme deviendra un politicien machiavélique de haut niveau. Après le sermon, le prélat et ses hôtes cherchent maintenant à faire l'unanimité autour d'une version satisfaisante de l'affaire. Ils s'entendent d'emblée sur la prémisse de base : éviter que la vérité aboutisse sur la place publique pour, du même coup, désamorcer une crise politique aux conséquences insoupçonnables. À cet égard, s'en tenir à la vérité devient, *de facto*, le seul scénario à proscrire. Deux ou trois pistes sont ensuite envisagées, dont une se démarque : taire à jamais le vol du trésor polonais et maquiller le double décès en crime passionnel suivi d'un suicide. Compte tenu des informations connues de la police, que Jobidon a exposées en long et en large, cette voie semble de loin la moins incriminante pour le pouvoir.

Affichant un air contrit savamment construit pendant son attente, Gontran Bouchard se repaît en silence. Qu'il soit coupable de deux meurtres ne va pas l'empêcher de dormir. Il croit fermement que la mort de Tarbin et Granteuil était la meilleure solution pour museler le CRI. Ce qu'il entend autour de la table conforte d'ailleurs son opinion. Par ailleurs, excluant la question du trésor, la solution envisagée est précisément celle qu'il a proposée début septembre. Utiliser la carte de leur homosexualité afin d'éliminer les principaux leaders du CRI lui a toujours semblé une arme très efficace. Pour quel motif les politiques avaient-ils oublié sa proposition ? Était-ce volontaire, involontaire ? La réponse importe peu, maintenant. Satisfaisant son ambition amorale, il jubile en constatant que son idée de départ était la bonne. Il a bien sûr appris sa leçon et, hormis les questions qui lui sont adressées, il ne dit mot. Pour l'heure, il n'a d'autre choix que de se faire oublier. Gontran Bouchard est de cette école de politiciens pour qui la fin justifie les moyens, peu importe leur rang au palmarès chrétien du péché. Il y a quelques beaux spécimens de cette approche autour de la table. Un d'entre eux porte soutane. Si Bouchard évite l'accusation publique, une confession au père Luc devrait suffire pour obtenir l'absolution.

Le prélat, le chef de police et les évangélistes s'entendent donc pour d'abord rayer de l'histoire le vol du trésor polonais. Ils en effaceront toute trace, toute piste, toute pensée chez chacun des protagonistes. Le retour des coffres au Musée facilitera grandement cette tâche, notamment auprès des Polonais, qu'ils soient d'allégeance communiste ou non. Les premiers n'ont pas intérêt à ce que leur échec soit déballé sur la place publique alors que les seconds, reconnaissants que l'État québécois sauve encore une fois la collection nationale des griffes rouges, suivront sans rechigner la conduite dictée par le gouvernement. D'autant qu'ils ne voudront pas exposer davantage leurs informateurs. Peu de gens savent que les trésors ont tenté un retour vers leur pays natal. L'interdiction promulguée dès le départ par Duplessis d'annoncer publiquement le vol s'avère providentielle.

Ils abordent ensuite la question de la mort de Granteuil et Tarbin, dont il faut étouffer le véritable motif. Le caractère hautement public de leur décès, qui fait la une des journaux depuis la première avortée, l'admiration vouée à Granteuil par la population de la capitale, la réaction des proches, voilà autant d'ingrédients à manipuler avec soin pour que la vérité n'explose pas au grand jour.

— D'après l'enquête de Marmet, explique son supérieur, Granteuil et Tarbin ont peu d'amis. Granteuil n'avait pas de famille, c'est un enfant adopté, alors que l'autre fréquentait rarement la sienne. Leur vie gravitait essentiellement autour du théâtre et du mouvement rebelle. Leurs meilleurs amis sont au théâtre, qu'il s'agisse de l'habilleuse, Jeannette Mance, ou de l'actrice principale de la compagnie, Hermine Hérésie, qui était proche de Granteuil… Elle n'a pas voulu le confirmer, mais ils ont peut-être eu une liaison. Nous devons nous intéresser de près à ces deux femmes, de même qu'aux membres restant du Cercle Rebelle Intellectuel : Gauvreau, Larimont, Cocteau et Fauvert. C'est eux qu'il faut museler.

— Je fais mon affaire d'Hermine Hérésie, lance d'un ton convaincu le prélat Rochon. Connaissant les relations qui les unissent, les autres acquiescent en silence.

— Le dernier, Fauvert, il s'agit du critique artistique de *L'Événement-Journal*, Bertold Fauvert ? demande le plus jeune des évangélistes.

— Oui, répond Jobidon. Vous le connaissez ?

— Nous avons étudié ensemble. Une grande gueule… Il pourrait être difficile à contrôler.

— Sauf qu'il a joint le groupe très récemment, au mois d'août. Ses attaches ne sont pas très profondes. Et nous pouvons probablement le contenir par la direction de son journal… Larimont aurait de la gueule, un fort caractère, mais probablement pas le charisme d'un chef. Pour Gauvreau, l'évaluation de Marmet est qu'il s'agit plutôt d'un mouton que d'un leader… Il serait plus influençable. Mes services ont leurs dépositions, nous les utiliserons pour tordre quelques bras.

Quant à Cocteau, il a quitté la ville le lendemain des décès. Marmet ne voit pas la nécessité de lancer un mandat contre lui, du moins pas pour l'instant. Les membres du CRI sont des rebelles. Ils ne portent évidemment pas le pouvoir dans leur cœur. Mais ils sont peu nombreux et la mort de leurs collègues les a assommés. Ceux qui restent ne semblent pas très dangereux. Il faudra quand même trouver de bons arguments... ou de bons incitatifs... pour forcer le CRI au silence.

Marc, évangéliste du bureau du premier ministre, prend le relais.

— Nous avons un avantage de taille : ils n'ont aucune preuve que leurs collègues sont morts par l'intervention d'un tiers... Et à mon avis il y a une solution très simple... Si nous pouvons rendre publique une lettre du régisseur confessant qu'il a tué Granteuil et qu'il met fin à ses jours, la thèse du meurtre suivie du suicide sera accréditée... Non ?... Toute riposte sera du coup désamorcée. Les membres du CRI savent que le vol a eu lieu, évidemment. Et ils apprendront bientôt par leurs contacts polonais que nous avons récupéré le trésor. Puisque leur coup a avorté, ils n'ont pas plus intérêt que les Polonais à révéler cela en public. D'autant que, ce faisant, ils s'accuseraient eux-mêmes d'actes criminels... Si quelqu'un s'avise de douter publiquement des conclusions de la police, le fardeau de la preuve reposera sur ses épaules. D'autant que le trésor a réintégré la voûte du musée... Qui pourra prouver le vol du trésor, si le trésor est toujours au musée ?

— Je vous fais remarquer, relève Rochon, que nous n'avons pas trouvé de lettre.

— Le greffier du Parlement est un excellent calligraphe. Ses talents ont souvent tiré le gouvernement d'impasse. Avec quelques pages de notes plus un ou deux exemplaires de la signature du régisseur, il peut faire des miracles.

— Vous êtes tous conscients qu'il s'agit ici de fabrication de faux, murmure Jobidon en regardant chacun de ses collègues d'un air solennel. En obtempérant à cette suggestion, nous détournons sciemment le cours de la justice…

Un lourd silence s'installe dans la salle à manger du cardinal. Un silence où transpire la duplicité. Regardant tour à tour ses collègues, Jobidon sait que la proposition de l'homme du premier ministre frappe dans le mille. Elle offre une séduisante porte de sortie, vers laquelle tous sont attirés. Ainsi, quand Rochon demande à chacun son avis, la production d'une fausse lettre obtient un score parfait. Pour ce qui est de détourner le cours de la justice, ce n'est ni la première ni la dernière fois qu'ils pratiquent ce genre de sport. Excluant Gontran Bouchard, qui a le sentiment d'assister à une classe de maître, seul le gâteau aux fruits recouvert de crème Chantilly est témoin de la manœuvre.

— Espérons que ce stratagème suffira, soupire le prélat avant d'y goûter.

Ses collègues se délectent en mangeant le gâteau et en buvant leur café.

Un témoin de moins.

Reste Gontran Bouchard, dont le dessert est nettement plus amer. Il obtient l'après-midi même un rendez-vous privé avec le bon père Luc. Mais, après s'être confessé comme il se doit sous les plis de sa soutane, il a de quoi déchanter. On lui ordonne de quitter la capitale. Délégué par le diocèse auprès des bonnes œuvres du cardinal en Indochine, il aura pour mission de soutenir le travail des missionnaires, résolus à poursuivre l'évangélisation malgré la défaite française. Celui qui croyait avoir compris la quintessence de la politique a encore des croûtes à manger.

Avant de quitter l'archevêché, le conseiller du premier ministre s'adresse en privé à Jobidon : « Donnez-moi jusqu'à six heures ce soir avant d'envoyer vos hommes faire une nouvelle fouille du logement de Tarbin. Vous trouverez la lettre… S'il le faut, je vous dirai où… Et je crois qu'il faut dès demain convoquer la presse. À vous d'être convaincant lorsque vous annoncerez où en est rendue l'enquête ».

— Évidemment, rétorque ce dernier, cinglant… La politique casse les pots ; à nous le délicat travail de les recoller…

— Évidemment, reprend l'autre en écho, ne faisant aucun effort pour éteindre le torchon qui brûle entre les deux.

Sa montre de poche marque trois heures quand Jobidon quitte l'archevêché. Il donne ordre au chauffeur de démarrer. Sans surprise, son cerveau est happé par les événements qui vont se succéder à partir de maintenant. Devant l'ampleur du maquillage, qui dépasse tout ce qu'il a connu à ce jour, il pousse un soupir tel que le chauffeur, qui connaît sa condition physique, s'enquiert de savoir si tout va bien. Il répond par un murmure incompréhensible. Alors que la voiture approche de la centrale de police, Jobidon voit poindre devant lui un voile sombre, brumeux, qui obscurcit le magnifique ciel bleu d'automne. Les décisions du comité vont bientôt heurter la réalité de plein fouet, à commencer par la réaction de Marmet lorsqu'il apprendra la tournure de l'enquête. Dès son arrivée, Jobidon surmonte avec peine l'envie de se cacher dans son bureau pour se diriger vers celui de l'inspecteur. Le directeur raconte les démarches entreprises depuis leur rencontre de la veille. Il décrit le lunch d'où il arrive puis expose sans détour les conclusions auxquelles l'enquête doit aboutir. Marmet n'a pas besoin de prendre la parole. L'expression de son visage, son regard furieux, la façon dont il fait les cent pas en faisant danser ses sourcils témoignent largement de la progression de ses états d'âme.

— Ça faisait longtemps que j'avais entendu parler des évangélistes, finit par dire Marmet, à la fois dépité, cynique et résigné.

— Oui… J'admets que la bouchée est grosse à avaler, mais je suis certain que vous comprenez que nous n'y pouvons pas grand-chose.

— À moins de vouloir foutre le gouvernement en l'air.

— Encore là… Feriez-vous le poids face au premier ministre et sa bande? Voyez ce qui arrive au CRI… Je ne veux pas attiser votre colère, mais vous connaissez très bien le contenu du dossier qu'ils ont sur vous. Vos antécédents, vos idées, vos amitiés…

Marmet interrompt son supérieur d'un geste de la main, le regarde, hésite, avant de finalement garder le silence. La dernière fois qu'il a eu affaire aux chevaliers de l'Apocalypse, il est entré dans une telle furie que le service a dû le suspendre une semaine. Son téléphone de bêtises au ministre n'avait guère laissé le choix. Un événement qui figure certes à la une du dossier évoqué par son chef. Depuis, Marmet a appris sa leçon: il ne sert à rien d'exprimer ouvertement sa colère ou son ressentiment. Une telle attitude est contreproductive. Son patron sait aussi que Marmet refusera dorénavant, dans ce dossier, de prendre toute initiative.

— Une équipe va faire une nouvelle fouille chez Tarbin. Allez visiter aussi chez Granteuil… Après avoir trouvé la lettre, vous convoquerez pour demain matin l'équipe du Théâtre municipal avec les proches des disparus. Vous relaterez la découverte de la lettre et ses conséquences. Il n'est pas nécessaire de clore l'enquête, mais bien d'indiquer que la piste du crime passionnel suivi du suicide, le tout orchestré par le régisseur, devient notre thèse principale. Puis vous rencontrerez les journalistes. La nouvelle devrait sortir dans les éditions de fin de journée.

— La presse est déjà convoquée par la direction du théâtre à midi pour parler de la reprise de *Zone*. Les représentations reprennent demain soir. Ils seront tous là. J'avais prévu y être de toute façon pour ne pas laisser Jasmin et Courville répondre aux questions relatives aux deux meurtres.

— Attention, Marmet… Il s'agit maintenant d'un meurtre et d'un suicide…

— Laissez-moi le temps d'assimiler, tout de même…

Pendant qu'il se dirige vers son bureau, Jobidon est presque ému de la réaction de son employé. Marmet est passé à un poil de l'explosion, mais il a fait preuve d'une volonté, d'une retenue impressionnante. Il n'y aura jamais trop d'hommes de cette qualité dans son service. Reste à espérer qu'il ne réagira pas à retardement… Alors qu'il prévoit prendre un moment de répit, et surtout préparer sa soirée de bridge en toute quiétude par l'analyse de situations de jeu, Jobidon déchante lorsque sa secrétaire l'informe qu'un citoyen veut absolument le rencontrer.

— À quel propos ? demande-t-il, bougon.

— La mort de Granteuil.

— Où est cet individu ? reprend le chef qui ne voit personne dans l'aire d'attente.

— Il a insisté pour attendre dans votre bureau.

— Dans mon bureau ! Et vous avez obtempéré ?

— Quand vous verrez de qui il s'agit, vous ne m'en tiendrez pas rigueur.

Étonné, le chef de police entre dans son cabinet pour y trouver un ex-ministre influent du premier gouvernement

Duplessis, Adam Edouard Redmore. Retiré des affaires depuis près de dix ans, il est de notoriété publique que le politicien n'a jamais quitté les officines du pouvoir et joue un rôle de conseiller spécial auprès du premier ministre. C'est aussi un des principaux organisateurs électoraux de l'Union nationale.

Après les salutations d'usage, Redmore aborde sans gêne apparente le motif de sa visite.

— Je suis le père d'Edmond Granteuil…

XXVIII
Rencontres au théâtre

Mardi 5 octobre

Le salon des artistes fourmille de vie. Tout le personnel du théâtre y est, plus les proches des disparus. Les directeurs et Marmet viennent de s'asseoir à la table surélevée faisant office de tribune. Après avoir obtenu le silence, Jasmin livre un discours vibrant sur le défi posé par les événements récents et sur la nécessité de relever ce défi. Il salue l'implication de chacun depuis une semaine et, pour finir, exprime sa conviction que la reprise de *Zone*, le soir même, constituera un ultime hommage à leurs deux collègues. « Cette histoire n'est évidemment pas terminée… Mais avec la reprise de *Zone*, une page sera tournée… Avec la réouverture du Théâtre municipal, nous allons montrer à la population de la capitale de quel bois nous nous chauffons l'âme… », dit-il avec emphase, fier de son mot. Il remercie vivement Létourneau, le comédien venu de Montréal remplacer Edmond Granteuil – « les circonstances vous honorent… » –, puis salue le nouveau régisseur, un des principaux machinistes qu'employait Tarbin. Une chaleureuse salve d'applaudissements lui fait écho. Courville prend le relais pour faire le point sur l'horaire des représentations et sur les modifications aux répétitions de la production suivante. Pour le prochain spectacle à l'affiche, *Les Fausses Confidences* de Marivaux, les changements devant être apportés à la distribution seront bientôt communiqués. Il donne des consignes, insistant surtout sur le fait que personne ne doit donner d'entrevue, à quelque journaliste que ce soit, sauf après autorisation expresse de la direction. Il faut s'attendre à un afflux sérieux de demandes et, de toute évidence, à plusieurs questions reliées aux décès de Granteuil et Tarbin. En accord avec la police, la direction a convenu qu'il vaut mieux contrôler de manière stricte les relations avec la presse. Ainsi, Jasmin et Courville filtreront toutes les demandes. Ces précautions ont pour but de protéger les membres de la compagnie, qui pourraient se trouver dans des positions embarrassantes ou émotivement dérangeantes devant certaines questions reliées à leurs défunts camarades. Tous ne sont pas immunisés devant l'empressement ou l'acharnement de journalistes plus agressifs. Les questions relatives à l'enquête seront par ailleurs dirigées vers la police. Pour contrôler l'accès au théâtre, la porte principale sera la seule dorénavant ouverte. Un gardien y sera posté en permanence. Encore là, c'est pour éviter que des gratte-papiers ou autres indiscrets n'indisposent quiconque. Courville s'excuse des inconvénients que ces consignes pourraient provoquer. Elles seront en vigueur tant que l'enquête se poursuivra et que la poussière ne sera pas retombée.

La troupe est évidemment curieuse de savoir ce qu'il advient de l'enquête en cours. Dans quelles directions la police cherche-t-elle ? A-t-on trouvé des pistes ? Hermine Hérésie ne peut s'empêcher de poser la question dès qu'elle devine que les directeurs ont terminé leur laïus. Marmet prend donc la parole. Il commence par remercier tous les membres de la compagnie pour leur collaboration empressée. Plusieurs des personnes à qui il s'adresse ont été rencontrées ; elles ont fait des dépositions en bonne et due forme, ce qui a aidé à circonscrire les axes de l'enquête. À preuve, de nouvelles visites ont eu lieu dans les logements de Granteuil et de Tarbin à la suite des interrogatoires de la fin de semaine, qui ont porté fruit.

Des murmures interrogateurs accueillent cette révélation.

— En effet, je vous annonce que nous avons trouvé hier soir dans le logement de Paul Tarbin, où nous avons effectué une nouvelle fouille, une lettre sans équivoque affirmant qu'il a empoisonné Edmond Granteuil avant de se donner la mort en ingérant le poison donné à son insu au comédien… Il s'agit d'une lettre manuscrite signée du nom de Paul Tarbin.

Marmet sort une feuille d'un cartable qu'il tient à la main. Il lit avec sobriété, pas trop à l'aise. « Chers amis, membres de ma famille… Quand vous lirez ceci, je ne serai plus. J'aurai mis fin à mes jours. Et avant de mourir, j'aurai empoisonné Edmond. Quand vous lirez cette lettre, cet homme que j'aime tant, avec qui je rêve de partager ma vie au grand jour, sans devoir nous cacher, aura aussi disparu. Notre amour était à la fois grand et impossible. Mon rêve est une utopie… J'ai essayé de m'en détacher, peine perdue. Avant qu'il me quitte, ce que je vois venir inéluctablement, sachant que je ne serai pas capable de me remettre de notre séparation, la seule conclusion qui s'impose est que nous mourrions tous les deux. Je sais que, par ce geste extrême, je vais faire du mal à beaucoup de gens. Je m'en excuse sincèrement. Il y a déjà trop longtemps que je souffre… Adieu. »

Un profond silence ponctué de pleurs succède à la voix de l'inspecteur. Après un temps, celui-ci poursuit.

— Pour éviter toute ambiguïté, nos services ont déterminé ce matin la véracité du document, notamment en comparant avec des notes et signatures classées dans ses dossiers ici au théâtre. Il n'y a pas de doute : cette lettre et la signature sont bel et bien de Paul Tarbin. Le document nous avait échappé lors de notre première fouille, le lendemain de sa mort… Ce sont des choses qui arrivent. Je dirais même qu'il faut en général plusieurs visites pour tirer tous les indices des lieux que je qualifie de sensibles. Une seconde fouille chez Edmond Granteuil n'a cependant rien donné de nouveau.

Les murmures s'intensifient au fur et à mesure que Marmet dévoile ces informations. Il y perçoit de la surprise, une grande tristesse, une dose d'incrédulité plus un soupçon de résignation. Ce dernier ingrédient l'intéresse davantage que les autres. La résignation ouvre la porte à l'acceptation, but évidemment recherché par ses supérieurs.

— Monsieur l'inspecteur, demande Hermine Hérésie… Nous avons discuté de cette hypothèse en fin de semaine, lorsque Jacques et moi avons fait nos dépositions…

— Oui.

— Même si cette explication pouvait sembler plausible, nous avons tous les deux exprimé de sérieuses réserves.

— Je sais, ponctue Marmet.

— Ce que vous annoncez ce matin constitue un changement de cap spectaculaire. Vous ne trouvez pas ?

Marmet soupèse sa réponse. Il cherche du regard Jobidon, à l'arrière de la salle, qui a insisté pour venir. L'état de nervosité du chef grimpe instantanément. Marmet hausse les épaules. « Ne vous en faites pas, mon vieux », semble-t-il finalement lui dire.

— Jusqu'à hier, je ne privilégiais ni l'hypothèse du suicide ni celle du crime passionnel. Quelque chose ne cliquait pas. L'absence de lettre, entre autres, que l'on retrouve dans la très grande majorité des cas, réduisait la probabilité du suicide… Et donc augmentait celle du meurtre… Remarquez, ce n'est pas parce que nous avons trouvé cet aveu que l'enquête est close. Plusieurs vérifications doivent être faites… Par exemple, il est rarissime que les candidats au suicide cachent leur lettre… Au contraire, c'est souvent la première chose qui saute aux yeux, bien en évidence… Pourquoi était-elle cachée sous des vêtements dans un tiroir de sa chambre? Il faudra vérifier cela… Toutefois, aucune autre piste n'offre un pourcentage élevé de fiabilité. La lettre devient donc un élément clé. Comme vous dites au théâtre, cette lettre constitue une sorte de *deus ex machina* de cette affaire.

— Pour vous, la mort d'Edmond et Paul est une affaire résolue?

— Le service n'est pas pressé de fermer le dossier… Nous allons faire un effort pour comprendre la motivation qui a poussé Tarbin à agir. On ne tue pas simplement parce qu'on a peur de perdre quelqu'un. Il reste des vérifications à faire. Cela dit, je n'ai pas l'habitude de forcer la recherche de coupables lorsque j'ai sous la main quelqu'un à qui le chapeau fait.

Marmet complète en expliquant que l'enquête se concentrera à partir de maintenant sur Tarbin. S'il faut revoir certains employés pour mieux connaître l'ex-régisseur, la police n'hésitera pas. Des renseignements supplémentaires sur la nature de la relation qui unissait le comédien et le régisseur seront par exemple très utiles.

La conférence de presse copie en plusieurs points la rencontre précédente. Principale différence: la quête obsessionnelle d'informations succède à l'émotion. Après des considérations sur l'horaire de la saison, Courville et Jasmin présentent le remplaçant de Granteuil dans *Zone*. Quelques questions de circonstance lui sont adressées sur la nature singulière de cet engagement et sur la pièce. Personne ne pose toutefois de questions au nouveau-régisseur, métier de l'ombre sans intérêt pour les journalistes. Ces derniers rouspètent quand on leur indique qu'il faudra passer par la direction pour obtenir des entrevues et que l'accès au théâtre sera contrôlé, du moins dans les prochaines semaines. Les ténors de la profession ne se gênent pas pour s'élever contre ces nouvelles pratiques, d'autant que le Théâtre municipal a toujours fait preuve d'une grande ouverture avec la presse. Quand vient son tour, Marmet répète les explications sur le mobile apparent du meurtre de Granteuil suivi du suicide du régisseur. Les pages des calepins se noircissent. Les questions portent maintenant sur l'homosexualité présumée des disparus, matière idéale pour accoucher de grosses nouvelles juteuses. Voyant l'avidité avec laquelle la gent journalistique gobe ses explications et prend des notes, Marmet devine facilement l'angle que prendront les articles du soir et du lendemain. Ça le déprime. En même temps, il constate qu'il n'aura pas besoin d'insister pour satisfaire les intérêts de ses supérieurs. La mine affichée par Jobidon est révélatrice à cet égard. La cohue autour de Groleau, lorsque ce dernier distribue les copies tirées de la lettre de Tarbin, confirment finalement, hors de tout doute raisonnable, que le maquillage conçu par les évangélistes et leurs alliés affiche déjà les stigmates de la vérité. D'ici la fin de la journée, radio, télévision et journaux feront justice et annonceront à la une que la mort du comédien vedette de la capitale a été élucidée. Au moins, le coupable présumé n'est plus là pour subir l'odieux de cette charge. Le coupable réel non plus, ajouterons-nous, puisque Gontran Bouchard prend le train au même moment pour Vancouver, d'où il va prendre un paquebot pour l'Indochine afin de rejoindre les missionnaires auprès de qui il a été affecté.

XXIX
Citoyen Marmet

Marmet a d'excellents motifs pour rencontrer Hermine Hérésie, Jacques Larimont et Bertold Fauvert. Ces derniers n'ont cependant pas réussi à deviner lesquels. Quand le policier a demandé aux deux comédiens et au journaliste de les rencontrer, après le lunch, Larimont et Fauvert ont immédiatement envisagé leur possible arrestation. Ils sont résignés à cette éventualité depuis plusieurs jours déjà, pour leur participation à des activités interdites à titre de membres du CRI, pour le vol du trésor polonais et quoi encore... De son côté, Hermine Hérésie s'attend à un nouvel interrogatoire, plus serré, sur la nature de ses relations avec Edmond. C'est donc débordant de doute et d'inquiétude, spéculant à la négative sur l'issue prévisible de cette rencontre, qu'ils reviennent tous trois vers le théâtre après avoir avalé de force la moitié d'un sandwich au Café Saint-Joseph. Un crime passionnel suivi d'un suicide... Ils sont abasourdis par la nouvelle. Leurs cerveaux conviennent que ce scénario est plausible, que la lettre constitue une preuve difficile à réfuter. Au plus profond d'eux-mêmes, par contre, ils parviennent mal à y croire. Comment accepter, comprendre, que des amis puissent mourir ainsi ? Sans savoir qu'il vise juste, Fauvert a bien résumé l'état d'esprit de ses camarades en affirmant que les apparences semblent bien avoir eu raison de la vérité. «Comme si le théâtre s'était pointé le nez dans la vraie vie…»

Marmet les attend confortablement assis au salon des artistes et les invite à faire de même. Pendant que Larimont et Fauvert vont chercher des cafés à la cuisinette, Hermine observe le policier. Elle ne sait ni pourquoi, ni comment, mais son allure a changé. Comme s'il avait l'air plus calme, détendu. Peut-être est-ce une réaction normale lorsqu'il conclut une enquête. Elle se retient cependant de parler, préférant attendre le retour de ses camarades. Lorsque tous sont assis, Marmet annonce le plus simplement du monde que, depuis la fin de la rencontre de presse, il est redevenu un simple citoyen.

— Pardon? balbutie la comédienne.

— J'ai quitté la sûreté municipale, articule lentement le jeune retraité, savourant intérieurement l'étonnement de ses interlocuteurs… Après quinze ans de loyaux services, j'ai décidé qu'il était temps de passer à autre chose. J'y pensais depuis un bon moment, je dois dire.

— Et… Et pourquoi maintenant? demande le journaliste.

— Disons que ma patience et ma conscience ont certaines limites… La mort de vos collègues n'est pas étrangère à ma décision. C'est pour en parler que j'ai voulu vous voir cet après-midi.

Après leur avoir fait promettre le plus grand secret sur la teneur de leur conversation, l'ex-inspecteur entreprend de révéler la progression de l'enquête depuis soixante-douze heures. Il le fait cependant à mots couverts, contournant quelques paramètres clés, sans accuser directement les manœuvres en coulisse des éminences grises. Résultat: son récit navigue entre la version publique, limitée au crime passionnel, et la réalité qui englobe le CRI, le trésor et la cause véritable de la mort des hommes de théâtre. S'il ne nie pas le mobile du meurtre suivi du suicide, il dit douter que la jalousie soit la seule cause. Tarbin aurait pu être victime de chantage? Ou pourrait-il y avoir eu pression cachée sur les deux membres du CRI? Qui aurait exacerbé les tensions existantes entre les deux amants?

Il modifie ainsi trois ou quatre éléments reliés au véritable motif de la mort des deux hommes, notamment le rôle joué par Gontran Bouchard. Il n'hésite pas à mouiller le chauve à nœud papillon comme informateur à la solde de l'Union nationale. «Il semble qu'il connaissait Tarbin. J'ai pu vérifier qu'il sait beaucoup de choses sur le CRI, mais on m'a interdit de l'interroger. Cela signifie que des gens hauts placés le protègent… Quel rôle a-t-il joué? Nous ne saurons jamais». Marmet explique ensuite comment le bureau du premier ministre a orchestré le retour de la vingtaine de caisses du trésor polonais au musée. Il s'agit du seul fait non maquillé de son exposé. Le coup a l'effet d'un uppercut brutal sur ses interlocuteurs.

— Ils ont récupéré les trésors, répète Larimont déprimé.

— Vos amis polonais se sont faits avoir. Comment le gouvernement a trouvé leur piste? Par vous, probablement. Vous étiez surveillés.

— Ça se peut pas, reprend Fauvert avec le même air dépité.

— Pourquoi vous nous avouez tout ça? demande Hermine, qui n'a pas le tempérament pour se laisser abattre, et qui bouille plutôt d'une rage contenue.

— Avant de quitter la scène, répond-il, je tiens à montrer à des proches de Granteuil et Tarbin la puissance et la capacité des politiciens, lorsque le pouvoir se sent menacé, de… de modeler la vérité à son avantage… La mort de Granteuil et Tarbin résulte d'un crime passionnel, ment-il. La lettre le prouve, mais ce qu'ils doivent savoir est que, dans l'ombre et depuis un certain temps, la machine du pouvoir est à l'œuvre pour miner la crédibilité du CRI et de l'opposition. Lorsque le crime passionnel aura été digéré par la population, il prédit que des fuites calculées dans les journaux et à la radio accuseront l'homosexualité du couple, puis leur affiliation à des mouvements de lutte contre le gouvernement Duplessis. Le tout aura pour effet de salir leur réputation et, du même souffle, celle des opposants à l'Union nationale. La crédibilité de tous sera affectée négativement. Pour y arriver, le gouvernement dispose d'appuis indéfectibles dans plusieurs organes de presse inféodés au pouvoir et au clergé. C'est de ces canaux que la campagne de salissage proviendra. Pour lancer ce type d'opération, la mort des deux leaders du CRI est du bonbon. Pour ce qui est des trésors, le récit de leur récupération donne une idée assez nette des moyens dont dispose le gouvernement. «J'ai pensé que ce serait utile de vous mettre en garde», conclut-il.

Le trio tète les paroles de Marmet comme un poupon du petit lait. Bien que l'ex-policier ait modifié les faits, son explication demeure plausible. Le CRI a été naïf. Trop naïf. Le retour des trésors au musée sans que le vol soit jamais rendu public en constitue une preuve éclatante. Jamais le CRI n'aurait cru le gouvernement du Québec assez fort pour orchestrer une telle récupération. Après avoir ruminé quelques instants, Fauvert ouvre le bal des questions.

— Vous dites que Gontran Bouchard a espionné le CRI… Que sait-il sur nous?

— Il connaît ceux qui composent le groupe… Lui et un homme de main du premier ministre ont appris rapidement que vous aviez participé au vol, que vous étiez en lien avec des représentants du gouvernement communiste de Pologne… Il savait aussi que Granteuil et Tarbin étaient vos leaders… Mon sentiment est qu'il connaissait déjà pas mal de choses sur le CRI avant le vol des trésors. Ça ferait un bon moment que ce Bouchard suit vos actions. Depuis votre campagne de lettres au printemps, je croirais… Votre témoignage et ses informations se recoupent souvent.

— Quelqu'un jouerait double jeu au sein du mouvement ?

— Ce n'est pas nécessaire… Il faut peu de choses, vous savez, pour quiconque est à l'affût. Il est facile de saisir l'essentiel d'une conversation tenue dans un lieu public. De dire quelques mots de trop à quelqu'un, par exemple un ami commun. Vous êtes peu expérimentés dans ce genre d'actions. Quand on se mesure à un gouvernement, il faut être sur ses gardes.

— Gontran Bouchard… reprend Fauvert dubitatif. Peu importe nos idées, ou dans quel camp on couche, la plupart d'entre nous avons fréquenté les mêmes écoles, et surtout la même université. La ville est petite…

Fauvert répond par l'affirmative quand Larimont lui demande s'il connaît l'espion.

— Nous étions de la même année. Paul Tarbin était plus vieux, mais il participait avec nous au même club de lecture. C'est là que j'ai connu Paul. Bouchard aussi…

Les autres devinent qu'il hésite à poursuivre.

— Je me rappelle qu'il était… qu'il était tombé amoureux de Paul. Quand Gontran avait quelque chose en tête, il ne lâchait pas facilement le morceau. Après quelques mois, ne réussissant pas à le raisonner, Paul a fini par quitter le club en très mauvais termes avec lui… Peut-être qu'ils se voyaient encore à l'occasion. Gontran était là, l'autre soir, à la première de *Zone*... Aime-t-il le théâtre? J'en serais le premier surpris... Mais se pavaner devant ses patrons, ça oui... Un vrai paon. Quels sentiments éprouvait-il pour Paul, après toutes ces années? Je ne sais pas.

— S'ils étaient brouillés, reprend Hermine, ce serait étonnant que Paul se soit confié à Bouchard, non?

Silence.

— On vous a interdit de l'interroger? relance Hermine Hérésie.

— Son nom est apparu dans mon enquête sur le vol du trésor. Puis j'ai moi aussi remarqué sa présence au Théâtre municipal... On ne sait pas toujours pourquoi, par instinct, certaines personnes trouvent une place dans une enquête. Quand j'ai voulu le rencontrer, mes supérieurs m'ont ordonné de laisser tomber. A-t-il quelque chose à cacher? Sûrement. Quoi? Secret d'État... Tout ce que j'ai appris c'est qu'il était mandaté par le ministre de la Justice pour espionner les membres du CRI... Et qu'il fallait lui laisser la latitude d'agir. Ensuite on m'a interdit de rencontrer les représentants polonais, communistes autant que catholiques. Les imbéciles, ils ont bâillonné mon enquête. Je hais de tels comportements... Ces jeux de coulisse ne sont pas étrangers à ma décision de quitter le service. Ce n'est pas la première fois, remarquez. La police est habituée à protéger certaines informations ou certaines personnes... Mais là, c'est insensé. Quand le ministre de la Justice empêche la police municipale de faire son travail, c'est trop.

Après avoir connu l'inspecteur sûr de lui, dominant les interrogatoires, le trio découvre un homme déçu, désabusé, sensible à leur cause. Même Larimont, qui exècre par principe quiconque arbore de près ou de loin un insigne des forces de l'ordre, sent un peu de sympathie pour lui.

— Pourquoi cette rencontre ? Pourquoi nous vider votre sac, comme ça, aujourd'hui ? interroge le comédien sur un ton presque compatissant.

— J'ai un faible pour ceux qui s'opposent à Duplessis. Surtout ceux qui s'inspirent des théories socialistes de l'Ouest… Lors de nos perquisitions au théâtre, de même que chez Granteuil et Tarbin, nous avons découvert plusieurs écrits de Woodsworth et Coldwell. Les deux James… Nous avons trouvé aussi une copie du Manifeste de Régina, que j'ai relu. Vingt ans plus tard, ils ont toujours raison… Moi aussi, j'ai cru que leurs idées étaient la seule voie possible pour l'avenir. C'était dans les années 30… Mon séjour à la guerre m'a fait voir les choses autrement, mais je n'ai jamais oublié leurs enseignements. Et puisque vous incarnez en quelque sorte leur héritage au Québec, je ne voudrais pas qu'il vous arrive quoi que ce soit de fâcheux… Faites attention…

— Vous nous conseillez de faire quoi, maintenant ? demande le comédien.

Marmet répond en mettant Fauvert et Larimont en garde contre le désir de poursuivre l'œuvre du CRI. Le Cercle est dorénavant marqué. Qu'ils s'opposent au gouvernement, soit, mais par d'autres voies. « Faites attention de ne pas outrepasser certaines limites. » Il leur suggère de carrément dissoudre le Cercle et d'utiliser l'argent obtenu des Polonais pour soutenir diverses causes moins directement irritantes pour le gouvernement. « À vous de décider, bien sûr, mais voilà ce que je ferais. »

— Et moi, demande à son tour Hermine Hérésie, vous croyez que j'encours des risques particuliers ?

— Non… Le service va poursuivre l'enquête, comme je l'ai dit tout à l'heure, mais ce sera pour comprendre, pas pour fouiller de nouvelles pistes. Avec la lettre de Tarbin, la police municipale a ce qu'il faut pour fermer le dossier. Ce qu'ils feront j'imagine d'ici environ un mois. À l'heure actuelle, mon sentiment est que personne ne s'intéresse de savoir si vous avez couché ou non avec Edmond Granteuil. Désolé de vous l'avouer aussi directement. Ils devraient vous laisser tranquille… Quant à vos relations avec le père Rochon, c'est à vous de voir.

Sur la dernière phrase de Marmet, la comédienne a sur-sauté. Mais au lieu de répondre, elle baisse la tête et soupire, triste et pensive. Ses amis ont remarqué sa réaction et se demandent bien ce que Marmet veut dire, à propos du prélat. Ils se retiennent cependant d'intervenir. Plutôt que l'image de son parrain, celle d'Adam Edouard Redmore envahit la conscience de la jeune femme.

Le samedi précédent, à la fin du service funèbre, le père d'Edmond était toujours assis à la dernière rangée. Le vieil homme semblait dans la lune, totalement isolé du monde. Hermine s'est approchée de lui, curieuse d'en savoir plus. Il a fallu un temps avant que l'homme émerge, la regarde avec ce qu'elle a deviné être de la réticence. Regrettait-il de ne pas être demeuré incognito ? S'était-il trompé ? Après deux ou trois phrases appuyées de son charme légendaire, la comédienne a réussi à briser ses résistances. L'ex-ministre ressentait une amertume immense à l'idée d'avoir abandonné son fils. Des regrets profonds, douloureux. Un abîme de ressentiment. « Pourquoi ai-je fait cela ? » avait-il réussi à articuler entre deux sanglots. « Mon fils… Pendant toutes ces années je me suis dit que c'était à moi de faire le premier pas, d'aller vers lui… pour le retrouver… Je ne l'ai jamais fait… Maintenant il est trop tard…

— Il savait qui vous étiez? avait-elle demandé.

— Je ne sais pas… Jamais il n'a fait un geste vers moi.

— Comment puis-je vous aider? avait lancé Hermine, prise d'un élan soudain de sympathie.

Le vieil homme avait retrouvé un peu de sa prestance. Ceux de sa génération n'étaient pas habitués à pleurer devant une dame.

— Vous ne pouvez rien pour moi. Au contraire, moi, j'aimerais vous aider. Ce que je n'ai pas donné à mon fils j'aimerais que ce soit vous qui le receviez. En son nom… Vous et les jeunes gens de théâtre.

— Moi?

— Oui…

— De quoi s'agit-il? Que vouliez-vous donner à votre fils?

— Je ne sais pas… Il faudrait se revoir.

— Je ne comprends pas.

— Ce n'est pas urgent de comprendre… De toute façon vos amis vous attendent. Ils sont là derrière qui se demandent avec qui vous parlez. Ne leur dites rien. S'il vous plaît. Laissons passer quelque temps. Je voudrais trouver une manière de souligner publiquement la mémoire d'Edmond. Pensez à ma proposition. Nous nous reparlerons… Allez, maintenant. Laissez-moi…

Fauvert, Larimont et Marmet fixent Hermine Hérésie. Respectant la volonté du vieil homme, et n'ayant aucune envie d'expliquer ce que Marmet a voulu dire à propos du père Rochon, elle ne fait qu'esquisser un sourire quand Jacques demande si tout va bien. Coïncidence due aux circonstances, Marmet aussi a pensé à Adam Edouard Redmore pendant l'absence de la jeune femme. Après la visite de l'ancien ministre,

Jobidon s'est empressé d'informer son inspecteur. « Le père de Granteuil sort de mon bureau », a-t-il annoncé, sûr de son effet. Après quoi il a expliqué que le politicien est venu voir le chef de police pour demander que les jeunes du théâtre ne soient pas embêtés au lendemain de la mort d'Edmond. Usant de son impressionnant réseau d'influences, l'ex-ministre lui a dit avoir obtenu l'assurance du premier ministre et du ministre de la Justice que la mémoire de son fils ne serait pas trop salie. Reste à voir ce que *trop* veut dire. Le chef et l'inspecteur ont conclu que Redmore a encore le bras long… Comme Hermine, Marmet se retient de parler de l'homme. Il ne veut pas laisser entendre au trio qu'ils s'en tireront à bon compte. La meilleure façon de les protéger est encore de ne pas trop leur en dire. Et il préfère garder pour lui quelques autres idées sur le père du défunt comédien ; celles inspirées notamment d'une photo de pêche, qui lui est apparue à l'instant du tiroir *Interdit d'oublier* caché dans sa mémoire. Il ne s'étendra pas non plus sur la relation de la belle Hermine avec le bon père Rochon, qu'il a lancé comme ça, pour appâter la jeune femme – qui a tout à fait mordu – dont il connaît l'essentiel depuis la semaine précédente.

Fauvert reprend finalement la parole.

— Si on dissout le CRI, je me sentirai comme si on m'amputait la moitié du cerveau.

— Ouais… poursuit Larimont, découragé. Moi ce sera comme si on me faisait cuire l'autre moitié.

Dix minutes plus tard, après avoir laissé les comédiens, Fauvert et Marmet quittent le théâtre. Alors qu'ils se serrent la main sous la marquise avant de partir chacun de leur côté, Fauvert demande à l'inspecteur à quoi il consacrera maintenant sa vie. Ce dernier le regarde sans trop savoir quoi répondre.

Il a une bonne idée de ce qu'il compte faire, mais il n'est pas sûr de vouloir en parler.

— Je fais des enquêtes depuis 1936. Voilà probablement tout ce que je sais faire... Pas mal de monde, dans notre société, pourrait avoir besoin de ce type d'expertise.

L'autre toise le jeune retraité d'un air interrogateur.

— Je vais sûrement prendre de bonnes vacances. Un : j'en ai besoin. Deux : j'ai envie de me faire oublier un moment. Surtout des politiciens... Ce sera plus facile ensuite d'offrir mes services à des causes sociales, aux syndicats, à ceux qui veulent que notre société se modernise et progresse. J'y pense depuis un bon moment. Comme le dit Ciboulette dans *Zone*, après avoir été du côté des « méchants », je vais tenter ma chance avec les « bons »... Le Québec doit avancer, se moderniser. Ni le gouvernement actuel ni les bien-pensants alignés sur l'Union nationale n'ont la volonté de le faire.

Une semaine plus tôt, jamais Fauvert n'aurait imaginé que des gens comme Marmet puissent œuvrer au sein des forces de l'ordre. Ça lui semblait contre nature. Ce qu'il vient de leur dire, à Hermine, Jacques et lui, puis l'ambition qu'il exprime maintenant, confirment que le journaliste a été victime, comme tant d'autres, de préjugés négatifs à son endroit. Ou bien sa démission ne fait que confirmer ses préjugés. L'intégrité de Marmet, ses opinions ont-elles leur place dans la police ? Il faut l'espérer.

— Bonne chance, souhaite-t-il. Puis il hésite avant d'ajouter : Si jamais vous avez besoin d'un assistant... qui sait, nous pourrions collaborer.

Marmet ne répond pas. Il esquisse un sourire complice, tend la main vers le jeune homme, le salue, puis tourne les talons pour savourer sa première journée de vacances depuis trop longtemps.

XXX
Le CRI est mort ! Vive…

Pendant que Marmet et Fauvert se quittent sous la marquise, Larimont réintègre sa loge, où Hyacinthe Cocteau l'attend. Le comédien s'est demandé une fraction de seconde qui cet homme pouvait bien être. La perruque noire, les lunettes foncées et la fausse barbe contrastent dangereusement avec les cheveux courts, châtains et drus, avec son regard d'enfant et le visage glabre que son ami affiche d'ordinaire. Cocteau n'a pas vingt-cinq ans, mais ainsi affublé on lui en donnerait dix de plus. Pendant que Larimont reconnaît les accessoires empruntés au théâtre, Cocteau raconte en rigolant comment il vient de croiser Fauvert sans que ce dernier le reconnaisse.

— Personne ne t'a questionné ?

— La potiche du service de police m'a demandé qui je venais voir. J'ai répondu que j'étais un cousin de Montréal.

Larimont et Cocteau ne se sont ni vus ni parlé depuis la mort de leurs camarades. Il convient d'abord de faire le point. Le comédien relate la chronologie des événements, vus de l'intérieur, depuis la première avortée : réactions au sein de la troupe, enquête policière, interrogatoire, découverte de la lettre de Tarbin. Cocteau ne sait de tout cela que le peu relayé par les journaux et la radio. Le récit de Larimont dure un bon moment. Il se termine par la rencontre avec l'ex-policier.

— Marmet a démissionné! rugit avec étonnement le poète. Le héros de la police locale! Eh bien… Je me demandais ce qu'il faisait avec Bertold à l'entrée du théâtre.

— Il vient de nous réunir, Hermine, Bertold et moi, pour nous en faire l'annonce. Même qu'il nous a fait des révélations inattendues sur les agissements du gouvernement.

Le comédien reprend l'essentiel des propos de l'ex-inspecteur, notamment sur le retour du trésor au musée. Son interlocuteur ne paraît pas surpris de ces révélations. Il affiche même l'air assuré de celui qui sait.

— J'en suis le premier étonné, conclut le comédien, mais Marmet n'est pas, ou n'était pas, qu'un stupide flic de droite.

L'autre toise Larimont en se demandant quelle mouche étrange a piqué son collègue.

— Toi, Jacques Larimont, tu absous un flic?… Qu'est-ce qui te dit que ce n'est pas un mensonge pour nous enfirouaper? La police pourrait très bien agir ainsi pour nous mettre en confiance, pour se rapprocher de nous et nous infiltrer… Les informateurs ne travaillent pas autrement pour soutirer des aveux.

— Quels aveux? Depuis la mort d'Edmond et Paul, on leur a dit à peu près tout ce qu'on sait, si tu veux mon avis. Chacun d'entre nous a subi un bon interrogatoire. Sauf toi, en fait…

— Ils veulent nous espionner pour l'avenir…

Larimont doute des inquiétudes de son ami. Il réitère sa conviction que Marmet ne constitue pas un danger. De toute manière, personne de leur entourage n'aura à croiser son chemin de sitôt. Perplexe, Cocteau n'insiste toutefois pas. Il narre plutôt ce qui lui est advenu depuis le soir fatal. Abasourdi par la nouvelle entendue le lendemain de la première à la radio, convaincu que la police voudrait l'interroger, sinon l'arrêter, le poète a informé ses voisins qu'il partait pour Montréal. À la place, il s'est terré chez sa mère, qui séjourne chez une sœur à la campagne. Hyacinthe a passé la semaine suspendu au récepteur radio, lisant les journaux, à l'affût de toute nouvelle sur le drame. Grâce au déguisement, il est sorti à quelques reprises acheter à manger. C'est cependant la première fois qu'il passe les frontières de Limoilou. Cocteau explique ensuite à Larimont qu'il a été rudement éprouvé par les décès de Paul et d'Edmond mais, dans le fond, pas tout à fait surpris. Leurs amis défunts représentaient des cibles idéales pour le pouvoir.

— Qu'est-ce que tu racontes ? le tance Larimont.

— Le scénario du meurtre d'Edmond suivi du suicide de Paul tient mieux, j'imagine ?

Au lieu de répondre, Larimont attend de voir où son camarade veut en venir. Le ton est emporté, convaincu, décidé. Et dans l'esprit de Cocteau, une chose est claire : les amants du Théâtre municipal ont été éliminés. Volontairement ou involontairement ? Il ne saurait dire. Mais il y a sûrement une dose de préméditation dans cette affaire. Il est évident que le pouvoir n'apprécie pas les actions du CRI. À partir du moment où Edmond et Paul ont été identifiés au mouvement rebelle de gauche par les autorités, ce qui ne fait aucun doute, ils devenaient une nuisance publique. Leur amour interdit ajoutait à l'odeur de soufre. Il ne restait qu'un pas à franchir pour passer aux actes, c'est-à-dire museler deux ambitieux s'attaquant au pouvoir. Pour Cocteau, le gouvernement a fait le calcul que la mort d'Edmond, une vedette, aurait un effet dissuasif sur l'opposition. La bonne société londonienne n'avait pas agi autrement vis-à-vis d'Oscar Wilde au XIXe siècle. Bien assez de zélotes traînent sous les jupes du christianisme à Montréal et à

Québec pour lancer une telle chasse aux sorcières. McCarthy use du même stratagème aux États-Unis.

— Ouais… émet le comédien pour seule réponse, à son tour perplexe.

— Ce que tu viens de m'apprendre sur le retour du trésor polonais au musée est une preuve de ce que j'avance.

Le regard de Larimont l'invite à poursuivre.

— Si le gouvernement est capable de retrouver le trésor de Pologne aussi vite et d'empêcher qu'il sorte du Québec, il possède sûrement les moyens de se débarrasser de deux hommes de théâtre homosexuels qui, au nom d'un groupuscule de gauche, crachent sur le pouvoir et font l'apologie du communisme sur la place publique. À partir du moment où Duplessis et ses sbires savent qui est derrière les actions du CRI, ça me semble évident…

— Qu'ils aient les moyens, d'accord, mais ils auraient aussi la volonté d'agir, d'aller jusqu'à tuer? relance Larimont incrédule.

— De maquiller un crime en suicide? Oui… Les rois et les dictateurs prouvent tous les jours jusqu'à quel degré de turpitude l'espèce humaine peut descendre. Nous ne sommes pas à l'abri de ces violences. Il va bien falloir un jour adopter en partie leur stratégie…

Larimont hésite à comprendre où son camarade veut en venir. Surtout, il constate que Hyacinthe a changé. Tous deux se sont connus une année auparavant lors de l'admission du comédien au sein du CRI. Cocteau est un homme de conviction, un homme engagé, ce qui transpire dans les suites de poèmes qu'il distribue régulièrement, à compte d'auteur, dans le réseau des militants opposés au régime. La plupart de ses textes contiennent une charge féroce contre le pouvoir et la religion. Hyacinthe s'y révèle très emporté et critique. D'autres pages témoignent d'un grand lyrisme, lorsque sa plume appelle de ses vœux l'avènement d'une société meilleure ou s'épanche dans le sentiment amoureux. Les amateurs du surréalisme y reconnaissent certains traits d'Éluard ou d'Aragon, aussi le sens du récit incisif de Jean Cocteau, le grand écrivain français en hommage de qui il a adopté le pseudonyme. Cela dit, dans son comportement, Hyacinthe a toujours fait preuve de retenue. Au sein du CRI, Edmond et Paul inspiraient son respect, ce pourquoi il s'est rarement opposé à leur volonté. Le comédien et le poète, du même âge, sont en fait de bons soldats, ce qui a contribué à sceller leur amitié. Mais depuis que le duo projette d'enlever le ministre Bégin, le comédien a constaté que son ami s'est radicalisé. Ce plan est une idée de Hyacinthe. Il devait leur permettre de s'affirmer au sein du CRI, de ne plus être réduits, justement, au simple rôle de bons soldats. L'énergie qui émane du militant assis devant Jacques Larimont une semaine après la mort d'Edmond Granteuil et de Paul Tarbin ressemble de plus en plus à la charge de ses poèmes les plus virulents.

— Mon cher Jacques, c'est à nous de poursuivre la tâche entreprise par le Cercle Rebelle Intellectuel.

— Je veux bien, mais comment ?

— Je t'ai menti, tout à l'heure… Je n'ai pas fait qu'écouter la radio et lire les journaux, depuis une semaine.

Cocteau hésite une seconde, suscitant la curiosité de son ami, avant de poursuivre. « J'ai trouvé l'argent des Polonais. Il reste soixante-dix-huit mille dollars sur les cent mille reçus. »

— Soixante-dix-huit mille… répète Larimont comme dans un rêve.

L'autre ne lui laisse pas le temps de planifier son voyage de noces.

— Il faut saborder le CRI et lancer un nouveau groupe. Un mouvement plus radical… Fini les actions poétiques et les lettres dans les journaux. Suffit le théâtre, nous devons faire de la politique. Il faut agir, provoquer, miner les assises de l'État par des gestes décisifs.

— J'aimerais que tu aies raison, mais Marmet, lui, nous recommande de faire le contraire. De rester tranquilles quelques années, d'agir discrètement.

— Marmet…

Le duo est tiré de sa révolution par un cognement à la porte de la loge. Larimont ouvre sur Hermine Hérésie. Cocteau fige sur sa chaise avant de détourner les yeux pour allumer une cigarette. Hermine, aussi surprise de reconnaître Cocteau, qui a enlevé son déguisement, hésite un moment avant d'entrer. Depuis le drame, les deux comédiens ont eu l'occasion d'échanger sur leurs sentiments respectifs. Le choc brutal a calmé le jeu. Hermine, au premier chef, n'aura jamais son Edmond. C'est aussi simple que ça. Quand la situation l'exige, sa capacité de rationaliser est étonnante. Cela ne veut pas dire qu'elle devient disponible pour Larimont. En sortant du poste de police, après les interrogatoires, ils ont longuement marché en ville. Elle a exprimé ouvertement le souhait qu'ils deviennent les meilleurs amis du monde. Pour le reste, il ne doit s'attendre à rien. Jacques aime évidemment toujours Hermine, mais la catastrophe a relégué au second plan son sentiment amoureux. Il serait plutôt incongru, dans les circonstances, de poursuivre si ouvertement son flirt. Et tout sentiment de jalousie à l'égard du comédien disparu frise l'indécence. À défaut de plus, l'amant refroidi a donc accepté l'offre de la jeune femme. La mort d'Edmond a désamorcé la crise éclatée quelques heures avant la première. Ce n'est toutefois pas de cela qu'il va être question.

Tous trois sont assis dans la petite loge. Le silence dure. L'ambiance bascule dans le malaise. Les volutes de fumée de la cigarette de Cocteau flottent, dessinant autant de motifs complexes. Ne sachant quoi faire, Larimont allume aussi une clope. La fumée grandissante, révélée dans les rayons du soleil qui entrent par la fenêtre, est l'incarnation visible de ce malaise. Larimont lance la conversation en demandant à Hermine ce qu'elle pense de la visite de Marmet. Cocteau intervient avant qu'elle ouvre la bouche.

— Madame pense sûrement plusieurs bonnes choses de ses amis de la police.

— Pardon? réagit Larimont, surpris.

— Elle sait très bien ce que je veux dire.

Larimont se tourne vers Hermine, d'où émane un mélange de frustration et de colère. On dirait une enfant prise dans la réserve de chocolat pendant le carême.

— Je ne savais pas ce que je faisais… Je ne comprenais pas, finit-elle par lancer, comme en réponse à Cocteau, le regard fuyant.

Le peu que Larimont comprend de cette curieuse amorce de conversation est qu'Hermine et Hyacinthe évoquent une situation qui lui échappe. De quoi s'agit-il? Il n'a pas besoin de poser la question.

— Jacques… Hyacinthe… Je veux collaborer avec vous. Je sais, mon comportement n'a pas toujours été… correct…

— C'est le moins qu'on puisse dire, rétorque sèchement le poète.

— Laisse-moi parler, reprend la comédienne avec plus d'assurance. Je sais, je vous ai causé du tort. Probablement beaucoup de tort. De là à m'accuser de tous les maux, par contre, je te l'interdis.

Cocteau la toise, ne cachant pas son mépris. Larimont regarde les deux sans comprendre.

— Jacques… Aussi bien te l'avouer sans détour… Depuis ce printemps, j'agis comme informateur auprès du diocèse sur les agissements du CRI.

— Je le savais, ne peut s'empêcher de s'exclamer Cocteau. Je le savais donc…

— Calme tes grands airs, toi, se fâche-t-elle… Paul Rochon, le prélat, est mon parrain. Quand mon père est mort, ma mère n'avait pas les moyens de payer mes études. Il est intervenu, a aidé ma mère. C'est un homme que j'admire depuis toujours. Et il m'a souvent bien conseillée. Pour mes études, ma carrière… Pensez ce que vous voulez, c'est un homme honnête.

— Honnête… Entendez-vous ça… Ce n'est qu'un curé comme les autres! J'aimerais bien savoir combien de jeunes hommes ou de jeunes filles il a… *conseillé*… comme tu dis, et dans quelle position…

— Ta gueule!!! Je t'interdis… Jacques, écoute-moi… L'an dernier, le père Rochon m'a demandé de garder un œil sur les gens du théâtre. Il a prétendu que certains membres de la troupe avaient peut-être un comportement dangereux. Je me suis fait prendre au jeu… Il me demandait ça pour me protéger, a-t-il dit. Comme il m'a toujours beaucoup aidée, je ne me suis pas méfiée.

Larimont tombe des nues. Hermine est un indic… Il reste là, pantois, incapable de dire un mot, alors qu'il sent très bien qu'à ses côtés Hyacinthe se retient pour ne pas bondir au cou de la jeune femme.

Deux morts suffisent…

— Respire par le nez, Hyacinthe… Ça donnera rien de lui sauter au visage… Dis-moi, Hermine, pourquoi tu nous avoues ça? Maintenant?

La mort de Paul et Edmond a brutalement changé la donne. Les trois ou quatre rencontres avec le père, où ils parlaient des agissements des gens de théâtre, rencontres qui se passaient dans une ambiance décontractée, autour d'un bon repas, ont dégénéré en un drame abject… Elle ne sait pas exactement quelle parole, quelle pensée, quelle révélation a pu jouer contre ses deux amis, mais il est clair qu'elle a joué un rôle dans ce drame. Même si on admet la thèse officielle du suicide. En fait, elle se rend maintenant compte qu'elle a été entraînée dans ce rôle d'informatrice malgré elle. Par amour pour son parrain, peut-être, par confiance en cet homme, mais sans réfléchir vraiment au fait que les informations transmises puissent se retourner contre ses amis. Pour tout dire, elle croyait du fond du cœur que les vrais informateurs n'existent que dans les romans ou au cinéma. Plus elle a parlé avec Edmond ces derniers mois, avec Jacques, avec les autres membres du CRI, plus elle a changé et en est venue à croire en la justesse de leur cause. Mais elle n'a pas réagi assez vite et les conséquences de ses actes sont incommensurables. Aussi il est plus que temps de réagir. Elle est venue voir Jacques pour lui révéler son comportement et pour annoncer une décision sans appel: elle vire capot. Elle demeurera informatrice, mais pour le compte des opposants au clergé et au gouvernement.

— Tu veux devenir agent double à notre profit? demande Cocteau, plus calme, mais encore incrédule.

— Je ne sais pas si vous voulez poursuivre l'action du CRI. Mais je sais une chose: nous ne pouvons pas laisser ces gens-là agir impunément. Paul s'est suicidé après avoir empoisonné Edmond? Je suis bien prête à les croire. Mais leur mort n'en demeure pas moins suspecte. Marmet n'a pas dissipé mes doutes quand on l'a vu tout à l'heure.

— Tu as raison, ajoute Larimont avant qu'elle ne poursuive.

— Je ne vous demande pas de me croire tout de suite. Ni de m'ouvrir grand les bras… Seulement de me laisser une chance. Une petite chance… On verra au fur et à mesure de quelle nature peut être ma contribution.

Les deux hommes se taisent. Les révélations d'Hermine, son changement d'attitude, ont tout de la plus sincère vérité. Mais la bouchée reste grosse à avaler. Il faudra du temps pour digérer cette révélation et rétablir la confiance.

Arrivée au terme de ses aveux, la jeune femme commence à pleurer. Elle semble d'une grande fragilité. Larimont voudrait la prendre dans ses bras, la serrer fort, la consoler. Mais ce qu'il vient d'entendre le gèle sur place. Il est incapable de bouger, lui aussi au bord des larmes. À côté, Cocteau a troqué son air de dur pour la sensibilité du poète lyrique.

XXXI
Zone... en reprise

Parus quelques heures à peine après la conférence de presse, les journaux du soir s'en donnent à cœur joie. Tout comme la radio, d'ailleurs. Entre deux bulletins de nouvelles sur l'une ou l'autre des stations, les membres de la troupe réunis au salon des artistes s'arrachent les copies achetées par Jeannette Mance. Ils lisent tous les articles à voix haute avant de discuter fiévreusement de la justesse de ton ou du degré d'interprétation de chacun. À leur grand désespoir, la gent journalistique s'adonne sans ménagement au lynchage public de Paul Tarbin. Comme il fallait s'y attendre, l'homosexualité des deux amants est clouée au pilori. Un crime passionnel entre hommes? Impliquant l'un des artistes les plus respectés de la capitale? Plus le journal ou le poste de radio est inféodé au pouvoir et à l'Église, plus le degré de virulence s'élève. Le mal est fait, la mémoire de leurs collègues salie. Les journalistes plus à droite exigent carrément que les autorités ferment le théâtre, invoquant pêle-mêle la responsabilité municipale, les bonnes mœurs et la morale chrétienne, l'obligation de protéger la jeunesse contre les excès du monde artistique ou les préceptes élémentaires de la censure. Les passants entendent jusque dans la rue les hauts cris provenant du salon des artistes.

Les cerveaux bouillonnent ferme aussi à «l'étage», où Courville et Jasmin réfléchissent au meilleur moyen de réagir. Un appel de l'abbé Paul les a assurés de l'appui de l'archevêché, pour qui la direction n'est pas mêlée à cette histoire. C'est le principal motif les empêchant de prendre la plume pour exiger réparation dans les journaux dès le lendemain. Ils devinent trop bien ce qui a pu pousser l'abbé à leur téléphoner, comme ça, avant que ne soit dévoilée la plausible conclusion de l'enquête. Car l'Église et le pouvoir veulent bien protéger le Théâtre municipal et les directeurs, mais l'odeur du scandale homosexuel n'en est pas moins répandue. Le diocèse ne se gênera pas pour réagir. Le prélat n'a d'ailleurs pas tourné autour du pot : «L'homosexualité de Granteuil et Tarbin sera dénoncée afin de donner une leçon aux jeunes. Les deux morts serviront d'exemple sur le caractère impie de leurs agissements. De votre côté, tenez votre troupe tranquille. Rien de moins que la fermeture du théâtre a été invoquée en très haut lieu. Pas de faux pas…» Courville et Jasmin n'ont d'autre choix que d'acquiescer, pour sauver le théâtre, pour sauver leur peau, malgré la sympathie affirmée pour les disparus. Un jour viendra, croient-ils, où leur orientation personnelle ne sera plus honnie sur la place publique.

Pour l'instant, la principale consolation des directeurs est la rumeur qui gronde autour de l'affaire. Depuis une semaine, le drame n'a pas quitté la une des journaux. Les ventes au guichet s'en sont favorablement ressenties. Avant même la reprise, les chiffres confirment haut la main que *Zone* connaîtra du succès. L'odeur de scandale qui s'ajoute augure pour une semaine ou deux de supplémentaires. L'influence religieuse s'est amenuisée depuis la visite à Québec de Sarah Bernhardt, en 1905, alors que le diktat du diocèse a provoqué une volée de projectiles sur la voiture de l'actrice. Cinquante ans plus tard, il n'y aura plus qu'une poignée de zélotes aux portes du théâtre pour lancer des tomates. Et si, comme un demi-siècle plus tôt, le Vatican décidait de menacer d'excommunication les spectateurs osant mettre le pied dans ce «nouvel antre de Satan», comme l'écrit un journaliste particulièrement bigot, la jeunesse accourra en plus grand nombre.

Hermine Hérésie ne participe pas à la grand-messe médiatique. Enfermée dans sa loge, elle refuse même d'ouvrir à Jeannette Mance qui vient la coiffer en vue de la représentation. Réintégrant cette loge après ses aveux aux rebelles, elle a trouvé sur la table de maquillage une enveloppe contenant une longue lettre d'Adam Edouard Redmore.

La missive raconte dans quelles circonstances son fils est venu au monde. Comment, quelques années après son arrivée de Dublin à Québec, pour habiter chez son oncle après le décès de ses parents, il a rencontré Isabelle, jeune fille de bonne famille. Les jeunes amoureux se sont aimés passionnément, jusqu'à ce qu'elle tombe enceinte. La famille de sa compagne et son oncle ont décidé alors – sans égard pour les géniteurs, encore mineurs – que ce fruit du péché conçu hors mariage disparaîtrait de leur vie dès sa naissance. Cela est effectivement advenu. Pour mettre un terme forcé à cette idylle, qui perdurait malgré tout, l'oncle de Redmore avait quelques mois plus tard envoyé son neveu étudier à Toronto. Revenu à Québec cinq ans plus tard, il n'avait jamais revu Isabelle, partie dans l'intervalle pour Montréal. Redmore écrit ensuite comment, plus tard, le politicien a retrouvé son fils et suivi à distance sa vie et sa carrière. Il énumère une liste impressionnante de productions vues depuis une dizaine d'années. Sauf qu'il n'a jamais osé prendre contact avec Edmond, ce qu'il a toujours regretté, regret qui prend aujourd'hui une dimension tragique. Il est trop tard : jamais le fils et le père ne feront connaissance. La lettre se poursuit avec un passage qui trouble profondément la jeune femme. Le père avoue connaître l'homosexualité de son fils et, surtout, ne pas savoir quoi en penser. Est-ce un comportement répréhensible ? Faut-il plutôt accepter les penchants que Dieu a distillés dans la nature humaine ? Il n'ose pas répondre. Il propose finalement de revoir Hermine, pour discuter de la manière dont la mémoire du comédien décédé pourrait être honorée. Elle se demande bien ce que cela peut vouloir dire.

Hermine Hérésie lit et relit la lettre. Elle revoit le vieil homme à l'église, entend son français déformé, tente de discerner les traits de sa personnalité. Elle ne doute pas que son regret, son repentir soient sincères. Mais comment peut-elle ouvrir les bras sans retenue à un père qui a abandonné son fils ? Comment aurait réagi Edmond si son père était apparu après tant d'années ? S'il avait tenté de lier connaissance ? L'aurait-il rejeté ? Jamais elle n'a entendu son ami parler de ses parents. Elle prenait pour acquis qu'il ignorait tout d'eux. C'est ce qu'Edmond lui-même laissait entendre, sans jamais vouloir s'attarder sur le sujet. Si c'était vrai, et connaissant les propos ravageurs qu'il lançait à la haute bourgeoisie ou à tout ce qui touchait de près ou de loin au gouvernement Duplessis, elle voyait mal comment Edmond aurait pu accepter que son père fût associé de si près à cette engeance. Un ancien ministre de l'Union nationale…

Jeannette Mance rage à travers la cloison.

— Hermine… Le rideau se lève dans vingt minutes. Je dois te coiffer… Va-tu falloir que je défonce la porte ? »

* * *

Donnant raison aux directeurs, c'est devant une salle comble et un auditoire enthousiaste que la seconde première de *Zone* est donnée. Le public suit avec passion le drame vécu par les jeunes contrebandiers. Des réactions spontanées fusent de la salle à plusieurs reprises, soit pour soutenir les protagonistes ou au contraire, pendant le deuxième acte, pour contester la méthode utilisée par les policiers pour soutirer ses aveux à Tarzan.

Criblé de balles, incapable de rallier son trône, Tarzan vient de mourir au pied de Ciboulette. Penchée sur Jacques, Hermine entame lentement la dernière réplique de la pièce. «*Réponds-moi, réponds-moi… C'est pas de ma faute, Tarzan…*»* Jacques Larimont voit les lèvres de sa collègue bouger. Il sent son souffle, remarque son regard embué de larmes, pas des larmes de théâtre, non, de vraies larmes, mais il n'entend rien de ce qu'elle dit. «*… C'est parce que j'avais tellement confiance… Tarzan… Tarzan, parle-moi… Tarzan, tu m'entends pas?… Il m'entend pas…*» Ça se bouscule dans sa tête comme un film triste. Au fil de la représentation, des absences plus ou moins prolongées se sont succédées, pendant lesquelles il a perdu contact avec ses camarades, oublié le public, joué à la manière d'un automate. Sa première «absence» est survenue à son entrée en scène au deuxième acte, quand il s'est retrouvé devant Létourneau, le nouvel interprète du chef de police. Cette vision a provoqué une sorte de cataclysme: Edmond était mort même au théâtre… Il a suivi depuis avec difficulté, de décrochage en décrochage, travaillant malgré lui pour livrer de manière décente la mise en scène de Joubet. Ses collègues ont dû le ramener sur terre à deux reprises. Enfin, son personnage est mort. Couché sur scène, il peut s'abandonner… «*Dors mon*

---

* Les passages en italique indiquent qu'il s'agit des répliques originales tirées de la pièce *Zone* de Marcel Dubé, Leméac Éditeur, 1968.

beau chef, dors mon beau garçon, coureur de rues et sauteur de toits, dors, je veille sur toi, je suis restée pour te bercer... »* Larimont pense à ce que lui réserve l'avenir. Cocteau, Gauvreau, Fauvert et lui doivent se voir la semaine suivante pour discuter d'un nouveau groupe. Cocteau déposera son plan d'attaque. Comment les autres recevront-ils la dissolution du CRI et la radicalisation de leurs actions ? La question est ouverte. Lui revient en tête la brève conversation qu'il a eue le matin même avec Courville et Jasmin, qui lui ont proposé de devenir le comédien principal du Théâtre municipal. Comédien principal... Cela veut dire représenter les acteurs auprès de la direction, avoir son mot à dire dans la programmation, devenir un des comédiens les plus en vue de la capitale... Tant que Granteuil était vivant, il n'avait aucune chance... Larimont a été à la fois gêné et fier de cette proposition. Son ambition est bien connue, mais les événements ont changé quelque chose en lui. Comme s'il avait vieilli, était plus mature. Il a demandé aux directeurs du temps pour réfléchir. Tourner la page aussi vite est impossible ; il lui faut du temps.

Hermine a aussi la tête ailleurs. Elle joue la dernière réplique avec un détachement qui n'échappe pas à l'équipe massée en coulisse. Joubet se ronge les ongles en espérant qu'elle tienne jusqu'au bout. Elle semble dans un tel état de faiblesse... « *J'ai voulu te sauver et je t'ai perdu...* » Pour sa part, le public est totalement suspendu à ses lèvres, voyant dans la fragilité de l'actrice un sublime état de grâce. La présence de Létourneau a agi différemment sur elle. Au lieu du remplaçant, c'est Edmond qu'elle a vu pendant tout le deuxième acte. Et devant cette sorte de mirage, elle a graduellement perdu contact avec la réalité. Elle a la consistance d'un fantôme,

---

* Les passages en italique indiquent qu'il s'agit des répliques originales tirées de la pièce *Zone* de Marcel Dubé, Leméac Éditeur, 1968.

éprouve le sentiment de jouer avec un mort… « *Dors avec mon image dans ta tête. Dors, c'est moi Ciboulette, c'est un peu moi ta mort…* »* Elle constate maintenant en pleurant à chaudes larmes que, oui, elle est non seulement responsable de la mort d'Edmond, mais aussi de celle de Paul. Nonobstant les informations livrées à l'archevêché, prise par l'amour, elle a poussé trop loin le jeu de la séduction entre le comédien et elle. Elle n'aurait jamais dû insister pour qu'il vienne à son appartement deux semaines plus tôt. Éméché par l'alcool, Edmond avait fini par accepter. Après quelques baisers passionnés, il avait cependant refusé d'aller plus loin, reboutonné sa chemise et quitté l'endroit brusquement, la laissant à demi nue sur le sofa du salon. Paul a-t-il su ? Tous deux n'ont pas reparlé de cet épisode. Résultat : elle se sent doublement coupable. À cause de son sentiment pour Edmond, qui a pu éveiller la jalousie de Paul, et par son comportement naïf et totalement irresponsable envers son oncle. Peu importe la cause des deux décès, elle y a joué un rôle. L'absurdité de la situation a atteint un niveau insoutenable avec l'apparition d'Adam Edouard Redmore et la réception de sa lettre. Un père éploré se confie sans le savoir à la personne responsable de la mort de son fils… S'il savait. « *Je pouvais seulement te tuer et ce que je pouvais, je l'ai fait… Dors…* » Tel que prescrit dans la mise en scène, Hermine se laisse choir sur Jacques.

Les applaudissements extirpent les protagonistes de leur songe. Des coulisses, la troupe éprouve une profonde sympathie pour Hermine et Jacques, qui se relèvent lentement, de retour d'un territoire étrange. La comédienne et le comédien se regardent. Hermine pense que leur nouvelle amitié lui sera essentielle pour traverser le dédale de sentiments et d'émotions

---

* Les passages en italique indiquent qu'il s'agit des répliques originales tirées de la pièce *Zone* de Marcel Dubé, Leméac Éditeur, 1968.

qui la torturent. Le sourire de Jacques la rassure. Leur vie a radicalement changé depuis une semaine. Pour le meilleur ou pour le pire ? Trop tôt pour savoir.

Ils éprouvent aussi la conviction que, d'ici quelques années, le Québec évoluera. Le message porté par *Zone* est pour eux amplifié par la disparition d'Edmond et de Paul. D'autant plus après les propos tenus le jour même par Marmet. Le CRI va disparaître, mais l'esprit de ce qu'ils défendent tous deux, avec leurs camarades, et qu'ils partagent avec des milliers de jeunes, de professeurs, de syndicalistes, de militants et d'intellectuels de tout le Québec ne mourra pas. Au contraire… La rumeur qu'ils entendent à travers le rideau de scène appuie leur conviction. Et lorsque le nouveau régisseur lève ce rideau, que les autres comédiens les rejoignent pour le salut, la vigueur du public qui les acclame les emplit d'une énergie nouvelle. Ont-ils enfin mis le pied hors de ce cauchemar ? Un sentiment profond les envahit, qui inspire confiance et supplante la tristesse tombée sur eux depuis la première avortée. Ce sentiment, comme une force tranquille, ancre en eux la croyance que, pour une fois, les « méchants » vont l'emporter sur les « bons ».

XXXII
Usurpation d'identité

Vendredi 27 avril 1956

Assis au secrétaire placé devant la fenêtre de son salon, Marmet pianote inconsciemment des doigts de la main gauche sur le sous-main. Dans la lune, il ne distingue plus le numéro de téléphone inscrit sur son bloc-notes. Ni d'ailleurs la copie de *L'Événement-Journal* achetée dès le lever du soleil, dont il a lu au moins vingt fois les articles qu'il attendait. Pétri de doute, il tient cette pose depuis une dizaine de minutes, comme en attente d'un ordre du cerveau de soulever le combiné puis de composer le numéro. Il ne se rappelle pas avoir ressenti une telle fébrilité depuis ses toutes premières enquêtes.

Au moment de prendre sa retraite, en octobre 1954, Marmet n'était pas inquiet pour son avenir. Au mieux, il allait profiter de la vie, c'est-à-dire lire, s'instruire, renouer avec ses amis et certains proches de sa famille. Peut-être trouverait-il l'âme sœur, après tant d'années solitaires, fruit d'une incompatibilité chronique entre l'amour et l'uniforme. « Comment une femme peut-elle endurer un policier… », avait-il toujours philosophé. À l'opposé, compte tenu de la nature des relations entretenues avec le pouvoir pendant ses années de service, il se disait que, n'étant dorénavant plus intouchable, un sbire délégué probablement par les évangélistes pourrait un jour se présenter chez lui, auquel cas il espérait que le sbire en question réussisse son coup, c'est-à-dire ne le laisse pas à moitié paralysé.

À ce sujet, Marmet avait été fort ému des propos de Jobidon, avec qui il avait terminé la fête organisée pour souligner son départ, quelques semaines après sa dernière journée de travail. Imbibé de whisky, précisons-le, Jobidon avait répondu sans détour à Marmet, qui évoquait avec cynisme un possible règlement de compte. D'un accent particulièrement sincère, le chef avait affirmé qu'il entendait protéger son ex-inspecteur préféré. Il avait d'ailleurs prétendu avoir annoncé à ses confrères qu'il ne tolérerait aucune attaque visant le jeune retraité. « Je connais assez de choses sur les quatre évangélistes pour les envoyer en prison jusqu'à l'Apocalypse », avait-il fini par avouer sur le ton du mystère.

— Pourquoi ne les dénoncez-vous pas ?

Jobidon avait regardé longuement Marmet, puis son verre de whisky, avant de répondre en buvant une gorgée. Marmet n'avait pu retenir cette autre question, qu'il gardait pour lui depuis des années. « Et pourquoi vous me protégez, comme ça ? »

Jobidon avait de nouveau porté son verre à ses lèvres.

— Malgré ce que vous en pensez, malgré probablement ce que plusieurs personnes pensent de moi, je crois en la justice. Pas celle de Dieu, celle des hommes, celle du droit… Si j'obéis aux ordres du ministre, ou encore à ceux des évangélistes, c'est pour une seule raison : je suis un lâche… C'est plus facile de vivre du côté du pouvoir, de la richesse. Et si je m'en prenais à eux, ma femme ne me pardonnerait pas de saboter notre vie…

Car j'ai la conviction que je ne pourrai jamais gagner contre eux… Voilà ma peur. J'ai peur de perdre… Je vous admire de ne pas y succomber. En vous protégeant, depuis toutes ces années, je me donne bonne conscience. J'ai le sentiment de faire au moins une bonne action… Peut-être qu'un jour vous leur ferez mordre la poussière.

Marmet avait moins bu que Jobidon. Il était en mesure de faire la part des choses entre la sincérité et le lyrisme éthylique. Entendre son ex-patron s'épancher de la sorte le troubla réellement.

— Pour contrer un tant soit peu l'égoïsme des puissants, il faut que des individus de votre trempe occupent votre position. Vous n'êtes pas si lâche… Ce que vous venez de dire en est la preuve. Il faut des gens comme vous pour protéger des gens comme moi.

Les deux hommes avaient trinqué une dernière fois. Ils ne s'étaient pas revus après cette soirée.

Depuis, bien qu'un réflexe de défense se déclenchât à peu près chaque fois qu'on sonnait à sa porte, bien qu'il reçût presque tous les mois un appel téléphonique ou une lettre – des avertissements à mots couverts, rien de très subtil, en fait – destinés à lui rappeler l'existence de ses ennemis, Marmet ne craignait pas vraiment pour sa vie. Cela lui permettait de rester sur le qui-vive, mais compte tenu de l'assurance affichée par Jobidon, il ne s'était pas retenu de faire ce qu'il avait à faire. Car, entre sa liberté retrouvée et la crainte qu'on s'en prenne à sa personne, Marmet n'était pas demeuré inactif.

Après un mois de vacances occupées à se convaincre qu'il avait bel et bien quitté la police, il avait renoué avec de vieux amis en compagnie de qui, dans les années 30, il avait milité activement pour moderniser la société canadienne-française.

Pour la plupart, ses amis d'alors sont restés au service de la cause. Opposants farouches de Duplessis et de sa clique, plusieurs œuvrent au sein du mouvement syndical. De mieux en mieux organisé, avec des ramifications qui s'étendent rapidement dans plusieurs secteurs de l'économie, au premier chef les industries manufacturières et l'exploitation minière, le syndicalisme est devenu un vecteur puissant du changement social. Depuis la grève d'Asbestos, en 1949, le mouvement ne peut plus être arrêté. La défense des droits des travailleurs mobilise des organisations de plus en plus solides, dont l'action dépasse la négociation de conventions collectives. Plusieurs points des ordres du jour des assemblées sont dévolus à la réflexion politique, aux revendications pour des programmes sociaux plus étoffés et, ce qui satisfait particulièrement Marmet, pour l'accès universel gratuit à l'éducation. Le Québec que les comédiens du Théâtre municipal sentaient pulser dans leurs artères – lors de la reprise de *Zone* un an et demi plus tôt – bouillonne un peu partout sur le territoire.

Connaissant l'ardeur des convictions de Marmet et son intégrité à toute épreuve, ses amis ont rapidement passé l'éponge sur ses années au service du pouvoir. Certains le taquineront toutefois sur le sujet jusqu'à sa mort. Comprenant l'avantage de compter sur une recrue si talentueuse et bien informée, ils lui ont rapidement trouvé un boulot qui mette en valeur ses qualités d'enquêteur. Marmet a donc accepté un emploi de responsable de la sécurité. Sa tâche consiste à développer des stratégies pour les syndiqués et les sympathisants du mouvement, comme l'établissement de règles d'encadrement des manifestations publiques, le contrôle des foules ou la protection des dirigeants. Plus discrètement, il enquête au bénéfice de l'état-major syndical sur les stratégies de déstabilisation et de dénigrement qu'utilisent l'État et les grandes entreprises. Mais il a refusé dès le départ de travailler plus de trois jours par semaine. Le reste de son temps est réservé pour faire un peu de sport, voir quelques amis, sa famille, mais surtout pour son hobby principal, de loin son activité favorite : poursuivre patiemment, savamment – avec l'aide discrète de Groleau, promu inspecteur à sa place – une enquête sur quelques gros bonnets de la capitale.

En reculant jusqu'aux années 30, Marmet a retrouvé pour une brochette de notables une spectaculaire série d'agissements illicites et immoraux. Il a toujours su que les bien-pensants, derrière une façade auréolée de charité chrétienne, se font un bonheur d'exploiter honteusement le bon peuple. La police finit souvent par être au courant, puisque les plus machiavéliques bien-pensants ont l'audace d'exiger que les représentants de l'ordre protègent certaines de leurs actions ou masquent leurs bévues. La population en général n'est pas dupe. Marmet ne se doutait toutefois pas que ces escrocs cachaient avec tant de soin tant de bassesses. Pendant dix-huit mois d'une enquête méticuleuse, ayant souvent recours au petit tiroir *Interdit d'oublier* caché dans sa mémoire, tiroir virtuel qui trouve avec ce dossier un exutoire idéal, le jeune retraité a concocté un dossier choc. Et il vient de balancer le morceau sur la place publique. Son plan ne se limite pas à une série de lettres publiées dans les journaux, comme le CRI l'a fait deux ans plus tôt. Il va tout dévoiler : menaces, chantages, photographies compromettantes, accompagnés de noms. Cela aura pour effet de déstabiliser le gouvernement Duplessis, qui devrait perdre des joueurs de premier plan. Le club à Cloutier, qui a fait les belles nuits du Théâtre municipal dans le temps du premier directeur, tient un rôle clé dans ce scandale maintenant trop mûr pour ne pas éclater.

* * *

Bertold Fauvert entre sans frapper chez Hermine Hérésie et Jacques Larimont.

— Hermine… Jacques… Réveillez-vous. Debout !!!

— Du calme, entend-il après quelques secondes, d'une voix étouffée venant de la chambre. Du calme… On arrive… Prépare le café.

Cinq minutes plus tard, le journal est étalé sur la table de la cuisine. «Lisez… Lisez… » insiste le journaliste en servant le café. À la une, puis à la quatre, deux articles foudroyants accusent cinq personnes. Qui revendique ces attaques? Le CRI !

Fauvert est crinqué. «Vous avez repris le nom? C'est quoi l'idée? Vous auriez pu le dire ! »

Hermine semble sincèrement surprise. «De quoi tu parles, Bertold? Nous n'avons rien fait… » Elle regarde le journal. «Le CRI… Tu as raison. Ils parlent bien du CRI », commente-t-elle en lisant. Les deux changent de ton à mesure.

— Qui, alors? J'arrive de chez Hyacinthe, qui jure n'y être pour rien. Claude-Pierre? Ce serait étonnant.

Le téléphone sonne. Jacques répond, puis fait signe aux autres.

— Marmet… dit-il en les regardant, perplexe.

Pendant que Jacques est absorbé par le téléphone, Fauvert regarde Hermine, assise à table, qui tient Emma dans ses bras. Le bébé mord plutôt qu'il tète le sein de sa mère. Du haut de leurs six mois, deux yeux émerveillés fixent celui que la petite appellera un jour «mon oncle ». Le journaliste mordrait bien à la place du bébé dans ce sein gorgé de lait.

Après la mort de leurs collègues du CRI, Bertold s'est graduellement rapproché de Jacques et d'Hermine. Il faut dire que les aspects plus rebutants de Jacques – ses traits agressifs et prétentieux – se sont estompés, comme si le drame avait provoqué une poussée exponentielle de maturité. Le choc aura été salutaire pour le comédien. D'autre part, Hermine a donné suite à ses intentions pour devenir une militante convaincue du progrès social. Après que les membres restants eurent décrété la fin des activités du CRI, un nouveau groupe composé de Hyacinthe Cocteau, Hermine, Jacques et Bertold – Claude-Pierre Gauvreau a mis fin à son activisme politique pour se consacrer seulement à l'enseignement – s'est réuni souvent, sans toutefois avoir trouvé encore un credo qui fasse consensus. Les discussions font rage, hésitant entre le socialisme radical, l'anarchisme mâtiné d'action violente (un nouveau CRI), la promotion de l'indépendance du Québec et la formation d'un parti politique. L'argent des Polonais dort en attendant de servir cette nouvelle cause. Au-delà des rencontres politiques, les deux comédiens et le journaliste ont formé bientôt un inséparable trio d'amis. Sous l'angle du sentiment amoureux, Jacques est devenu plus respectueux d'Hermine, de sobres élans de galanterie remplaçant sa cour empressée. Il n'a pas été jusqu'à cacher ses sentiments pour elle, mais du moins a-t-il cessé d'insister. Hermine a évidemment apprécié ; elle a relâché ses défenses. Après quelques mois, un réel sentiment amoureux a bourgeonné en elle. Fauvert en a payé le prix, lui qui développait à son tour un fort désir pour la comédienne. Sans conséquence malheureuse, semble-t-il, puisque tous les trois sont devenus les meilleurs amis du monde. Le succès du journaliste auprès des femmes lui a rapidement permis d'oublier sa déconvenue, d'autant plus quand les amants lui apprirent qu'Hermine était enceinte. Convaincus par cette nouvelle, elle et Jacques n'avaient pas hésité à prendre un logement ensemble, hors des liens sacrés du mariage, malgré la réaction outrée de la mère d'Hermine, qui avait fort mal digéré cette union. Cette décision avait d'ailleurs scellé la rupture définitive d'Hermine avec le bon père Rochon.

Une heure plus tard, Hermine, Bertold et Jacques – qui tient Emma à son tour – s'assoient devant Marmet, qui a téléphoné dans le but express de les rencontrer. La journée est magnifique. Ils occupent une table de pique-nique sur les Plaines, sous un soleil radieux, près du musée qu'ont réintégré les trésors polonais.

— Je ne vous ai pas avisés car je ne voulais pas que vous m'empêchiez d'utiliser le nom du CRI, expose Marmet. Mes excuses…

— Pourquoi? questionne Larimont, vexé.

Marmet s'excuse à nouveau avant d'expliquer que c'est le meilleur véhicule qu'il a trouvé. « Le CRI n'est plus en activité. Je me trompe? »

— Vous êtes toujours bien informé, répond Fauvert, sarcastique.

— Ça se pourrait, reprend l'autre en esquissant un sourire. Il hésite avant de reprendre. « C'est par moi que l'information est sortie ce matin dans *L'Événement* et à CHRC. J'ai colligé tout ce qu'il faut : témoignages, pièces et documents compromettants, dates, montants… Avec des noms, bien sûr. Il n'était pas question que je signe personnellement, ni personne d'autre de toute façon. Au lieu de créer une organisation à partir de rien, j'ai pensé que ça ne nuirait à personne. Au contraire : le dossier est trop solide. »

Un trio de regards interrogateurs le dévisage.

— Il sera très difficile de contester les informations que j'ai remises hier à la Gendarmerie Royale du Canada. Ni Duplessis ni l'archevêque ne pourront renverser la vapeur. Le gouvernement va être sérieusement éclaboussé. Des têtes devraient tomber. Bégin et Fugère pour sûr… Deux ministres, vous vous rendez compte! Le père Rochon? Je ne sais pas. Ce sera plus délicat d'épingler un religieux. Puis il y a les frères Parape, Cloutier, même s'il est mort, peut-être son frère, l'entrepreneur qui a construit le Théâtre municipal, etcetera. Le procureur général décidera. Le CRI aura eu le courage de dévoiler leurs agissements. Ce sera à son avantage, non?

— Vous avez mentionné le père Rochon, tout à l'heure, demande Hermine Hérésie. Vous parlez de Paul Rochon, le prélat?

Marmet confirme de la tête.

— Votre oncle. Je sais… Il n'a pas été qu'un saint homme. C'était il y a vingt, trente ans. Il a frayé avec la vermine politique de Québec. Ça fait longtemps, je l'admets, mais ça ne l'excuse pas pour autant.

Hermine émet un soupir grand comme le fleuve Saint-Laurent qui coule sous leurs yeux. «Mon oncle et parrain… Dire que j'ai éprouvé pendant si longtemps une telle confiance en cet homme. Je savais que, pendant sa jeunesse, il avait été un peu… comment dire?… tête en l'air. Mais…» Elle regarde Jacques, qui connaît son passé d'informatrice au profit du prélat. Celui-ci perçoit qu'elle encaisse durement la nouvelle. Son oncle favori pendant tant d'années…

Fauvert ne suit pas leurs regards attristés et poursuit l'interrogatoire: «Pourquoi la gendarmerie?»

— Dans la province, personne n'aurait jamais accepté de mener une telle attaque contre Duplessis. À Ottawa, j'ai trouvé beaucoup plus facilement. Le fédéral va porter des accusations.

— Quand? Ça pourrait prendre des mois, questionne Larimont, sur la défensive. Pendant ce temps, c'est nous qui risquons de passer un mauvais quart d'heure. Pas vous…

— La GRC dépose aujourd'hui même son rapport au bureau du Procureur général à Ottawa. Je prends le train cet après-midi pour rencontrer demain un représentant du Procureur. Vous savez, les libéraux fédéraux ne portent pas Duplessis dans leur cœur. Ils vont agir sans délai.

— Quelles assurances avez-vous que ça va aller si vite?

— Croyez-moi… De vieux amis à moi bien placés à Ottawa ne demandent pas mieux que d'en découdre avec l'Union nationale.

Les trois amis et collaborateurs se laissent gagner par l'assurance qui émane de Marmet. Mais une pointe de scepticisme demeure, qui se traduit par un moment d'inconfort entre eux et l'ex-policier.

— Laissez-moi vous raconter, reprend Marmet pour mettre fin au silence. Sept personnes au moins, probablement plus, ont dirigé pendant près de vingt ans un système non seulement de patronage au bénéfice de l'Union nationale, mais aussi l'organisation de diverses activités illicites. L'avocat Bégin, bien avant de devenir ministre, a formé un cercle restreint comprenant quelques amis et connaissances, dont… je suis désolé, Hermine… le père Paul Rochon, ainsi qu'un bouillant Irlandais arrivé à Québec au début du siècle, Adam Edouard Redmore. Vous vous rappelez peut-être de lui: il a été ministre dans le premier gouvernement Duplessis. Deux frères amis de Bégin, Jacques et Raymond Parape, ont rapidement joint le trio avant que, plus tard, le ministre Fugère complète l'équipe avec Gaston Bouchard, un membre très influent de l'Union nationale. Le noyau dur était composé de ces sept individus…

Il ouvre son sac et exhibe une photo.

— Voyez cette photo de pêche. Ils y sont tous. On pourrait croire à une réunion du Club à Cloutier… Rochon, Redmore, Bégin, Fugère, Bouchard, les Parape. Celui qui manque est Cloutier, qui prend la photo.

— Comment savez-vous ?

— Vous connaîtrez toutes mes preuves d'ici quelques jours.

Hermine accuse le coup.

— Paul Rochon, Adam Edouard Redmore…

— Vous connaissez aussi Redmore ? fait Marmet, surpris.

— Oui, confirme-t-elle sans dire un mot de plus. Elle n'a parlé à personne du père d'Edmond, pas même à Jacques.

L'autre poursuit ses explications sans porter plus d'attention à la chose.

— Quand il a ouvert le Théâtre municipal, Cloutier a eu besoin de l'aide des bourgeois de la haute-ville. Bégin et son groupe ont répondu à l'appel. Ensemble, en toute connivence, ils ont… je dirais… bonifié la programmation régulière du théâtre. Les bienfaiteurs étaient récompensés dès l'ouverture du lieu, en 1924, par les qualités d'organisateur discret de Cloutier. L'ambition de Bégin et des autres les a bientôt amenés à vouloir plus que des parties de cartes à l'argent et la chair fraîche de jeunes femmes. Prenant du galon au sein de l'Union nationale, ils se sont retrouvés organisateurs des comtés de la capitale. Ils ont pris le contrôle du système de patronage du parti pour la région. Ils ont magouillé pour faire chanter des adversaires politiques avant de mettre au point, une fois au gouvernement, des détournements de fonds assez imposants.

Il laisse son auditoire digérer quelques secondes.

— La liste de personnes que le gardien Lalande a vu entrer ou sortir du bâtiment par la petite porte dérobée qui donne sur la rue Notre-Dame-des-Anges est hallucinante… De la dynamite. Jeannette Mance constitue aussi un témoin à charge accablant. Elle est entrée au théâtre trois ans avant que Cloutier meure. J'ai des preuves suffisantes aujourd'hui pour affirmer que leur petit jeu ne s'est pas arrêté quand Cloutier est mort. Ils ont été à l'œuvre encore longtemps, à différents endroits de Québec… Prostitution de filles et de garçons, détournement de fonds publics, notamment pour financer leurs soirées. Trafics d'influence, chantages…

Le trio est abasourdi par ce que l'ex-policier leur apprend. Hermine, surtout, qui reçoit en plein visage que deux connaissances, dont elle croyait la réputation sans faille, sont mêlées à ce club hideux.

— Vous avez une heure à me consacrer? reprend Marmet.

Toujours sous le choc, le trio acquiesce.

— Venez avec moi jusqu'au Théâtre municipal. J'ai quelque chose à vous montrer.

Ils quittent leur table quand bébé a fini de téter sa mère.

Quinze minutes plus tard, ils marchent rondement sur l'avenue de Salaberry, qu'ils descendent jusqu'à Saint-Olivier, où ils tournent à droite. Deux pâtés de maison plus loin, ils descendent à gauche sur Marchand, vers Lavigueur. Ils atteignent bientôt la tour Martello, celle sise la plus au nord, localisée à cet endroit lors de sa construction pour observer la basse-ville. Voici un des endroits favoris de Fauvert, qui a pris de l'avance sur les autres. Il s'accoude pour fumer une cigarette. Ses amis et Marmet le rejoignent. Ensemble, ils hument l'air en regardant les montagnes, les vieilles Laurentides, qui viennent mourir à faible distance du fleuve. Il faisait plus chaud sur les Plaines, à cause du vent qui dévale depuis l'ouest. Leurs regards explorent le tissu de garages, de manufactures et d'entrepôts qui composent le quartier Saint-Roch, damier de petites rues, jusqu'à Saint-Vallier est, au pied de la falaise, alignée de maisons d'ouvriers. L'arrière des maisons est tapissé des arbres qui poussent sous la terrasse où ils se tiennent.

— C'est beau, non ? lance Fauvert.

— Magnifique, répond Hermine d'une voix troublée.

— Ça va ? demande Jacques en se retournant vers elle.

— Non. Pas très… Vous savez qui c'est, Adam Edouard Redmore ?

Silence interrogatif.

— Le père d'Edmond…

Re-silence, d'un tout autre registre.

Personne n'ose poursuivre sur le sujet. Marmet reprend la route et entraîne le groupe vers la côte Badelard, peu connue, qui relie haute et basse-ville en serpentant à travers un bosquet d'arbres. Depuis le XIXᵉ siècle, ce chemin étroit est surnommé « la côte de la Négresse », en hommage à la tenancière d'un bordel de l'époque situé au coin de Lavigueur. Après avoir emprunté Belleau et Christophe-Colomb, où s'entassent les ateliers de métiers divers, ils atteignent le boulevard Dorchester, qui bourdonne de circulation à cette heure de l'après-midi. Ils traversent le boulevard Charest et prennent à gauche sur la rue Notre-Dame-des-Anges pour s'arrêter enfin derrière le théâtre. Marmet exhibe un trousseau de clés. Sans hésiter, il vise une brique qu'il pousse du poing avant d'insérer une des clés dans la serrure qui est apparue dans le renfoncement du mur. La porte secrète ouvre vers l'intérieur. Larimont et Fauvert sont déjà entrés par là. Pas Hermine, dont la journée s'annonce décidément fertile en surprises. Une fois à l'intérieur, ce qui étonne cette fois les deux amis, Marmet ne monte pas vers l'atelier. Il tourne une moulure de bois sur un des murs. Cela déclenche un nouveau mécanisme, qui dévoile un petit escalier qui monte dans une cavité cachée dans le mur extérieur du théâtre.

Dans la demi-heure qui suit, Marmet montre au journaliste et aux deux comédiens – le bébé dort paisiblement dans les bras de son père – ce qu'il a découvert des charmes secrets de l'édifice. Les murs de l'escalier dérobé, d'abord, sont tapissés d'un brocart avec motif végétal, dans un camaïeu de rouge, qui devait en imposer avant de perdre son lustre original. L'accès est possible à tous les étages, notamment à une grande pièce adjacente au bureau de la direction et à la moitié du grenier. La poussière s'entasse depuis probablement le décès de Cloutier sur ce qui tenait lieu de lupanar. Fauteuils, divans, tables de jeu, bar, le mobilier ne semble pas avoir bougé, y compris quelques gravures licencieuses qui ornent les murs. De dimensions assez grandes, ces pièces pouvaient accueillir confortablement une dizaine de personnes. Deux salles d'eau, avec bain sur pattes, grands miroirs et chandeliers sur pied complètent la visite. L'ampleur de la découverte commande le silence, jusqu'à ce qu'ils aboutissent dans le salon des artistes par une cloison mobile habilement masquée.

Secoué, le trio s'assied. Marmet referme l'accès au repaire à Cloutier et reste debout.

Bientôt arrive Jeannette Mance, curieuse de savoir qui trouble la quiétude de ce lundi, journée où le théâtre est fermé.

— Qu'est-ce que vous faites là ? demande-t-elle.

Hermine Hérésie répond par un résumé succinct de la journée.

— Tu ne sembles pas surprise, questionne Larimont.

— J'ai déjà eu droit à la visite, répond-elle en saluant Marmet avec un drôle de sourire.

Hermine regarde tour à tour l'habilleuse et l'ex-policier.

— Vous vous connaissez?

— Je suis venu régulièrement au Théâtre municipal, ces derniers mois. Rencontrer Lalande, d'abord, puis d'autres membres du personnel qui ont travaillé ici dans le temps de Cloutier. Dont Jeannette.

Hermine la fixe du regard : « Tu savais, pour ces cochonneries ? »

— Oui. Tout le monde savait à l'époque. Nous n'avions pas tellement le choix.

— Et maintenant, tu vas témoigner ? reprend la comédienne.

— Absolument. Nous avons gardé le secret trop longtemps.

Fauvert s'adresse à son tour à Marmet.

— Si je comprends bien, Lalande vous a mis sur la piste ? demande Fauvert.

— Plus encore. Il a été ma principale source d'informations. Et je n'ai pas eu besoin de lui forcer la main. Je l'ai rencontré pendant l'enquête au théâtre, suite au décès de vos amis. Il m'a mis la puce à l'oreille, surtout à cause de cette petite porte cachée, celle que vous utilisiez pour tenir vos réunions du CRI dans l'atelier des décors. Que faisait là cette petite porte ? Par qui avait-elle été commandée ? Pourquoi ? Toutes les pistes ont mené à Cloutier, qui semble-t-il avait son plan dès le début de la construction de l'édifice. Par exemple, quand il demandait à l'architecte de prévoir un accès spécial de l'atelier jusqu'à « l'étage » et au grenier. Quand il faisait ajouter quelques cloisons mobiles dans les murs… Ayant été en quelque sorte obligé de protéger Cloutier, s'il voulait garder son emploi, comme Jeannette, d'ailleurs, et quelques autres employés, Lalande a depuis toutes ces années conservé précieusement ces souvenirs. S'agissant d'un farouche opposant de Duplessis, il ne s'est pas fait prier pour déballer son sac. Ses collègues et lui sont les témoins clés.

— Pourquoi n'a-t-il pas parlé avant ? reprend Larimont.

— Mon idée est que personne ne le lui a demandé. Vous ne vous êtes pas tellement intéressés à lui. En le gardant à l'écart du CRI, par exemple, vous n'avez pas cultivé sa confiance. Lalande n'est pas dupe. Il savait pas mal de choses sur vos allées et venues.

— Dire que nous n'avons jamais rien su ni soupçonné, soupire le comédien. Nous sommes ici presque tous les jours de l'année, nous avons utilisé régulièrement l'entrée de la rue Notre-Dame-des-Anges, nous travaillons avec Lalande, avec toi, Jeannette, et nous n'avons rien vu.

— Votre naïveté vous a bien servis sur certains aspects ; moins sur d'autres.

— C'est énorme, cette histoire, réplique Fauvert.

— En effet… Jean Drapeau fait la une des journaux et se glorifie avec ses dénonciations à Montréal, où il réussit à faire fermer plusieurs maisons closes, mais la prise est nettement plus grosse ici. Des politiciens, des religieux vont payer cher. Et le club à Cloutier n'a pas seulement extorqué des dollars, favorisé la prostitution, exercé du chantage. Ils ont aussi commandité des actions criminelles graves.

— Edmond et Paul ! lance, effrayée, Hermine Hérésie.

XXXIII
Un record qui tient toujours

Mardi 1er mai 1956

Quatre jours après la rencontre de Marmet avec les ex du CRI, plusieurs accusations criminelles sont portées par le Procureur général du Canada à l'encontre de Jérôme Bégin et Gérard Fugère. Dès le lendemain, malgré lui, Duplessis n'a d'autre choix que de relever ses deux lieutenants de leurs fonctions ministérielles. La loi permet de rester député tant que l'on n'est pas jugé coupable. Sont aussi accusés: Paul Rochon, prélat du diocèse de Québec démis de son titre le jour même par l'archevêque, Adam Edouard Redmore et Gaston Bouchard, père de Gontran (ce dernier est toujours en Asie avec les missionnaires). Décédé depuis quinze ans, Cloutier est épargné. Tout comme les frères Parape, qui ont mieux maquillé les traces de leurs crimes que les autres. Ces arrestations créent évidemment un brouhaha considérable dans la capitale. Le gouvernement de l'Union nationale est débalancé. Duplessis n'a pas été attaqué souvent avec de telles bombes. À Ottawa, on reste officiellement coi, refusant de s'immiscer dans un dossier judiciaire. En coulisse, cependant, et dans les restaurants de la colline parlementaire, la classe politique se frotte les mains.

Deux ans plus tard, au printemps 1958, les accusés sont sans exception jugés coupables. Le procès défraie la chronique pendant plusieurs semaines. Lors des audiences, le gardien Lalande et Jeannette Mance, l'habilleuse, font comme il a été prévu figure de témoins clés. Le gardien, notamment, retrouve lors de son témoignage la fierté de ses années de jeune comédien. Le dossier est solide. Les avocats des accusés le savent. Ils tentent de dénigrer les deux témoins, les accusant à titre de complices, ce que récuse le juge sans appel. La défense a donc pour objectif principal de réduire les dégâts au minimum. Quoi faire de plus? La condamnation tombe quand même, brutale, une heure à peine après le début des délibérations: tous sont coupables de tous les chefs d'accusation. Ce procès détient toujours le record de la plus brève délibération d'un jury ayant mené à un verdict de culpabilité au Canada. Détournement de mineurs, fraude, chantage et extorsion, la liste des délits sanctionnés est impressionnante. Pour Bégin, Fugère, Redmore, Bouchard et Rochon, les sentences oscillent entre cinq et dix ans. Adam Edouard Redmore et le bon père Rochon reçoivent des sentences moins lourdes. Le fait d'être un anglophone ou dans les ordres constituent, semble-t-il, d'efficaces circonstances atténuantes. Déjà amochées par les accusations et la rumeur publique, les familles incriminées tombent en disgrâce sur la Grande-Allée, où l'affaire suscite moult commentaires et réactions. La vie mondaine tient un os de premier choix, qu'elle ronge sans vergogne. Comme tous les scandales, cependant, l'affaire Cloutier s'efface bientôt dans l'oubli. Même chose pour ses protagonistes. Qui veut se rappeler de tels escrocs?

Profonde déception pour les amis de Granteuil et Tarbin, aucune accusation d'homicide n'a toutefois été portée. Marmet détenait dans son dossier quelques éléments de preuve, mais le Procureur général les a trouvés trop minces. Le greffier de l'Assemblée nationale n'avait d'autre part aucune intention d'avouer la fausse lettre rédigée au nom de Paul Tarbin. Et bien que son rôle d'espion ait été dénoncé par l'ex-policier, le juge n'a pas cru utile que Gontran Bouchard revienne d'Asie pour témoigner contre ses anciens patrons. La mort des deux amants passe donc à l'histoire comme un crime passionnel suivi d'un suicide. Qu'à cela ne tienne, après quelques années au service d'une mission du Vietnam, pays ravagé par la décolonisation et la guerre qui s'en suit, l'ancien employé de l'Union nationale contracte coup sur coup malaria et syphilis. Justice sera rendue par une piqûre d'insecte et les comportements sexuels déviants de Bouchard qui, avec quelques missionnaires peu recommandables, poursuit là-bas ses fréquentations de jeunes garçons. L'empoisonneur meurt après d'atroces souffrances, oublié de tous dans ce pays en guerre.

Épilogue

Le dévoilement des agissements du Club à Cloutier a constitué la dernière action du Cercle Rebelle Intellectuel. Au-delà de cette enquête aux effets spectaculaires, qui a été menée par Marmet à l'insu des membres du groupe, le Cercle n'a pas survécu à la mort de Paul Tarbin et Edmond Granteuil. Le retour du CRI à la une des journaux ne change rien à la dynamique qui prévaut entre les rebelles. Après deux ans de discussions, Jacques Larimont, Hyacinthe Cocteau, Bertold Fauvert et Hermine Hérésie jettent l'éponge : ils ne trouveront jamais de bases communes sur lesquelles construire une nouvelle association. Le radicalisme de Cocteau ne plaît pas aux autres. Larimont et Hérésie préfèrent s'investir dans le théâtre et la vie culturelle de la capitale. Fauvert se fait un nom comme journaliste. À partir de là, chacun s'impliquera à sa manière dans la révolution tranquille qui secoue le Québec dès la mort de Maurice Le Noblet Duplessis, à Schefferville, le 7 septembre 1959.

Qu'est-il arrivé de l'argent reçu des Polonais ? Le trésor n'ayant finalement jamais quitté le Québec, le groupe n'a trouvé rien de plus honnête à faire, après quelques mois de tergiversations passionnées, que retourner les milliers de dollars non dépensés au gouvernement communiste qui le leur avait remis. Cette décision a été prise par Larimont et Fauvert, malgré l'opposition de Cocteau, ce dernier se ralliant en échange de dix mille dollars pour ses propres projets. Cette décision a signifié la rupture définitive entre Cocteau et les autres.

Depuis, Hermine Hérésie et Jacques Larimont poursuivent leurs carrières de comédiens au Théâtre municipal, où, grâce à leurs pressions incessantes, Courville et Jasmin programment chaque année quelques auteurs québécois et contemporains. Leurs faits d'armes : *Les Mains sales,* de Jean-Paul Sartre, *Les Insolites,* du jeune auteur Jacques Languirand, et *Le Temps des lilas,* de Marcel Dubé, prolifique auteur de *Zone.* Jusqu'à la mort de Duplessis, le couple ne se gêne pas pour s'exprimer publiquement contre la bonne conscience du gouvernement. Ils font en sorte d'éviter les représailles, mais n'hésitent pas à donner leur idée lorsqu'une tribune s'offre à l'un ou à l'autre. Ce sont des comédiens connus. En parallèle, ils s'impliquent à fond dans le développement artistique de la capitale. Le peu de temps qui reste est consacré à leurs deux enfants, pour qui ils rêvent ouvertement d'une société meilleure. Pendant ce temps, leur grand ami Bertold Fauvert devient un journaliste apprécié à *L'Événement* et au *Soleil.* Identifié au mouvement progressiste, il n'hésite pas à enquêter sur des sujets controversés. Il défend par exemple sans retenue le droit d'association syndicale et propose régulièrement des portraits de militants. Il poursuit par ailleurs sa couverture de l'actualité artistique, faisant le plus souvent possible l'apologie des artistes de Québec. Hyacinthe Cocteau est le seul à poursuivre dans la voie de l'action politique. Son radicalisme ne s'émoussera jamais, tel l'engagement, le lyrisme et la virulence de ses poèmes. En 1963, il participe à la naissance d'une faction de l'Armée de libération du Québec dans la capitale. Malheureusement, il mourra pour la cause l'année suivante, déchiqueté par la bombe mal amorcée qu'il venait de placer dans une boîte postale de la rue des Braves, devant la résidence de Jobidon, maintenant à la retraite.

Le Club à Cloutier a été la dernière affaire criminelle de Marmet, qui poursuit son travail de conseiller auprès des syndicats. Hormis cet emploi, il fait toujours un peu de sport, question de garder la forme, fréquente ses sœurs, sort avec quelques amis. Nouveau passe-temps, il se consacre l'été au jardinage et l'hiver aux plantes d'intérieur, activité pour laquelle il s'est découvert une véritable passion. La proximité de Jeannette Mance, férue de plantes, s'est révélée décisive pour déclencher cet engouement. Au fil de l'enquête Cloutier, puis du procès, les deux cinquantenaires se sont découvert des sentiments mutuels. Après quelques années de fréquentation, Marmet va d'ailleurs habiter chez elle. Il quitte la rue où il est né, dans le quartier Saint-Sauveur, pour le haut de Beauport, où l'habilleuse a hérité d'une résidence familiale et d'un impressionnant jardin. Ils coulent des jours heureux à cultiver les roses, les clématites, les pivoines ou les hydrangées, plus des dizaines d'arbustes, des milliers de bulbes, enfin six arbres à fruits : trois paires de pommiers, pruniers et amélanchiers, desquels ils tirent de délicieuses confitures. Après tant d'années pendant lesquelles Marmet s'est senti mal à l'aise, un peu opprimé, socialement comme dans sa vie professionnelle, comme s'il avait tout ce temps été pris dans un tumulte intérieur étouffant, il soupire. « Enfin de l'air, et un peu de calme… »

Quand débute la Révolution tranquille, en 1960, le CRI rejoint le panthéon restreint des précurseurs de la gauche indépendantiste québécoise. Jusqu'alors, le mouvement

nationaliste de la province était essentiellement arrimé aux
valeurs de la droite. Ses promoteurs vantaient les vertus
traditionnelles de la nation canadienne-française, encensaient
le terroir, appelaient la protection de la culture française par le
repli sur soi. Avec quelques intellectuels et d'autres artistes
dans la lignée du Refus global, le CRI a ouvert une brèche.
Quand le mouvement nationaliste troque l'appellation *Canadien français* pour celle de *Québécois*, beaucoup d'adhérents
embrassent des valeurs de gauche. L'indépendance du Québec
sera démocratique, égalitaire, fondée sur la justice sociale.
Cette nouvelle tendance devient incontournable à la fondation
du Rassemblement pour l'indépendance nationale, le RIN, en
1961. Dans les années qui suivent, plusieurs politologues, des
sociologues ou encore leurs étudiants reconnaissent dans
ce glissement du nationalisme traditionnel vers la social-
démocratie l'influence du groupe dirigé par le comédien
Granteuil. Dix ans après sa mort, une étude critique des écrits
politiques d'Edmond Granteuil est publiée. Qui signe la
préface? Le journaliste Bertold Fauvert. Le livre connaît un
réel succès chez les sympathisants de gauche. On en parle dans
les journaux, à la radio, à la télévision. Le Cercle revient à la
mode lors de rassemblements politiques, dans des colloques,
dans la parole des artistes.

　　Hermine, Jacques et Bertold sont fiers de l'aura qui émane
du groupe. Cette reconnaissance est limitée, en ce sens que le
CRI n'est pas connu de la masse, mais elle est bien réelle. Alors
que le gouvernement Duplessis et le conservatisme traditionnel
s'étiolent, alors que plus personne ne parle jamais de Bégin,
Fugère, Rochon, sauf quelques unionistes encroûtés ou des
calomniateurs de l'Union nationale, le CRI ne sombre pas
dans l'oubli. Mince revanche, la mémoire du Cercle Rebelle
Intellectuel est plus vive que celle des bandits à cause de qui

moururent, violemment empoisonnés un soir de première à l'automne 1954, le comédien vedette Edmond Granteuil et son ami Paul Tarbin, régisseur, sur la scène du Théâtre municipal.

Quand au Théâtre municipal, justement, il fut transformé en cinéma dans les années 60, abandonné fin des années 70, pendant les années de déchéance du quartier Saint-Roch, avant d'être la proie des flammes, une nuit glaciale de février, tuant au passage les incendiaires eux-mêmes : deux sans-abris réfugiés sur scène qui, sans se douter des conséquences, avaient allumé une attisée pour réchauffer leur nuit.

Ce roman est le fruit de mon imagination. Sauf pour les trésors polonais, la pièce *Zone*, de Marcel Dubé, et quelques figures historiques (Duplessis, madame Belley), les personnages et situations sont fictifs, tout comme le Théâtre municipal, sis à l'endroit où s'élève aujourd'hui le Théâtre de la Bordée.

BERNARD GILBERT

Sainte-Pétronille

Janvier 2010

 **GARANT DES FORÊTS** | L'impression de cet ouvrage sur papier recyclé a permis
INTACTES | de sauvegarder l'équivalent de 11 arbres de 15 à 20 cm
de diamètre et de 12 m de hauteur.